Z 507
A.1

I0642486

Z. 3188.
3

Z. 3160

(c)

18367

LETTRES

SUR

TOUTES SORTES

DE SUJETS,

AVEC DES AVIS

SUR

La maniére de les écrire.

TOME PREMIER.

A PARIS,

Chez JEAN GUIGNARD, à l'entrée de la
Grand' Salle du Palais, à l'Image S. Jean.

M. DC. XC.

AVEC PRIVILEGE DU ROY.

AVERTISSEMENT.

J'Espere que vous ne vous re-
pentirez pas d'avoir donné
quelques heures de vôtre tems
à la lecture de cét Ouvrage. Pour
vous en faire demeurer d'accord,
je n'ai qu'à vous dire, que les
Lettres, que vous allez voir, ne
font pas toutes de ma façon. J'en
ai tiré plufieurs de nos bons Auteurs, & j'en ai raccommodé
beaucoup d'autres par leurs fecours. J'avoüe que je ne cite pas
reguliérement leurs noms; mais
c'eft moins pour nier ce que je
leur dois, que de peur de m'attirer vos reproches. Vous remar-
queriez des changemens que j'ai
crû devoir faire dans ce que
j'en rapporte, & vous ne manqueriez pas de vous écrier avec

furprife : *Qui eſt cet homme qui à eu l'audace de toucher à la Venus d'Appelle ?* Cependant je doute que les meilleures de nos Plumes aient atteint la perfection où étoit arrivé le pinceau d'un ſi grand Peintre. Il me femble même que dans l'un de nos plus célébres Ecrivains on pourroit rendre aiſé & naturel ce qu'il y a de trop contraint & de trop affecté ; & que dans un autre, il feroit permis de preſſer ce qu'il y a de trop étendu , & de donner un meilleur tour à pluſieurs négligences, qu'il a laiſſées parmi une infinité d'agrémens.

J'avoüe auſſi que je n'ai pas toûjours nommé ceux qui m'ont fourni des Lettres , parce que j'ai voulu voir juſques où ira la prévention des Lecteurs. Je me ferai un plaiſir d'entendre critiquer les penſées & les expreſſions de quelque grand homme , quand

AVERTISSEMENT.

on s'imaginera qu'elles feront
de moi, & je ne me divertirai
pas moins fi on vient à me loüer
quand on croira faire l'éloge
d'un Auteur célebre.

PRIVILEGE DU ROI.

LOUIS par la grace de Dieu, Roi de France & de Navarre, à nos amez & feaux Conseillers, les Gens tenans nos Cours de Parlement, Maîtres des Requêtes ordinaires de nôtre Hôtel, Bailhfs, Sénéchaux, & à tous nos Justiciers & Officiers qu'il appartiendra, SALUT : Nôtre cher & bien-aimé JEAN GUIGNARD, l'un des Marchands Libraires de nôtre bonne Ville de Paris, nous a fait remontrer, qu'on lui auroit mis en main une Copie manuscrite d'un Livre intitulé : *Lettres sur toutes sortes de sujets, avec des avis sur la maniére de les écrire* : laquelle Copie il souhaitteroit de faire imprimer : Mais craignant qu'aprés beaucoup de peines, de recherches & de dépenses, d'autres Libraires envieux de son travail, ne vüeillent s'ingerer de contrefaire ledit Livre, ce qui lui causeroit une perte considerable, il a été conseillé d'avoir recours à Nous pour lui octroïer nos Lettres sur ce necessaires. A CES CAUSES, desirant favorablement traiter ledit Exposant, & lui donner de nouveaux moïens de reparer la perte qu'il a faite de tout son bien, dans l'incendie arrivé au College de Montaigu, dont nous avons été informez, & ce d'autant plus qu'il prend de la peine à faire perfectionner les Ouvrages qu'il entreprend, & à les rendre par ce moïen utiles au Public ; Nous lui avons permis & accordé, permettons & accordons par ces Presentes, de faire imprimer les susdites *Lettres sur toutes sortes de sujets, avec des avis sur la manière de les écrire*, en un ou plusieurs Volumes, & en telle marge, & caracteres, & autant de fois qu'il desirera durant le tems de six années consecutives, à compter du jour que cét ouvrage sera achevé d'imprimer, icelui vendre & débiter, en tous les lieux de nôtre Roïaume, Païs, Terres & Seigneuries de nôtre obéïssance : Faisons tres-expresses inhibitions & deffenses à toutes personnes, de quelque qualité ou condition qu'elles soient, Imprimeurs, Libraires & autres, d'imprimer, faire imprimer, vendre & distribuer ledit Livre, ny d'en faire venir de ceux qui pourroient être contrefaits dans les Païs étrangers : Voulons aussi que tous les Livres qui se trouveront dans les Bales, où il se trouvera des susdits Livres contrefaits, soient confisquez au profit dudit Exposant, que ceux qui s'en trouveront saisis, soient pourfuivis comme s'ils les avoient imprimez, & que la peine de six mille livres soit encouruë contre chacun des contrevenans, applicables un tiers à Nous, un tiers à l'Hôpital General, & l'autre tiers audit Exposant, de confiscation des Exemplaires contrefaits, & de tous dépens, dommages & interêts, à condition qu'il sera mis deux Exemplaires desdits Livres, dans nôtre Bibliotheque publique, un en celle du Cabinet de nosLivres en nôtreChâteau du Louvre, & un en celle de nôtre tres-cher& féal le sieur Boucherat, Chancelier de France, avant que de les exposer en vente; à la charge que ledit Livre sera imprimé dans nôtre Roïaume & non ailleurs, sur de bon papier & de belle impression; conformement à nos Reglemens, des années mil six cens dix-huit, & mil fix cens quatre-vingt fix ; & qu'il fera regiftrer les Préfentes fur le Livre de la Communauté des Marchands Libraires & Imprimeurs de nôtre bonne Ville de Paris, à peine de nullité d'icelles ; du contenu def-quelles Vous Mandons & nous vou-lons que vous faffiez joüir dans tous les lieux de nôtre obéïffance ledit Expofant, ou ceux qui auront droit de lui , fans fouffrir qu'il lui foit donné aucun empêchement, & qu'en met-tant au commencement ou à la fin de chaque Exemplaire un Extrait des Préfentes , elf foient tenuës pour bien & duëment fignifiées, & qu'aux copies collationnées par un de nos amez & feaux Confeillers & Secretaires , foi foit ajoûtée comme à l'Original. Commandons en outre au premier nôtre Huiffier ou Sergent fur ce requis, faire pour l'execu-tion des Préfentes, tous Exploits néceffaires, fans pour ce demander autre permiffion : Car tel eft nôtre plaifir, nonobftant clameur de Haro , Charte Normande & autres Lettres à ce contraires. Donné à Verfailles le dix.. neuviéme jour de Novembre 1688. & de nôtre Regne le quarante fix.

Par le Roi en fon Confeil.

BOUCOT.

Regiftré fur le Livre de la Communauté des Marchands Libraires & Imprimeurs , le fix Oc-tobre 1 6 8 9. Signé, P. TRABOÜILLET, P. AUBOÜYN. C. COIGNARD, Adjoints.

Achevé d'imprimer pour la premiérefois, le 21. Novembre 1 6 8 9.

TABLE
DES CHAPITRES
Contenus en ce premier Volume
de Lettres.

LETTRES DU GENRE
Demonſtratif. 50

ẽ

TABLE

CHAPITRE VI.

Des Lettres de Confolation. 90

CHAPITRE VII.

Des Lettres de Felicitation. 131

é ij

TABLE

DES LETTRES DE RECOMMANDATION. 154

LETTRES DE REMERCIMENT. 165

DES CHAPITRES.

DE LA MANIERE DE BLAMER. 175

BILLETS DE PROTESTATION, ou Lettres familieres.

TABLE

LETTRES DU GENRE Deliberatif.

DES CHAPITRES.

ẽ iiij

TABLE

LETTRE

LETTRES DU GENRE Judiciaire. 321

TABLE DES CHAPITRES.

Fin de la Table des Lettres de la I. Partie.

LETTRES
SUR
TOUTES SORTES
DE SUJETS,
AVEC DES AVIS SUR LA
manière de les écrire.

CHAPITRE PREMIER.

Il n'y a rien de plus nécessaire que de s'appliquer à bien écrire des Lettres.

'EST pour la troisième fois que je donne des Maximes, & que je souhaite que l'on n'attribuë pas à un sentiment de présomption, ce qui n'est qu'un effet de ma complaisance. Je sçai que je ne suis pas assez habile pour

instruire les autres, mais j'avoüe que je n'ai pas la force de refuser à mes amis ce qu'ils s'opiniâtrent à me demander.

Il y a quelque tems qu'ils tirerent de moi des avis, qui regardent la composition des Harangues. Ils m'obligerent ensuite à travailler à l'Art de plaire dans la Conversation, & m'ont porté enfin à mettre au jour les Réflexions que je pourrois faire sur la manière d'écrire des Lettres. Je ne me suis pas rendu sans resistance ; J'ai representé les avantages, qu'il faloit avoir pour traiter une matiére si délicate, & même j'ai renvoié à ce que l'on trouve sur ce sujet, dans de belles Conversations que l'on nous a données depuis peu.

Ces raisons n'ont pû persuader mes Amis ; Ils m'ont demandé quelque chose de plus ample que ce que je venois de leur citer ; & si j'ai consenti à ce qu'ils ont voulu, ce n'a été que pour ouvrir la carriere à quelqu'un, qui la pourra fournir avec plus d'applaudissement, que je n'en dois esperer.

Aussi doit-on demeurer d'accord, que pour le commerce de la vie, on ne peut travailler à un ouvrage plus nécessaire ;

sans excepter ce qui regarde la Conversation, encore que nous aïons plus d'occasions de parler que d'écrire : En effet les entretiens que nous avons continuellement les uns avec les autres, nous servent d'étude, & nous accoûtument insensiblement à nous exprimer avec facilité ; Au lieu que n'écrivant que rarement & qu'avec quelque répugnance, nous sommes embarassez quand il faut prendre la plume, & c'est avec bien de la peine que nous attrapons le stile qui convient aux Lettres. L'experience nous le fait voir tous les jours. De cent personnes qui parlent bien, on n'en trouve pas dix, qui écrivent de même, quoi qu'il semble que l'on n'ait qu'à mettre sur le papier ce que l'on veut exprimer.

Je doute que les Lettres fissent honneur, si on y apportoit si peu de soin ; Que l'on ne se flatte pas, il faut écrire plus exactement qu'on ne parle. Nous devons considerer que les yeux sont plus fidéles que les oreilles. Ce que nous voïons sur le papier, demeure exposé à nôtre critique, & la plûpart des choses que l'on nous dit, se dérobent à nos réflexions. Ajoutons qu'un discours

A ij

que nous écoutons , est soutenu par des
secours qui manquent à ce qu'on nous
donne à lire. Un ton de voix passionné fait impression , & l'air dont on accompagne les paroles , s'insinuë souvent
jusques au cœur.

Aussi voïons-nous que les Orateurs
celebres par leur éloquence ne s'em-
pressent guére à donner les Harangues
qu'ils ont prononcées. Ils sont persua-
dez que l'on ne trouve sur le papier
que la moitié de l'Orateur. Je pourrois rapporter une infinité d'exemples ,
qui montreroient les avantages que la
vive voix a toûjours emportez sur une
écriture morte , mais je me contenterai
d'en choisir un , qui est assez connu par
la réputation des personnes qui s'y trouvent interessées.

On a vû qu'un des plus grands Seigneurs de la vieille Cour étoit agréable
dans la conversation, encore qu'il n'eût
pas l'esprit aussi cultivé , que le devoit
avoir un homme de cette consideration.
Sa bonne mine , la magnificence de ses
habits, & même la réputation qu'il a-
voit acquise dans les Armées , préve-
noient les gens en sa faveur ; & il étoit
difficile que l'on s'ennuiât dans l'entre-

tien d'une personne qui avoit tant de
moïens de plaire.

Les Dames étoient plus particuliérement touchées de son mérite ; Elles ne
pouvoient se lasser de loüer son air, ses
maniéres, & même ses expressions :
mais tout le monde n'étoit pas de leur
sentiment ; L'on ne demeuroit pas d'accord que ce que disoit le grand Seigneur
dût attirer des éloges extraordinaires.
Un Bel-Esprit, celebre par les agréables
Lettres qu'il nous a laissées, resista en
face, sur ce sujet, à une femme de qualité dont il reveroit les opinions en toute autre rencôtre. La Dame l'accusa d'injustice & de chagrin, & le Bel-Esprit,
au lieu de répondre, attendit une occasion de desabuser la Dame. Le grand
Seigneur entra un quart d'heure aprés,
& l'homme qui n'admiroit pas sa conversation, ne songea qu'à écouter at-
tentivement. Il remarqua bien-tôt une
grande inégalité dans ce qu'il entendit.
La Dame disoit des choses spirituelles &
délicates, & les réponses du Cavalier,
qui n'avoient rien que de médiocre, n'é-
toient soutenuës que par les qualitez
personnelles dont nous avons parlé. Le
Bel-Esprit écrivit tout ce qu'il avoit oüi,

& le lendemain que la Dame se plaignit de son silence, il se contenta de lui présenter ses tablettes : *Voïez, s'il vous plaît*, lui dit-il, *si je pouvois mieux emploïer le tems, qu'à retenir les beaux traits d'un Dialogue si bien soûtenu de part & d'autre.* La Dame lût, rapella ses idées, & s'apperçût que rien n'étoit plus fidéle que cét écrit. D'abord un sentiment de gloire la fit rougir de s'être trompée, mais son dépit n'empêcha pas qu'elle ne fût bien aise qu'on lui eut ouvert les yeux.

Cette petite histoire autorise ce que nous avons dit. Un entretien de vive voix peut devoir une partie de son a-grément aux avantages qui accompagnent la prononciation, & au contraire un discours écrit ne peut plaire que par des graces essentielles : De sorte que nous ne pouvons être trop exacts à re-toucher à nos Lettres, & à nous mettre en état de les envoïer sans craindre de nous en repentir. Faisons toûjours le mieux qu'il est possible, ce que nous sommes obligez de faire ; & considerons que l'on ne peut se dispenser d'écrire des Lettres dans une infinité d'occa-sions. Le commerce de la vie en de-

mande à tout moment; & si la bienséance ne nous oblige pas toûjours d'en faire, il arrive souvent que la nécessité
nous y force. Ainsi j'ose esperer que
ces petites Maximes ne seront pas rejet-
tées de tout le monde, & que du moins
elles pourront soulager les personnes qui
ne sont pas accoûtumées à écrire.

On ne laissera pas de regarder diver-
sement les Lettres que je rapporte pour
servir d'exemples ; Les uns s'empresse-
ront à chercher ce que d'autres seroient
fâchez de lire. Un vieux Philosophe
méprisera, comme un amusement ridicule, les jeux d'esprit & les badineries
ingenieuses que fournit une heureuse
imagination. Il voudra des argumens, il
ne comprendra jamais que l'on puisse
écrire sans matiére & seulement pour divertir des personnes spirituelles & en-
joüées. Peut-être se trouvera-t'il des
Docteurs qui porteront le chagrin plus
loin. Ils me feront un crime de tout ce
qu'ils trouveront de galant & de passionné. Ils ne se mettront point en
peine de considerer que nous avons une
galanterie qui n'est qu'un caractere de
politesse & d'honnêteté : Que cette galanterie a succedé à l'urbanité des an-

A iiij

ciens Romains, & qu'elle répand de l'a-
grément par tout où elle fe trouve, comme elle fait diftinguer l'air aifé que l'on
acquiert dans le monde, de la contenance embaraffée que l'on apporte de
la campagne.

Que fçait-on même fi l'on ne paffera
pas plus avant fur le caractere paffion-
né de quelques Lettres, & fi au lieu d'a-
voüer qu'il y a des affections autorifées
par des prétentions legitimes, on ne
voudra point bannir la tendreffe de tous
les cœurs?

Je fuis affûré que les jeunes gens ne
feront pas de cét avis là : Ils liront avec
plaifir ce qui aura quelque rapport aux
fentimens dont ils fe trouveront prévenus, mais ils ne goûteront guére ce
qui fentira la morale ou l'érudition. Il
femble que cette diverfité de goûts me
devroit faire abandonner mon deffein,
cependant je l'execute, & je fuis perfuadé qu'il ne faut jamais prétendre que
le monde ne foit que d'une opinion.

CHAPITRE II.

Ce que c'est qu'une Lettre.

LEs Romains appelloient ordinairement *Epitre* ce que nous appellons
Lettre : Ils tiroient ce mot du Grec,
pour exprimer une chose que l'on devoit envoïer ; de sorte qu'*Epitre* répond
assez juste à *Missive*, que nos Peres a-
voient emprunté du Latin, & dont
quelques bonnes gens se servent encore. Il y a même des occasions où les
personnes les plus habiles ne peuvent se
dispenser d'emploïer ce terme. On le
prononce tous les jours dans le Barreau
pour s'expliquer plus précisement &
pour distinguer les Lettres missives des
Lettres de récision ; des Lettres d'Etat,
& de plusieurs autres qu'il est inutile de
citer. Mais, parlant en general, nous
donnons le nom de *Lettre* à ce que l'on
appelloit *Epitre* parmi les Anciens, &
nous n'ajoûtons pas d'autre mot, comme si nous donnions ce seul-là par ex-
cellence, ou à cause du frequent usage
que nous en faisons.

Ce n'est pas que le mot *Epitre* soit

entiérément banni de nôtre Langue. Il y retient un emploi dont il n'eſt pas per-mis de le priver : On nomme *Epitres*, les Lettres que nous avons des Anciens , ſoit que des Auteurs prophanes nous les aïent laiſſées , ou que nous les trou-vions dans le nouveau Teſtament & dans les Peres de l'Egliſe: Ainſi nous di-ſons toûjours *les Epitres de Ciceron , & de Pline ; les Epitres de ſaint Paul, & de ſaint Jerôme.* Ajoûtons que les Lettres qui paroiſſent à la tête des Livres , que l'on dedie , ont retenu le nom d'*Epitre* auſſi bien que celles que l'on écrit en vers pour loüer quelque perſonne illu-ſtre , ou pour faire une Satire des vices du tems.

Voïons preſentement ſi nous pour-rons expliquer ce que c'eſt qu'une Let-tre, & diſons que c'eſt *Un écrit que nous envoïons à une perſonne abſente pour lui faire ſçavoir ce que nous lui dirions, ſi nous étions en état de lui parler.*

CHAPITRE III.

Des parties d'une Lettre.

LA plûpart des Lettres forment une espéce de conversation entre les personnes qui ne se peuvent entretenir d'une autre maniere : ainsi elles doivent avoir dans leurs expressions l'air aisé & naturel que nous remarquons dans les Dialogues. Les Anciens imitoient dans leurs Épitres la maniére , dont les amis ont accoûtumé de se parler : Ils commençoient par une espece de compliment sur la santé, comme il est ordinaire aux gens qui s'abordent de se demander comment ils se portent. *Si vous vous portez bien, disoient-ils, je m'en réjoüis; pour moi je me porte bien.* Ils finissoient par un Adieu , de la façon qu'en usent les personnes qui se separent ; le milieu de l'Epître contenoit le sujet , & les raisons qui le pouvoient appuïer. Nous suivons dans nos Lettres une methode peu differente : nous faisons d'abord des honnêtetez à la personne à qui nous écrivons , soit que nous soïons obligez de la remercier , ou de nous ex-

cuser, soit que nous aïons à lui demander quelque faveur, ou à lui recommander un affaire. Ces premieres civilitez
peuvent être regardées comme ce que
l'on appelle Exorde dans une Harangue:
Elles servent à nous insinuer dans l'esprit de la personne, à qui nous écrivons,
& à la disposer à goûter ce que nous a-
vons à lui dire. Quand nous entrons en
matiére, nous lui faisons voir, selon la
difference des sujets, ou la justice de nos
prétentions, ou la part que nous prenons dans ce qui la touche. Aprés, il
est ordinaire de finir par une protesta-
tion de service.

Mais pourquoi ne trouverons-nous
pas dans la plûpart des Lettres, les quatre parties que les Maîtres d'éloquence
font entrer dans la composition des Harangues ? Nous avons fait remarquer un
Exorde, il est aisé de comprendre que
l'exposition du sujet sert de narration,
& que les raisons qui justifient nos prieres, tiennent lieu de preuve ou de confirmation. Si nous finissons par des assurances d'une parfaite soûmission, ou
d'une éternelle reconnoissance, ce n'est
que pour toucher le cœur & persuader.
Et c'est ainsi que l'on en use dans la Per-

oraison du difcours, où l'on emploîe
les figures les plus vehementes pour entraîner les volontez des auditeurs: Donnons un exemple fur la premiere matiere qui nous paffera dans l'efprit , pour
voir fi on n'y découvrira pas les quatre
parties que nous venons de dire.

LETTRE

POUR PERSUADER UN
homme de qualité de faire
un accommodement.

Monseigneur,

Exorde. Vous êtes si accoûtumé à m'accorder ce que je puis désirer de vous, que je n'ai plus de répugnance à vous demander des graces. Vôtre générosité me donne de la hardiesse, & quand il me resteroit quelque crainte d'être importun, ce ne seroit pas dans cette occa-

Exposition du sujet ou narration. sion. La priére que j'ai à vous faire, ne sçauroit être desagréable. C'est pour donner le repos à des personnes qui sont à vous, & dont les interêts ne vous peuvent être indifferens. Monsieur de * * * & Monsieur de * * * qui re-

levent de vôtre Duché, font en differend pour un morceau de terre, qui ne
vaut pas la peine d'être difputé : Cependant il faut que de fi honnêtes gens ail-
lent à Paris pour plaider, c'eft à dire
pour fe ruiner l'un l'autre. Vous jugez bien, Monfeigneur, qu'il ne feroit pas jufte qu'il leur reftât un foû, fi
la chicane fe mêloit une fois d'ouvrir
leurs bourfes. Je vous fupplie tres-
humblement d'interpofer vôtre autorité, & de vouloir bien terminer cette
affaire par un accommodement.

Preuves ou raisons qui répondent à la confirmation.

J'efpere, Monfeigneur, que vous
ne fouffrirez pas que des Gentils-hommes que vous pouvez foûtenir, tombent
dans la mifere dont ils font menacez,
& que le bien qu'ils avoient deftiné au
fervice du Roi, foit emploïé à fournir
de beaux meubles & une bonne table à
des Procureurs & à des Huiffiers. Ce
païs redoublera la joïe qu'il a d'être fous
vôtre protection, & vous ferez beni
continuellement par des familles que
vous aurez fauvées du naufrage.

Sentimens qui tiennent lieu de Peroraison.

Pour moi, Monfeigneur, je vous en
ferai particuliérement redevable, & quoi
que je connoiffe l'inclination que vous
avez à faire du bien, je ne laifferai pas

de conserver pour cette dernière grace toute la reconnoissance possible, & je serai toute ma vie avec la soûmission & le respect que je dois, &c.

Aprés avoir dit que l'on peut garder cét ordre, j'ajoûte qu'il vaut mieux y renoncer que de le faire paroître. Rien ne doit sentir la côtrainte ni l'affectation dans une Lettre ; Tout y doit avoir l'air de liberté qui regne dans l'entretien ordinaire. Le plus grand maître qu'il y ait eu dans ce genre d'écrire, nous en donne un bel exemple ; Il tâte souvent dans ses Epitres, il hesite, comme pour chercher des termes plus propres. Il se reprend, il mêle des choses qui semblent devoir être separées, & il est bien aisé de persuader qu'il n'a pris ni soin ni peine.

Cicero ad Attic. Epistolae debere interdum hallucinari. Enfin il dit d'une maniére plus forte que je ne le dirai, qu'une Lettre peut quelquefois se moquer du jugement. Cette liberté que l'on peut prendre, n'empêche pas qu'une infinité de gens ne soient embarassés à commencer un billet. Ils se tourmentent à chercher un moïen d'entrer en matiére, & bien souvent même ils ne peuvent se résoudre sur la maniére de metre la suscription.

cription. Quand ils s'adreſſent à une
perſonne d'une qualité diſtinguée, ils ne
laiſſent pas d'avoir une ſecrette répugnance à donner, du Monſeigneur, &
n'oſent pourtant ne donner ſimplement
que le titre de *Monſieur.* Cette incertitude leur donne du chagrin, & il arrive
quelquefois que leur irreſolution ne finit pas même avec la Lettre. Aprés a-
voir préparé une chute qui puiſſe abou-
tir naturellement à *vôtre tres-humble,*
&c. Ils ſont encore en peine s'ils ajoû-
teront *tres-obéïſſant & tres-obligé* ; Et
quand ils ne s'adreſſent qu'à des perſonnes d'une condition médiocre, ils ne
ſçavent s'ils doivent proteſter d'être
leurs *tres-affectionnez ſerviteurs,* ou ſeulement *bien affectionnez à leur rendre ſer-*
vice. Ils n'ont pas même l'eſprit en repos quand ils ont achevé. Ils s'imaginent, ou qu'ils ont fait trop de ſoûmiſ-
ſion, ou qu'ils n'en ont pas aſſez fait,
& ne ſe ſouviennent qu'avec dépit de
ce qu'ils viennent d'écrire : Cependant
il n'eſt pas ſi difficile que l'on penſe, de
ſe tirer de cét embarras : Il faut examiner, ſans préoccupation, qui l'on eſt &
à qui l'on écrit. Si cette réflexion ne
ſuffit pas pour nous déterminer entiére-

B

ment, il ne nous sera point deffendu de consulter les personnes, qui sont les plus versées dans ces matiéres.

Les Anciens en usoient plus commodément que nous : Ils n'étoient point assujettis aux formalitez flateuses que nous observons. La suscription de leurs Lettres n'étoit chargée que de deux noms que nôtre langue ne peut rendre qu'en trois mots , parce qu'elle ne supprime pas les articles, comme , *Ciceron à Lentulus ; Pline à Quintilien , &c.*

Celui qui écrivoit, ne se nommoit le premier que pour contenter d'abord la curiosité de la personne qui recevroit sa Lettre : C'est un empressement de tous les siécles comme du nôtre, de vouloir apprendre promptement d'où viennent les pacquets que l'on reçoit. Les Romains ajoûtoient quelquefois les titres de la Magistrature qu'ils possedoient dans la Ville , ou du commandement qu'ils avoient dans les Armées. mais ils s'arrêtoient-là , & se contentoient d'écrire : *Servilius Tribun du peuple, à Pompée Proconsul , &c.*

Nous passons plus avant, nous croïons ne faire pas assez d'honneur à un homme , même d'une condition médiocre, si nous ne l'appellons qu'une fois, *Monsieur* à la suscription. Nous écrivons à *Monsieur*, *Monsieur*, &c. Si c'est un grand Seigneur, nous ajoûtons le titre de la dignité, & nous n'entrons que trop souvent dans le détail de ses terres; comme si nous entreprenions de faire l'inventaire de ses biens : C'est principalement à la tête des Epitres dédicatoires, que l'on fait cette espéce de dénombrement.

Un Romain n'avoit pas plus de peine à finir qu'à commencer. Il étoit quitte pour saluer les gens & leur dire Adieu. Un François cherche bien d'autres ceremonies : La coûtume l'oblige de mesurer les honneurs qu'il rend, sur la qualité & sur le mérite de la personne, & bien plus encore sur le besoin qu'il en a.

Cependant nous avons lieu d'esperer, que nous pourrons secoüer le joug d'une servitude si fâcheuse. Aprés avoir emprunté des anciens Romains tant de mots pour enrichir nôtre Langue, peut-être nous porterons-nous insensiblement à les imiter dans cette maniére d'écrire. Les Billets qui sont si en usage, me le font conjecturer. Nous les voïons affranchis des formalitez qui regardent le commencement & la fin , & cette liber-té dont on se trouve si bien dans les billets, s'établit peu à peu dans les Let-tres. Ainsi il est à croire que nous pas-serons de cette petite commodité à une plus grande , & que nous bannirons en-fin les ceremonies de nos Lettres, com-me nous avons retranché de nos con-versations ces complimens embarassans, que nos peres se picquoient d'étaler jusqu'au dernier mot. En attendant un changement si heureux , le meilleur parti que l'on puisse prendre , est d'exa-miner qui l'on est & à qui l'on s'adres-se , comme je l'ai déja dit. Un Gentil-homme ne doit pas manquer de donner du *Monseigneur* à un Maréchal de Fran-ce , quand il lui écrit: Il est obligé de sçavoir , que cét Officier de la Couron-ne est son superieur de plus d'une ma-niére ; Qu'il est Juge de ses differends , & qu'il le commande dans les armées. Les Pairs de France prétendent être les premiers du Roïaume , & ne ceder qu'aux Princes du Sang. Il y a même un ordre établi , que les Princes étrangers n'ont de rang dans les Ceremonies pu-bliques, que selon les Duchez qu'ils possedent. Que l'on examine quels Princes nos Pairs comptoient autrefois parmi eux : Que l'on se souvienne du Duc de Bourgogne & de ceux de Normandie & d'Aquitaine : Que l'on regarde ensuite, s'il y a bien des gens qui se puissent dispenser d'écrire à *Monseigneur, Monseigneur le Duc de* * * *.

Il n'y a pas long tems qu'un Duc voulut bien me faire voir quelques Lettres de consolation, qu'il venoit de recevoir sur une perte qu'il avoit faite. Je remarquai qu'un Intendant de Province d'une des plus illustres familles de la Robbe, n'avoit pas manqué de lui donner du *Monseigneur* ; & peu de momens après je vis que le même Duc refusa de lire la Lettre d'un Président à Mortier d'un Parlement considerable, parce qu'il n'y avoit que *Monsieur* à la suscription. Il rendit la Lettre assez brusquement à celui qui la lui avoit presentée, & d'un ton qui marquoit assez qu'il avoit sujet de se plaindre, il répondit en ces termes. *Dites à Monsieur le Président de* * * * *qu'il me rende ce qu'il me doit, s'il veut que je lise ce qu'il m'écrit.*

Personne n'ignore que ces marques

d'honneur & de déference ne faſſent ſouvent des conteſtations. Pour éviter ces démêlez, il eſt à propos d'examiner quelles ſoûmiſſions on eſt obligé de faire : On pourroit donner bien des exemples ſur ce ſujet, mais je me contenterai de rapporter ce que je lûs ces jours paſſez dans la vie du Pape Sixte V. Je vis que le Duc d'Oſſone Viceroi de Naples, & Pierre de Tolede Général des Galéres du même Roïaume, eurent de grands differends pour quelques Lettres qu'ils s'écrivirent, quoi qu'ils ne cherchaſſent d'abord qu'à ſe faire des honnêtetez. Quand le Duc qui étoit Ambaſſadeur Extraordinaire à Rome, fut ſur le point de partir, le Général des Galéres qui ſe trouva à Caïette, lui envoïa offrir de le ramener, mais les premieres civilitez qu'ils ſe firent, aboutirent bientôt à une rupture, chacun ſe plaignant de n'avoir pas reçu les honneurs qui lui étoient dûs.

On eſt ſi délicat dans ces rencontres, qu'on n'y ſçauroit apporter trop de précautions, ni regarder trop exactement l'humeur & le rang de la perſonne à qui on s'adreſſe : Un Evêque étant obligé d'écrire au Cardinal de Richelieu, fut

embaraffé à réfoudre quels honneurs il
lui rendroit : Il avoit de la répugnance à
fléchir les genoux , & à ne parler que
l'encenfoir en main , mais d'autre part
il craignoit d'irriter un homme dont il
connoiffoit le pouvoir & la fierté : De
forte qu'il fe détermina d'écrire en Latin pour s'affranchir d'une efpéce de
fervitude , à quoi le François eft affu-
jetti : Il ne trouva pas d'inconvenient
qu'un Prélat fe fervît d'une Langue ,
qui eft proprement celle de l'Eglife.

On ne peut donner de maxime générale fur cette matiere , fi ce n'eft qu'il
faut régler differemment ces fortes
d'honneurs felon la difference des perfonnes. Il y avoit peu de gens en France qui n'écriviffent au Grand Miniftre
dont nous venons de parler , avec un
refpect qui tenoit en quelque maniere
de l'adoration : Mais quand le fameux
Duc de Rohan lui dedia fon *Parfait Ca-*
pitaine , il fe contenta d'écrire , *à Mon-*
fieur Monfieur le Cardinal de Richelieu.
Il eut raifon, il fentoit fon merite , &
voïoit de quelle Maifon il étoit Chef.

CHAPITRE IV.

Du stile qui convient le mieux aux Lettres.

NOus avons fait connoître que le stile des Lettres doit être aisé, & approchant de la conversation ordinaire : Ce sentiment n'est pas contraire à ce que nous avions déja avancé, que nous ne pouvons revoir nos Lettres avec trop de soin. J'ajoûterai même que ces petits ouvrages donnant moins de peine à polir que les grands, les fautes y sont moins excusées : Cependant il ne faut pas que nôtre exactitude aille jusques à faire juger que nous avons travaillé avec beaucoup d'application. Tout doit paroître naturel dans une Lettre, & il faut absolument que l'art s'y cache. Que l'on ne confonde pourtant pas une facilité douce & familiére avec une simplicité grossiére & sans tour. On doit se souvenir qu'un caractere de politesse doit toûjours distinguer les Lettres des Personnes de qualité, de celles qu'ils reçoivent de leurs Procureurs ou de leurs Fermiers.

Mais

Mais comme on traite toutes sortes de matiéres dans les Lettres, on ne peut se borner à un seul stile : On est obligé d'accommoder ses expressions à la nature des sujets & au rang des personnes. Il faut qu'on s'éléve noblement, quand on écrit à des Personnes d'une grande consideration, & que l'on descende à des façons de parler plus familiéres, lors que l'on ne s'adresse qu'à des amis.

On doit emploïer tout le bon sens dont on est capable pour rendre compte d'une négociation importante, & ne chercher que des termes de tendresse, quand on veut témoigner à un parent la part que l'on prend à son affliction ou à sa joïe. Cette matiére demande plus de sentimens que de pensées; L'esprit y doit moins parler que le cœur ; Si nôtre imagination se joüe dans des complimens de consolation & qu'elle y fasse paroître du brillant, on croira que nous ne sommes point touchez, que nous songeons moins aux interêts des autres qu'à nôtre propre réputation. Je soutiens même que ce n'est pas le moïen d'être applaudi que de faire le Bel-Esprit dans ces rencontres. Il faut garder l'agrément pour d'autres occasions, il ne le faut répan-

C

dre que sur des matiéres divertissan-
tes.

Le jugement demande cette varieté:
Il veut que l'on change de stile selon les
sujets que l'on traite. Je ne trouve pas
de régle plus sûre que de suivre un si bon
guide ; Il nous méne où nous devons aller.

Il n'est pas difficile de voir quel stile
peut convenir à la matiére d'une Lettre, mais je ne sçai s'il est fort aisé de
soûtenir le caractere que l'on a choisi.
Nos plus célébres Auteurs n'y sont pas
si exacts qu'ils n'y manquent quelquefois. Nous en avons un fameux, qui
aime de telle sorte tout ce qui sent le sublime, que se voulant moderer dans ses
dernieres Lettres, il ne peut s'empêcher de s'élever, lors même que le sujet ne veut que des expressions familiéres.

Il écrit à une Dame de ses amies pour
la remercier de quelques sachets, qu'elle lui a donnez, & après avoir loüé l'o-
deur du présent, il passe à l'éloge de la
Dame & le fait de cette sorte.

Quand le Soleil s'approcheroit de nous
de je ne sçai combien de degrez, & qu'il
auroit à Xaintes la même vertu qu'il a à

Memphis, il auroit toûjours besoin de vô-
tre science. Si vous ne le secondiez, il
ne sçauroit cuire. &c.

Il y auroit bien des gens qui cherche-
roient des expressions moins magnifiques & plus galantes dans un compliment de cette nature, ils ne s'aviseroient
pas de citer un nom de Ville tres-ancien
& fort inconnu à la plûpart des Dames.

Le même Auteur promet dans la même Lettre un Panegyrique plus ample de
son amie, & ajoute ces paroles : *Vous*
me permettrez de vous dire cependant, que
ce n'est pas peu d'entrer en société avec le
Soleil pour conduire ses ouvrages à leur
fin.

Quelquefois il tâche de se joüer, &
tombe dans des équivoques, comme
quand il parle du commerce de Lettres
entre les amis, & qu'il dit parlant du papier, *qu'il ne faut pas que l'amitié se main-*
tienne sur un fondement si leger.

Il pouvoit sçavoir que c'est pourtant
au papier que l'on confie tous les jours
ce qu'il y a de plus important dans la vie,
comme sont les obligations, les ven-
tes, les constitutions de rente, les con-
trats de mariage, &c.

Revenons aux caractéres que l'on soûtient mal, & tirons-en un exemple du même Auteur : Dans une Lettre de consolation il promet *de travailler à la consecration d'une mémoire qui lui est sainte* : ce sont ses propres paroles : Cependant il ajoûte une badinerie de Poëte à une prose si serieuse & sur une matiére si triste : *J'invoque,* dit-il, *dés à present nos Déesses, afin qu'elles m'inspirent des lignes qui puissent durer, au lieu que la vanité des hommes taille dés marbres qui périront.*

C'est avec raison qu'il se mocque de la vanité des hommes, dans une période où il parle si modestement de lui-même, en disant que ses écrits dureront plus que le marbre.

Dans une de ses Lettres choisies, parlant de Monsieur l'Avocat général Talon, il cherche encore le Soleil en ces termes : *Je serois bien glorieux s'il étoit vrai qu'il fît cas de moi, & que dans le Soleil où il combat, il regardât avec quelque estime l'ombre dans laquelle je me joüe.*

L'Autre Auteur celebre que nous avons en matiére de Lettres, a le genie opposé à celui dont nous venons de

parler : Il manque rarement à dire les
choses d'une manière galante & enjoüée : mais il tombe quelquefois de ce
caractere charmant, dans des expreffions populaires, fans parler de celles
qui peuvent faire mal au cœur, comme quand il dit que l'on trouva trois
poux fur une Dame.

Ecriyant à Madame la Duchesse de
Montauzier, lorfqu'elle étoit encore
Mademoifelle de Ramboüillet, il lui
peint le malheur, qu'il y a d'être éloigné d'elle, & pourfuit agréablement de
cette forte : *Vous ne fçavez ce que c'eft
que ce mal, Mademoifelle ; vous qui n'a-
vez jamais été fans vous ; & qui n'avez
pas éprouvé la douleur qu'il y a de fe fe-
parer de la plus aimable perfonne du monde.*

J'aurois bien voulu qu'il en fût demeuré là, au lieu de faire une defcrip-
tion dont il fe pouvoit paffer. *Si vous
voulez,* dit-il ; *je vous dirai comme cela
fe fait. Le premier jour on eft tout endormi, le fecond tout affoupi, & le troifième
tout étourdi : & puis quand on commence
à fe reconnoître, & que le fentiment eft
revenu, on foûpire à dire d'où venez vous.
Et foûpir de - ça & foûpir de - là &*

vous en aurez.

C'est dommage aussi que cet Auteur ne prenne pas toûjours garde à placer juste ses relatifs. Au lieu du tour élegant qu'il prétend donner, il fait des allusions ou des équivoques, qui ne contribuent point à la netteté du stile.

Voici de quelle manière il écrit à une illustre personne de ses amies : *Puisque l'honneur que vous me faites de m'aimer, est la premiere consideration qui m'a donné quelque part en ses bonnes graces, je vous supplie très humblement de m'aider à lui rendre celles que je lui dois.*

Je ne sçai si *celles*, se rapporte naturellement à *bonnes graces.*

La differente signification de ces termes peut embaraffer, & un Lecteur est bien aise de comprendre d'abord les choses sans se donner la peine de les démêler : Cependant il n'est pas facile d'accorder cette construction avec le bon sens. Si *ses bonnes graces* veulent dire son amitié, la Grammaire demande que le mot *celles* qui s'y rapporte, ait la même signification, mais la raison s'y oppose, car outre que nôtre Auteur peut aimer sans le secours de son Heroïne, on voit bien que *celles* ne se peut pren-

dre que pour un remerciement , & il est
certain aussi que l'on remercie mieux a-
vec l'assistance d'une personne éloquen-
te.

Disons neanmoins que l'on trouve de
si grandes beautez dans les Lettres de
ce fameux Ecrivain, qu'il y auroit de
l'injustice à lui reprocher quelque léger
défaut. Les petites observations que je
viens de faire , vont moins à ternir sa
gloire , qu'à porter ceux qui liront ces
avis , à n'épargner aucun soin pour approcher de la perfection. Si on a des
pensées moins galantes que cét Auteur,
que l'on tâche d'avoir le stile plus cor-
rect & plus exact. Que l'on garde un juste temperamment dans les expressions,
qu'on les soûtienne, de peur qu'elles ne
tombent dans les manières de parler du
bas peuple. Mais aussi que l'on s'éleve
sans se guinder, & que l'on évite ce
que l'on appelle *le Phebus*. Que l'on ne
s'avise pas de s'enfler pour faire paroître que l'on a de l'embompoint ; En un
mot que l'on se tienne au dessous des figures , qui ne doivent entrer que dans
les Harangues.

Par cette distinction que je fais , on
voit bien que je ne voudrois pas em-

ploïer dans une Lettre , des figures trop
fortes ou trop brillantes, sur tout si le sujet ne demandoit qu'un air aisé & fami-
lier. Il est vrai que dans des reproches
qui sont bien fondez, & que l'on ne fait
que dans des occasions considerables, il
est permis de se servir de façons de parler hardies & même vehementes.

La plus sûre maxime est d'être judi-
cieux & retenu dans l'usage des figures.
Un stile languit, quand il en est entiérement dénüé ; & si au contraire il en est
trop rempli , il degenere en galimatias.

N'oublions pas d'examiner exactement la matiére que nous devons traiter : tournons la de toutes les faces
qu'elle peut avoir , & ne manquons jamais à la prendre du côté, qui sert le
mieux à nôtre dessein.

Faisons nous une Loi inviolable de
consulter le goût du siécle & de la Nation. Si les gens polis ne mettent dans
leurs Lettres ni fables , ni histoires , ni
proverbes, ni sentences , renonçons à
ces prétendus ornemens que l'on cher-
choit autrefois avec tant de soin: Aban-
donnons-les à certains beaux Esprits ,
qui s'érigent en oracles de la basse Bout-

geoifie. Ce feroit un grand agrément
pour des Lettres qui commenceroien
en ces termes !

Tout ainfi comme Jupiter foudroïa **Fable.**
les géans qui s'étoient foûlevez contre
lui , vous avez lieu de craindre que le
Seigneur de vôtre Village ne gagne le
procez que vous lui avez intenté.

Il ne faut pas s'étonner fi Annibal de **Hiftoire.**
Cartage fut un grand guerrier , puifque
fon pere Amilcar le mena dans les Armées dés fon enfance. Ainfi , mon coufin , vous ne fçauriez mettre vôtre fils
trop tôt chez un Procureur fi vous voulez qu'il devienne grand Praticien.

C'eft une maxime généralement fui- **Senten-**
vie par les Nations équitables , que le **ce.**
devoir eft préferable au plaifir , de forte
que la raifon m'oblige d'aller voir un
de mes amis malade , & m'excufe auprés de vous , fi je differe jufqu'à mardi
nôtre partie d'Opera.

Comme il eft de notorieté publique **Prover-**
qu'un clou en chaffe un autre , ne vous **be.**
étonnez pas qu'un voïage que je fuis o-
bligé de faire à Pontoife m'empêche
d'aller avec vous à Orleans.

Ce ftile paffoit autrefois pour être
plein de bon fens & d'érudition , & pre-

sentement ce seroit allez que d'écrire
de la sorte pour être tourné en ridicule.

Je ne sçache que Voiture qui ait emploïé des Proverbes avec succez, encore ne s'en est-il servi qu'en se joüant. Il
seroit dangereux de l'imiter en cela , &
même en d'autres choses. Et puis quand
on auroit le génie aussi heureux qu'il l'a-
voit , & que l'on attraperoit une maniére d'écrire aussi aisée , & aussi agréable , on ne s'établiroit jamais la même
réputation. Comme l'on ne viendroit
qu'aprés lui, les Lettres que l'on donneroit ne passeroient que pour des copies.
Le plus sûr est de ne se pas joüer trop
souvent & de prendre garde à qui on se
joüe. Voiture même se pouvoit passer
d'entretenir une prémiére Princesse du
sang de certaine indisposition qui l'em-
pêchoit de l'aller joindre à Poilly. Il
ne faut pas douter que l'idée du mal qu'il
avoit , & de l'endroit où il en étoit incommodé , ne salisse l'imagination des
Dames , & il est certain qu'il ne leur
faut rien representer , qui puisse choquer leur délicatesse. Envelopons ce
que la bienséance nous défend d'expliquer ; contentons nous de faire enten-

dire ce qu'il ne nous est pas permis de dire : Aions recours à des expressions agréables ou nobles selon que le sujet le demandera.

Un de mes amis parlant de la conduite de son neveu, *Il est exact en ses exercices,* disoit-il, *il s'applique aux Mathematiques & à l'Histoire, pendant que la plûpart de ses camarades font des parties pour aller chez un traiteur ou même à des maisons qui craignent le Commissaire du quartier.* Il y a quelque tems que je donnai un tour qui déguisa des expressions dont le sens ne devoit être que sous-entendu. Je fis connoître dans un de mes ouvrages qu'il y eut des femmes de qualité à Sparte qui cabalerent pour l'élection des Magistrats. Voici les termes dont je me servis : *Quelques-unes acheterent les suffrages à deniers comptans, d'autres les païerent encore plus cher.*

Dans le même endroit je dis que le desordre étoit si grand, que les Dames sortirent d'une Ville, où la mort n'étoit pas *le plus grand mal, qu'elles eussent lieu de craindre.*

S'il y a du danger à se joüer trop souvent, il n'est pas à propos non plus de s'étendre dans ce que l'on appelle *Lettre* de *Bel-Esprit.* Qu'il ne nous arrive que rarement d'écrire sans nécessité & sans matière. Il est avantageux qu'un sujet nous fournisse des pensées, autrement nous sommes contraints de païer d'imagination & de nous donner bien de la peine pour continuer à briller agréablement. Je prends garde que l'on affecte d'étendre ces sortes de galanterie, quoi que généralement parlant, toutes les Lettres doivent être courtes. Il ne faudroit pourtant pas que la crainte de les faire longues fist serrer le stile jusques à le rendre obscur, ou qu'elle portât à retrancher des circonstances qui pourroient servir à nôtre sujet.

Si nous demandons un éclaircissement ou que nous rendions conte d'une affaire considerable, couperons-nous cette matière comme celle d'un compliment, au lieu de la montrer revétuë de toutes les particularitez qui peuvent contribuer à une plus grande instruction ? Il n'est pas défendu de s'étendre dans ces rencontres-là, pourvû que l'on ne tombe point dans des redites, & que l'on retranche tout ce qui ne fait pas essentiellement au sujet. Mais si une Lettre ne doit pas devenir un Livre par sa lon-

gueur, il n'est pas permis non plus de
lui donner des bornes beaucoup plus é-
troites qu'à un billet, quand ce ne feroit que pour un compliment que la seule bienséance nous obligeroit de faire.
Ce peu de paroles laisse une idée d'indifference dans l'esprit des personnes,
qui sont d'une égale condition, & témoigne une espece de mépris pour ceux
qui sont au dessous.

Disons aussi que lors que l'on est o-
bligé d'inserer les mots de *Monsieur* &
de *Madame*, dans le corps d'une Lettre, il faut prendre garde à le faire judicieusement. Il y a quelque tems qu'un
bel Esprit appelloit ces termes-là des
Gâte-périodes, & je pense qu'il n'avoit
pas tort. Il n'arrive que trop souvent
qu'ils font des équivoques, ou qu'ils
coupent le sens quand on néglige de les
placer à propos. Mais ils ne produisent
pas ce mauvais effet, quand on a soin
de choisir les endroits, qui semblent les
demander naturellement, comme après
le mot *vous* : *J'ai été chez vous, Monsieur*
&c. Mais pour *vous, Madame,* &c.
Quand on interroge ou que l'on assure.
Est-il possible, Monsieur, &c. *Je vous*
proteste, Madame, &c. Je ne le mettrois

pas aprés certains verbes qui paroîtroient les regir comme *j'aime Madame à me promener*, &c. *Je haïs Monsieur à la mort à solliciter*, &c. C'est dans
ce lieu-là que les mots de *Monsieur* &
de *Madame* font véritablement des é-
quivoques & deviennent *gâte-périodes.*

On met aussi *Monsieur* & *Madame* a-
prés un verbe de la seconde personne.
Exemple. *Vous sçavez, Monsieur*, &c.
Vous ne doutez pas, Madame, &c. Il
faut excepter le verbe substantif *je suis,
tu es*, &c. Ce n'est pas à la suite de ce
verbe , que je voudrois placer les termes dont nous parlons, comme , *Je suis
Monsieur*, &c. *Vous êtes Madame*, &c.

C'est aussi par la premiére personne
ou par la seconde que je voudrois commencer mes Lettres. *Je vous proteste,
Monsieur*, &c. *Vous sçavez, Madame*,
&c. Mais j'aimerois bien que ce fût d'un
air aisé , au lieu de faire d'abord le Bel-
Esprit. Ce n'est pas qu'un commencement qui brille , ne surprenne agréablement , mais il est dangereux que peu de
lignes aprés , on ne tombe dans une langueur differente de cette surprise , &
quand même on pourroit soûtenir cette

vivacité, il paroîtroit une affectation qui ne sçauroit plaire aux gens de bon goût.

Il y a auſſi de petites obſervations à faire pour la fin des Lettres : On croit qu'il eſt plus civil de ne mettre le degré de parenté qu'à la ſouſcription, comme *je ſuis vôtre tres - humble ſerviteur & tres affectionné couſin.* Cependant j'ai pris garde que nos meilleurs Auteurs & que la plûpart des gens de qualité ne s'attachent pas à cette régle. Ils commencent ſans façon par, *Monſieur mon cher couſin, Madame ma chere niéce,* &c. J'ai remarqué que les grands Seigneurs ne manquent preſque jamais à ſigner differemment ſelon la différence des perſonnes à qui ils adreſſent leurs Lettres. Ils ne mettent ſimplement que leur nom quand ils écrivent à des égaux ou à des Superieurs, & ils ajoûtent leur titre ou qualité quand ils s'adreſſent à des gens d'une condition inferieure, *comme je ſuis vôtre,* &c. *Le Duc de* * * * *le Marquis de* * *.

Pour la datte on demeure aſſez d'accord qu'il eſt plus civil de ne la mettre qu'aprés la ſouſcription, & ce n'eſt pas dans les Lettres qu'il faut être avare de civilité.

Je souhaiterois pourtant que dans les Lettres respectueuses on donnât des bornes aux soûmissions que l'on y fait, & qu'on n'allât ni jusques aux flatteries excessives, ni jusqu'à une complaisance servile. Quand on rampe avec cette espece de lâcheté, on s'attire moins l'estime que le mépris des personnes même, à qui on prétend faire sa cour.

Evitons aussi l'extrémité opposée, ne traittons jamais trop familiérement les personnes qui sont au dessus de nous. j'avoüe que Voiture a plû en badinant avec tout ce qu'il y avoit de plus considerable à la Cour; mais y a-t'il beaucoup de gens qui aïent les avantages qu'il avoit, pour se promettre un pareil succez ? Il étoit aimé des personnes les plus illustres de son tems, & bien loin que ses railleries pussent offenser, il ne s'en servoit que pour loüer d'une manière plus ingenieuse & plus réjoüissante. Il donnoit le nom de *Brochet* à un grand Prince, mais il faisoit suer les Balênes devant ce Brochet, & mettoit ce poisson dans une sauce, dont le goût étoit relevé par les lauriers qui y entroient.

Que trouve-t'on de surprenant & d'agréable dans un Eloge que l'on fait
sans

finesse & à découvert ? Depuis qu'on
parle & qu'on écrit on se mêle de donner des loüanges, mais demeurons d'accord que la plûpart de ces loüanges sont
fades & usées. Peu de gens suivent le
conseil de ce grand homme de l'antiquité, qui veut que nous disions les choses
communes d'une maniére qui ne le soit
pas.

Cette maniére qui n'est pas commune,
est un tour qui rend nôtre ce que nous
disons, & qui y donne la grace de la
nouveauté, encore que mille autres
l'aïent dit. Dans l'arangement des mots
que peut demander ce tour, il faut consulter l'oreille, & voir si elle paroît
contente. Elle veut que l'on évite certaines rencontres de voïelles qui font de
la peine à prononcer, comme il *commen-*
ça à acquerir, &c. N'en déplaise à un
Auteur célébre, à qui nous devons de
belles remarques sur nôtre langue, si je
me voïois contraint de me servir de ces
termes j'aimerois mieux dire : *Il com-*
mença d'acquerir. Nôtre langue aime la
douceur de telle sorte, qu'elle tombe
dans les fautes que l'on appelle *Solecis-*
mes, plûtôt que de souffrir quelque chose de trop rude. Elle met le masculin &

D

le feminin enſemble pour ne pas bleſſer l'oreille. Elle nous fait dire *mon épée* au lieu de *ma épée*, comme le voudroit la Grammaire. Il eſt ſi vrai que nous ne renverſons les régles que pour éviter u-ne prononciation choquante ; que ſi nous mettons une Epithéte qui ſepare les deux voïelles, nous ſuivons la conſtruction ordinaire, & nous diſons *ma belle épée*.

Bien des gens trouvent qu'un amas de monoſyllabes a quelque choſe d'aſſez deſagréable, encore que l'on ait remarqué qu'il n'y a rien que de doux dans un vers de Malherbe, qui en eſt entiérement compoſé :

Et moi je ne voi rien quand je ne la voi pas.

Il y a d'autres monoſyllabes, dont l'aſſemblage eſt bien éloigné d'une prononciation ſi aiſée.

J'ai oüi dire que pendant une ſedition on demanda au Gouverneur d'une Ville ſi on tendroit les chaînes, & qu'il répondit d'une maniére bruſque en ces termes :

Qu'attend-on tant que ne les tend-on?

Il ne faudroit pourtant pas que le ſoin que nous prenons de plaire à l'oreille, nous empêchât de songer à satisfaire l'esprit. Ne nous contentons point que les mots soient doux, ou nobles selon le sujet, examinons s'ils donnent parfaitement l'idée des choses que nous voulons exprimer.

Considerons que n'écrivant que pour nous faire entendre nous ne devons emploïer que les termes les plus en usage: Rejettons les vieux & ne nous servons des nouveaux qu'avec précaution. Soïons retenus aussi à mettre des épitetes & des adverbes. Un Lecteur en sentira mieux l'effet, si on ne l'y accoûtume point trop, & il est certain qu'un stile qui en sera debarassé en paroîtra plus agréable.

Ce seroit une belle expression que d'entasser sans necessité des Epitetes, des adverbes & des jeux de mots, comme *les effets admirables de la générosité extraordinaire que vous exercez ordinairement.* Evitons les vers aussi, sur tout au commencement & à la fin des periodes, parce qu'ils y sont remarquez plus facilement. Ex.

Vous voulez bien, Monsieur, que je m'adresse à vous pour vous demander une grace, &c.

D. ij

Voila deux vers dont on ne peut s'empêcher d'être frappé, parce qu'ils font de deux mesures fort ordinaires.

Vous voulez bien, Monsieur, que je
m'adresse à vous
Pour vous demander une grace.

N'affectons jamais de faire les periodes de même longueur. Varions-en l'étenduë & les chûtes, autant qu'il nous fera possible, n'y laissons ni rimes ni consonances.

Que nôtre stile ne soit point trop diffus, si nous ne voulons qu'il lasse d'abord, & qu'il devienne insupportable dans la suite. Cependant ne le serrons pas de telle sorte, qu'il puisse tomber dans l'obscurité, comme nous l'avons déja dit.

N'oublions pas les paroles de cét Ancien qui dit :

Je veux être concis & je deviens obscur.

CHAPITRE V.

De la matiére des Lettres.

COmme nous pouvons parler de toutes les chofes que nous voïons, & même de toutes celles qui nous tombent dans l'imagination, il ne faut pas douter qu'il ne nous foit permis auffi d'en écrire. Mais ce doit être avec plus de précaution encore que n'en demande la converfation, puifque les écrits demeurent au pouvoir de celui à qui nous les envoïons, & qu'il les peut montrer quand il veut. Nous n'avons qu'à confulter le jugement, quand nous fommes fur le point d'écrire. Avec ce fecours tout nous pourra fournir des fujets. Ce qu'il y a de plus ferieux & de plus divertiffant, une affaire importante, une bagatelle, un fimple devoir de bienféance, tout deviendra matiére de Lettres, quand nous le voudrons ou qu'une occafion l'exigera.

Mais avant que de defcendre dans le détail de tant de fujets, ne nous sera-t'il point permis de renfermer dans quelques bornes l'idée générale que nous venons d'en donner ? Ne pourrons nous pas les ranger sous trois especes qui comprennent toutes sortes de dis-cours, & que les anciens Maîtres ap-pellent *genres démonstratif*, *déliberatif*, *& judiciaire.*

On peut mettre sous le démonstratif tout ce qui regarde la loüange, les Epi-tres liminaires, les Lettres Panegy-riques, celles qui servent à re-commander quelqu'un, à feliciter un a-mi, à consoler un parent, & à remer-cier un bienfaiteur : En effet il arrive ra-rement que nous recommandions une personne sans que nous en faissions con-noître le mérite. Si nous felicitons un ami sur son mariage, nous ne manquons pas de loüer la personne qu'il a épou-sée. Il est ordinaire aussi de faire l'élo-ge d'un homme dont nous regrettons la perte, ou d'un grand Seigneur, qui vient de nous accorder une grace.

Nous comprenons sous le même gen-re les Lettres où l'on insere des satires & de la critique, puisque le blâme n'est pas moins une partie du genre démon-stratif que la loüange.

Nous pouvons rapporter au genre dé-

liberatif toutes les Lettres qui tendent à
persuader quelqu'un ou à le dissuader,
c'est à dire, à le porter à quelque resolution ou à l'en détourner : de sorte que
tout ce qui est contenu dans ce genre ,
est ordinairement plus important & plus
nécessaire que ce que l'on range sous le
démonstratif. Si on felicite ou que l'on
console , on ne fait que des complimens :
de bienséance , au lieu qu'il est plus u-
tile de recevoir un bon conseil sur la
profession que l'on veut choisir, que de
se voir blâmer ou loüer , quand on en a
fait le choix. Ainsi les Lettres qui regardent la déliberation , vont à donner
ou à recevoir des avis selon la difference des occasions, & elles tendent encore plus souvent à persuader de nous accorder les graces que nous demandons.

Il est aisé de voir que les accusations
& les Apologies sont du genre judiciaire, & je pense que l'on y peut mettre les
plaintes & les reproches.

Cependant ces trois genres ne sont
pas toûjours en état de conserver sépa-
rement les matiéres qui leur appartien-
nent : Ils s'en prêtent mutuellement
dans plusieurs rencontres. Les délibe-

rations manqueroient d'un grand secours, s'il ne leur étoit pas permis de
loüer les sentimens qu'elles veulent ins-
pirer, & le genre judiciaire seroit à
plaindre, s'il lui étoit défendu de blâmer ce qu'il accuse.

On peut dire même que la plûpart des
sujets de Lettres empruntent le secours
des trois genres. Si je recommande un
ami, je ne manquerai pas d'en faire l'é-
loge, afin que donnant à connoître son
mérite, je le rende plus cher à la personne dont je lui veux acquerir la protection. J'accuserai d'injustice les gens
qui le persecutent, & je tâcherai de
porter le grand Seigneur à qui je l'ad-
dresserai, à lui donner son appui.

Mais encore qu'il arrive rarement
qu'un genre puisse contenir la matiére
qu'on lui assigne, on ne doit pas croire
que la division que nous venons de faire, soit inutile.

Il y a long-tems que nos Maîtres d'é-
loquence ont fait un pareil partage pour
toutes sortes de discours. Je ne doute
point que par là ils n'aïent songé à donner des bornes à des sujets d'une trop
vaste étenduë, qu'ils n'aïent voulu fixer
des idées qui paroîtroient trop vagues
si on

fi on ne les renfermoit de la forte.

Voilà les maximes générales que j'ai crû devoir mettre à la tête de cét Ouvrage, refervant à donner dans la fuite, des avis particuliers fur chaque efpece de Lettres.

Je defcendrai donc dans ces efpeces-là, & j'accompagnerai les préceptes de plufieurs exemples. Il s'en faudra bien neanmoins que toutes les Lettres que je rapporterai, foient de ma façon, de forte que celles que je tirerai d'ailleurs pourront plaire, s'il n'en arrive de même que des bons mots des Anciens que nous condamnons fouvent comme froids, foit qu'ils ne foient plus animez de la chaleur qui les faifoit dire, ou que l'on ne foit plus touché de l'interêt qui les faifoit écouter.

E

LETTRES
DU GENRE
DEMONSTRATIF.

S I le ſujet d'une Lettre oblige a donner des loüanges directes aux perſonnes à qui on écrit, il eſt juſte que ce ſoit d'une maniére fine & conciſe. Rien n'eſt plus fade qu'un éloge étendu & ſans tour, comme je l'ai dit ailleurs, & ce n'eſt pas de la ſorte que j'en voudrois faire, ſi je prétendois écrire avec quelque approbation. Je penſe même que l'on offenſe bien des gens à qui on addreſſe des Lettres pane-giriques. On les traite comme s'ils a-voient peu de modeſtie. Il eſt vrai que pour les Dames il eſt permis de porter la flaterie plus loin. Elles ſont ſi accoûtu-mées à recevoir de l'encens, qu'elles ne ſentiroient pas celui qu'on leur döneroit avec trop d'économie. Nous pouvons traiter les Grands d'une maniére peu dif-ferente, parce qu'il n'arrive, que trop

souvent auffi , qu'on les nourrit de fumée.

Il y a plufieurs fources d'ou l'on tire
les loüanges que l'on veut donner. La
naiffance en fournit de plufieurs fortes.
Nous pouvons confiderer fi une perfonne eft d'un Sang illuftre , & fi elle eft
venuë au monde avec les avantages que
l'on appelle dons de nature. Ces dons
confiftent à être diftingué par une a-
me élevée , ferme & pleine de probité,
par un cœur droit , généreux , tendre &
reconnoiffant, par un efprit fublime, va-
fte , promt , & penetrant, par une mémoire heureufe , par un jugement foli-
de, par un difcernement délicat.

On examine enfuite ce qui regarde
les qualitez extérieures. La beauté aux
femmes , la bonne mine aux hommes ,
aux uns & aux autres , la taille droite ,
libre & au deffus de la médiocre. La contenance noble , aïfée , éloignée de toute affectation,& certains charmes inex-
plicables qui font fentir l'air & les maniéres d'une perfonne qui eft née heureufement. Il faut remarquer fur tout,
fi l'on a joint une bonne éducation à un
bon naturel. Si le fuccez l'a fait voir , fi
l'on poffede de grandes vertus , & fi ces

vertus font convenables aux gens, felon leur fexe, leur âge, & leur profeffion. Une Dame qui auroit l'air déterminé d'un Gendarme pourroit faire peur, mais je ne fçai fi elle donneroit de l'amour, comme je doute que beaucoup de monde approuvât qu'un vieux guerrier eût les petites affectations d'une coquette.

On demeure d'accord que l'on peut loüer du côté de la Fortune. C'eft à elle que la plûpart du monde croit devoir les richeffes & les dignitez. Bien des gens qui ne portent pas leurs penfées auffi haut qu'ils les devroient élever, s'imaginent qu'elle contribuë aux évenemens heureux, par des conjonctures favorables où l'on croit qu'elle conduit. J'ai ajoûté ailleurs que fi nous fortons d'une Maifon illuftre, c'eft en quelque façon à la Fortune que nous en fommes redevables. La nature fait feulement que nous naiffons hommes, & le bonheur veut que certains hommes naiffent grands Seigneurs parmi une infinité de miferables.

Il m'eft permis, ce me femble, de tirer du même ouvrage des exemples pour appliquer aux maximes dont je traite. Ces exemples donneront peut-être quel-

Harangues fur toutes fortes de fujets, avec l'art de les compofer.

ques ouvertures d'esprit à ceux qui voudront écrire, mais ce sera à leur jugement à s'accommoder à la qualité des personnes & au stile des Lettres.

Comme les dons de l'ame sont les plus considerables, & que la pieté est le fondement des autres vertus, c'est par là qu'il est à propos de commencer.
Exemple pour la pieté d'une Dame.

Sa devotion n'est pas comme celle des autres femmes fondée seulement sur l'éducation & sur l'habitude. Elle est confirmée par le bon sens & par des raisonnemens solides qui établissent la perfection Chrêtienne, sans faste & sans superstition.

S'il étoit nécessaire de loüer d'une maniére sublime une personne d'un rang suprême, on ne seroit pas fâché de jetter les yeux sur cét éloge.

C'est une Reine qui au milieu de tant de grandeur & de majesté préfere la solitude de son Oratoire à la foule de ses Courtisans: Qui aime mieux se prosterner aux pieds des Autels que de monter sur le thrône, & qui offre plus volontiers à Dieu les hommages qu'elle lui doit, qu'elle ne reçoit de ses sujets ceux qu'ils sont obligez de lui rendre. Je n'en dirai pas davantage,

la terre n'a point de loüanges pour une vertu qui ne veut des recompenses que dans le
Ciel, & comme la véritable pieté est ennemie de l'ostentation & qu'elle se cache dans
le fond du cœur, les hommes qui n'en voïent
que l'extérieur ne la doivent loüer que par
la vénération & par le silence. Mais s'il
ne m'est pas permis d'entrer dans le Sanctuaire, il ne me sera pas défendu de parler de ce qui éclate au dehors. Tant d'heureux succez qui ont rendu cette Monarchie si considerable à nos alliez & si redoutable à nos ennemis, n'ont pas toûjours é-
té l'effet du bonheur du Prince, de la prudence du Ministre, ou de la valeur des Généraux. Les prieres que nôtre grande Reine offre tous les jours au Dieu des Armées,
ont souvent rendu les nôtres victorieuses, &
pendant qu'elle levoit, sur la montagne,
les mains vers le Ciel, nous avons vû ceder dans la plaine, l'orgueil des nations &
les forces de nos ennemis. Sa pieté nous
donnera la paix aprés tant de victoires
qu'elle nous a données, & cette majesté hu-
miliée devant le thrône de Dieu est seule
capable d'obtenir ce que la malice des hommes retarde depuis si long-tems.

Je connois une Dame de qualité que
je pourrois loüer en ces termes, du côté

de l'esprit, de la mémoire, & de quelques vertus morales.

L'étenduë de son esprit paroît en ce que la capacité qu'elle a pour les grandes choses, ne l'empêche pas de s'appliquer aux petites quand il faut qu'elle en prenne soin dans son domestique, ou qu'elle en parle dans une conversation. Elle a joint à la vivacité de son genie, une lecture continuelle, & sa mémoire est si heureuse qu'elle n'a jamais rien oublié de ce qu'elle a lû. Elle a une incroïable facilité à bien écrire sur toutes sortes de sujets, & rien n'est plus net ni plus poli que son stile.

Sa liberalité égale celle des Princesses les plus magnifiques en la grandeur des presens, & la passe au choix des personnes à qui elle donne, & qui seules peuvent parler de ses bienfaits. Sa générosité seroit plus universellement admirée, si elle étoit moins grande, parce que plus de personnes la comprendroient, dans un siécle où l'on ne pratique guere cette vertu dãs sa perfection.

Je ne m'étendrai pas davantage à donner des exemples, chacun s'en pourra faire selon les préceptes qu'il aura dans l'esprit. J'ajoûterai seulement que l'on peut même loüer un Roi du côté de la Fortune, encore qu'il soit accompli d'ailleurs. E iiij

Si du mérite de ce grand Prince nous passons au bonheur qui l'accompagne par tout, nous verrons avec joïe, que la vertu & la fortune ne sont pas si incompatibles qu'on nous le voudroit persuader. Elles sont comme inseparables dans nôtre Heros, & se disputent l'avantage de contribuer le plus à sa gloire, A-t'il jamais attaqué de place sans la prendre? A-t'il jamais donné de bataille sans remporter la victoire? Vit-on jamais des troupes mieux disciplinées que les siennes? Plus ardentes, plus zelées, plus prêtes à combattre & à se signaler? Quel Conquerant, environné de nations aguerries, a jamais étendu les limites de sa domination si loin & en si peu de tems? Quel Roi a triomphé de ligues plus puissantes & a rendu ses Etats plus redoutables & plus florissans?

J'avouë que dans les exemples que je viens de rapporter il y a bien des expressions qui ne conviennent pas au caractere doux & simple que les Lettres demandent ordinairement. Mais je puis dire aussi qu'il y a des sujets qui ne peuvent être traittez que d'une maniére noble & même sublime. Nous voïons qu'un Auteur que des badineries ingenieuses rendent aimable & célébre n'a pas laissé d'écrire quelquefois d'un stile élevé. L'on remarque dans ses œuvres des Lettres de cét air là , & peut-être ne sera-t'on pas faché que j'en cite une dont le serieux a quelque chose de divertissant. Voici en quels termes il écrit à une Dame de grand mérite qui disoit en raillant qu'elle avoit de l'amour pour Alexandre.

MADAME,

Quand mes *liberalitez seroient aussi grandes que vous dites , elles seroient trop bien recompensées par le remerciment qu'il vous a plû m'en écrire. Vôtre Alexandre lui-même , quelque demesurée que fût son ambition , l'auroit bornée à une si rare faveur. Il eût plus éstimé cét honneur , que le diadéme des Perses, & n'eût pas envié à Achille les loüanges d'Homere , s'il eût pû avoir les vôtres. Aussi, Madame, dans la gloire où je me trouve , si je porte envie à la sienne ; ce n'est pas tant à celle qu'il s'est acquise , qu'à celle que vous lui avez donnée. Il n'a point reçû d'honneur que je ne tienne au dessous des miens, si ce n'est celui que vous lui faites en le nom-*

mant vôtre galant. Sa vanité ni ses flat-
teurs, ne lui ont jamais rien fait accroire
d: si avantageux, & la qualité de fils de
Jupiter Ammon n'étoit pas si glorieuse que
celle-là. Si je me console dans la jalousie
que j'en ai, c'est, Madame, que vous con-
noissant comme je fais, je sçai que si vous
lui faites cette faveur, ce n'est pas tant parce qu'il est le plus grand de tous les hommes,
que parce qu'il y a deux mille ans qu'il n'est
plus. Quoi qu'il en soit, on peut voir en cela
la grandeur de sa fortune, qui ne le pouvant
abandonner tant d'années aprés sa mort,
ajoûte à ses conquêtes une personne qui les
releve plus que la femme, & les filles de
Darius, & qui lui fait gagner un esprit
beaucoup plus grand que le monde qu'il a
dompté. Je devrois craindre, par vôtre
exemple, d'écrire d'un stile trop élevé.
Mais en peut-on prendre un trop haut, en
parlant de vous, & d'Alexandre ?

Je ne sçai si l'on s'étonnera quand je dirai qu'il y a moins de peine à écrire d'un
grand stile qu'à suivre la douce médiocri-
té que l'on nous recommande pour les
Lettres. Chacun se peut examiner là-
dessus, & mon opinion ne sera peut-être pas desaprouvée par ceux qui auront le plus de justesse dans le discerne-

ment. Confiderons que l'efprit tend toûjours à s'élever, & qu'il nous eſt plus facile de lui laiſſer prendre l'eſſor par de grandes expreſſions , que de le retenir dans l'agréable ſimplicité que veut le genre d'écrire dont nous parlons. Si l'on fait réflexion ſur les ouvrages qui regardent le theatre , on trouvera plus d'Auteurs capables de nous donner des tragedies avec ſuccez , que de divertir les honnêtes gens par des piéces comiques. S'il m'étoit permis de citer ma propre experience , je dirois que les maniéres de parler que je fus obligé de charger de grandes Epitetes en continuant Faramond , me couterent moins que certaines expreſſions dégagées de cét embarras , que l'on a pû voir enſuite dans des nouvelles hiſtoriques de ma façon. Mais pourquoi aller chercher des preuves hors de nôtre ſujet? Voïons les deux plus fameux Ecrivains que nous aïons en matiére de Lettres. Il y en a un qui ne cherche qu'à plaire en ſe joüant, l'autre fait tous ſes efforts pour attirer une admiration continuelle. Je veux croire qu'ils ſont arrivés tous deux à leur but , mais je ne ſçai ſi le dernier a été auſſi agréable quand il a voulu deſ-

cendre jusqu'au stile enjoüé, que l'autre s'est fait estimer quand il s'est élevé
aux matiéres serieuses. Je rapporterai
deux exemples qui pourront justifier les
observations que j'ai faites. Dans le premier, un génie porté naturellement aux
grandes maniéres de parler, tâche d'é-
gaïer ses expressions en loüant un de ses
amis qui avoit fait un beau poëme à l'â-
ge de soixante-quinze ans, voici de
quelle maniére il lui parle :

M On Reverend Pere,

Vous faites des plaintes de vôtre vieil-
lesse, & je suis resolu d'en faire l'éloge. Je
veux loüer publiquement & dans le genre
demonstratif, cette vieillesse privilegiée &
cherie du Ciel ; libre & exemte de tous les
mauvais tributs, que les autres païent à
la nature; proposée en exemple par nos
Déesses, à l'ambition & au courage de nos
jeunes gens. Les hivers de Naples me la
representent ; ces hivers tout pleins de lu-
miére & tout couronnez de roses; Celle de
Massinisse a été moins verte & moins vi-
goureuse, & l'enfant qu'il fit à quatre-
vingts ans, n'étoit point une production

comparable au poëme que vous avez fait à
soixante quinze. C'est à dire que le feu
qui descend du Ciel par la voïe de l'inspi-
ration, ne s'éteint pas par la diminution de
la chaleur naturelle ; & si l'art a trouvé
l'invention des lampes inextinguibles , le
maître de l'art peut bien conserver en sa
force la partie ignée de nôtre esprit & fai-
re durer l'ardeur de ses mouvemens. N'y
a-t'il pas même quelques images sensibles
de cette bienheureuse durée ? Qui ne sait
que l'or se raffine en vieillissant , & que
le Soleil son pere est encore aussi clair,
l'année mil six cens quarante deux , qu'il
l'étoit le jour de sa création ? Il faut donc
que je me dédise du mauvais mot que j'ai
avancé autrefois comme une proposition
d'éternelle verité , qu'il ne se voit point de
belle vieille Pardonnez-moi cette parole
temeraire. Je ne connoissois pas alors vô-
tre Muse, qui fait mentir ma proposition ;
& décrie un Proverbe , à qui je pensois
pouvoir donner cours. Sa vieillesse n'est pas
le déclin de sa beauté. C'en est la confir-
mation, par le propre suffrage du tems ;
par l'aveu du present , aussi-bien que du
passé. Ce n'est pas une marque de la vic-
toire des années sur elle : C'est un trofée
de sa resistance & de sa force contre les an-

mées, Je le dis comme je le pense. *Mais si j'étois aussi courageux que les Auteurs de vôtre païs,* j'en dirois bien davantage; je dirois pour le moins, de cette admirable vieille, qu'en l'âge d'*Hecube,* elle a autant d'*Amans,* qu'*Helene* en avoit dans la fleur de sa jeunesse. *Je pourrois vous en alleguer une infinité, tant de ceux qui brûlent à Paris, que de ceux qui soûpirent au deça de Loire; Mais je me contente de parler pour moi, qui suis le plus passionné de tous, & autant qu'homme du monde.*

.Mon Revend Pere ,

Vôtre , &c.

J'avoüe que pour loüer d'une manié-re enjoüée, je ne me serois pas avisé de choisir les termes de *Genre Demonstra-tif,* ni ceux de *Proposition d'éternelle ve-rité.* J'aurois laissé en repos *Hecube* & *Helene* , & je n'aurois pas même cher-ché un bel hiver à Naples , plûtôt qu'à Malte , ou à quelqu'autre ville d'un climat plus chaud. Si un Auteur , qui n'est célébre que par sa Prose , entend les Muses par les mots de *nos Deesses,* il ne doit pas, ce me semble, dire nos

Deeſſes s'addreſſant à un Poëte. Mais s'il n'eſt pas clair en parlant de ſes *Deeſ- ſes,* il n'a pas la même obſcurité par tout. Il ne s'explique que trop préciſément, *Il écri- voit à un Jeſuite.* quand il cite Maſſiniſſe à un homme qui eſt vénérable par ſon âge, & qui vit dans une Société, où l'on aime mieux s'entretenir de quelque exercice de pié- té, que d'entendre dire qu'un vieillard fait des enfans à quatre-vingts ans.

Voici l'autre éloge. Il eſt fait noble- ment, quoique ce ſoit par un Auteur qui n'a accoûtumé que de ſe joüer: mais ſi cette Lettre eſt belle, elle eſt ſi longue, que je ne la dois pas rapporter entierement. Elle loüe le Cardinal de Richelieu, & juſtifie ſa conduite con- tre ſes envieux ; j'en citerai quelques endroits que j'ai choiſis parmi d'autres, qui peut-être ne meritoient pas moins d'être raportez.

MONSIEUR,

Il eſt tems que vous deveniez bon Fran- çois, & que vous quittiez ceux qui en haine du Miniſtre haïſſent leur propre païs, & qui pour perdre un homme ſeul,

voudroient que tout le Roïaume se perdît.
Ils se moquoient des préparatifs que nous
faisions, & quand les Troupes que nous
avions levées prirent la route de Picardie,
ils disoient que c'étoit des victimes que l'on
alloit immoler. Puis quand on resolut
d'attaquer Corbie, bien avant dans le mois
de Novembre, il n'y eut personne qui ne
criât. Les mieux intentionnez disoient
qu'il y avoit de l'aveuglement, les autres
qu'on avoit peur que nos soldats ne mou-
russent pas assez tôt de misére & de faim,
& qu'on les vouloit faire noïer dans leurs
tranchées. Pour moi, quoique je sceusse les
incommoditez qui suivent les Siéges en
cette saison, je ne laissai pas de suspendre
mon jugement. Je pensai que ceux qui
avoient presidé à ce Conseil, avoient vû les
choses que je voyois, & qu'ils en voïoient
encore d'autres que je ne voïois pas. Qu'ils
ne se seroient pas engagez legerement au
Siége d'une Place, sur laquelle toute la
Chrétienté avoit les yeux, & dès que
je fus assuré qu'elle étoit attaquée, je ne
doutai presque plus qu'elle ne deût être
prise: car si nous avons vû que M le Cardinal se soit trompé dans les choses qu'il a
fait faire par les autres, nous ne pouvons
pas dire qu'il ait jamais manqué dans les
entreprises

entreprises qu'il a voulu exècuter lui mê-
me , & qu'il a soûtenuës de sa presence.
Mais puisqu'il vient à propos de parler de
lui , permettez-moi de dire ce que je pense
de ce Grand Homme.

Je ne suis pas de ceux qui aïant dessein
de convertir des éloges en brevets , font
des miracles de toutes les actions de Mon-
sieur le Cardinal. Ils portent ses loüan-
ges au delà de ce que peuvent & doivent
aller celles des hommes , & à force de
vouloir trop faire croire de bien de lui , n'en
disent que des choses incroïables. Mais
aussi n'ai je pas la malignité de haïr un
homme à cause qu'il est audessus des au-
tres : Je le considere avec un jugement que
la passion ne fait pancher ni d'un côté ni
d'autre, je le vois des mêmes yeux dont la
posterité le verra. Lorsque ceux qui vien-
dront aprés nous, liront en nôtre Histoire,
que pendant ce ministere, les Anglois ont
été battus & chassez, Pignerol conquis,
Casal secourû, toute la Loraine jointe à
cette Couronne, la plus grande partie de
l'Alsace mise sous nôtre pouvoir, les Es-
pagnols défaits à Veillane , & à Avein,
& que la France n'a pas un voisin sur le-
quel elle n'ait gagné des Places ou des Ba-
tailles ; s'ils ont quelques goûtes de sang,

F.

François dans les veines, & quelqu'amour pour la gloire de leur païs, pourront-ils li‑ re ces choses sans reverer ce Grand Hom‑ me?

Voïons s'il s'en est fallu beaucoup qu'il n'ait renversé le grand arbre de la Maison d'Autriche, qui de deux branches couvre le Septentrion & le Couchant, & qui don‑ ne de l'ombrage au reste de la terre? Il fut chercher jusques sous le Pôle, ce Heros qui sembloit être destiné à y mettre le fer, & l'abbattre. Il fut l'esprit mêlé à ce foudre qui a rempli l'Allemagne de feu & d'é‑ clairs, & dont le bruit a été entendu par tout le monde. Quand cét orage fut dissi‑ pé, & que la fortune en eut détourné le coup, s'arrêta‑t'il pour cela? Ne mit-il pas encore une fois l'Empire en plus grand hazard qu'il n'avoit été par les pertes de la Bataille de Leipsic & de celle de Lut‑ zen. Ses pratiques nous firent avoir une Armée de quarante mille hommes dans le cœur de l'Allemagne, avec un Chef qui avoit toutes les qualitez qu'il faut pour faire un changement dans un Etat. Que si le Roi de Suede s'est jetté dans le peril plus avant que ne devoit un homme de ses desseins & de sa condition; si le Duc de Fridland, pour trop differer son entre‑

prise , la laissa découvrir ; Monsieur le Cardinal pouvoit-il charmer la balle qui tua Gustave ou rendre Valstein impénétrable aux coups de pertuisanes ?

Vous me direz que Mr le Cardinal a été heureux de prendre des Villes & de gagner des Batailles sans aucune experience ; Mais examinons si dans la mauvaise fortune il a eu moins de hardiesse , moins de sagesse & de prévoïance. Nos affaires n'alloient pas trop bien en Italie ; Nous n'avions guére plus de bonheur devant Dole , où la longueur du siége nous en faisoit attendre une mauvaise issuë , quand on sçût que les ennemis étoient entrez en Picardie , qu'ils avoient pris d'abord la Capelle , le Catelet & Corbie , & que ces trois Places qui les devoient arréter plusieurs mois , les avoient à peine arrétez huit jours. Tout est en feu jusques sur les bords de la Riviére d'Oyse. Nous pouvons voir de nos Faux-bourgs la fumée des Villages qu'on nous brûle , tout le monde prend l'allarme , & même la capitale du Roïaume est en effroi. Sur cela on a avis de Bourgogne que le siége de Dole est levé , de Xaintonge , qu'il y a quinze mille Païsans revoltez qui tiennent la campagne , & que l'on craint que le Poitou :

& la Guyenne ne suivent cét exemple. Les
mauvaises nouvelles viennent en foule, le
Ciel est couvert de tous côtez, l'orage nous
bat de toutes parts, & il ne nous luit, de
quelqu'endroit que ce soit, un seul raïon
de bonne fortune. Dans ces ténébres nôtre
grand Ministre a-t'il vû moins clair, a-
t'il perdu la tramontane? Durant cette
tempête n'a-t'il pas toûjours tenu le gou-
vernail d'une main & la boussole de l'autre? S'est-il jetté dans l'esquif pour se sauver, & si le vaisseau qu'il conduisoit avoit
à se perdre n'a-t'il pas témoigné qu'il y
vouloit mourir avant tous les autres?

Lorsque tout étoit conjuré contre lui, quelle contenance a tenu cét homme que l'on disoit qui s'étonneroit au moindre mauvais
succez? A-t'il fait une démarche en arriére? Il a songé au repos de l'Etat & non
pas au sien, & le changement que l'on a
vû en lui, c'est que durant ce tems, il se
promenoit tous les jours suivi seulement de
cinq ou six Gentils-homme au lieu qu'il
ne sortoit auparavant qu'accompagné de
deux cens Gardes. Avoüez qu'une adver-
sité soûtenuë de si bonne grace & avec tant
de force, vaut mieux que beaucoup de
prosperitez & de victoires. Ouvrez-donc
les yeux, je vous supplie, à tant de lu-

miéres. Ne haïſſez plus un homme qui eſt
ſi heureux à ſe vanger de ſes ennemis. Si
la Guerre peut finir, Monſieur le Cardinal tournera ſes deſſeins à rendre cèt Etat
le plus floriſſant de tous, aprés l'avoir
rendu le plus redoutable. Il dit que les
lauriers ſont des plantes infertiles, qui ne
donnent tout au plus que de l'ombre, &
qui ne vallent ni les moiſſons ni les fruits
dont la Paix eſt couronnée. Il voit qu'il y
a moins de veritable gloire à défaire cent
mille hommes qu'à en mettre vingt mil-
lions à leur aiſe & en ſûreté. Cette tête
qui nous a enfanté Pallas armée, nous la
rendra avec ſon Olive, paiſible, douce,
ſavante, & ſuivie de tous les arts qui mar-
chent d'ordinaire avec elle. Les grands
Vaiſſeaux qui avoient été faits pour porter nos armes au-delà du Détroit, ne ſer-
viront qu'à conduire nos marchandiſes, &
à tenir la Mer libre. Alors ce grand Miniſtre verra combien il eſt plus doux d'entendre ſes loüanges dans la bouche du Peuple, que dans celle des Poëtes. Prevenez ce
tems-là, & n'attendez pas d'être de ſes
amis juſques à ce que vous y ſoïez contraint; profitez de l'avis que vous donne,

Monſieur,

     Vôtre &c.

ELOGE D'UNE DAME.

MONSIEUR,

Quand vous me dévriez prendre pour un Amant paſſionné, il faut que je donne à Madame la Comteſſe de * * * les loüanges qu'elle merite. Ne croïez pas que pour ce deſſein je veüille me ſervir de ces expreſſions générales ou uſées, que vous ne pouvez ſouffrir. Le Soleil ne me fournira non plus de comparaiſon pour ſes yeux, que les fleurs pour ſon teint. Je ne parlerai pas même de la regularité de ſon viſage, de la delicateſſe de ſes traits, ni des agrémens de ſa bouche ; vous ne les avez peut-être que trop remarquez ; Mais je vous dirai qu'au-delà des obſervations que vous avez pû faire auſſi-bien que moi, il y a mille choſes à pêſer qu'on ne peut bien dire, & qu'on ſent encore mieux qu'on ne penſe. Cette admirable perſonne a ramaſſé en elle les divers charmes des differentes beautez, ce qui ſurprend, ce qui plaît, ce qui picque. Tel a reſiſté à des beautez fiéres qui a cedé

à des beautez délicates, & quelquefois
la délicatesse donne du dégoût à des Cavaliers, qui n'aiment à se soûmettre
qu'à la fierté. Nôtre incomparable
Comtesse est seule le foible de tout le
monde. Les emportez trouvent en elle
le sujet de leurs transports, & les ames
passionnées leur tendresse & leur langueur. Esprits differents, diverses humeurs, temperaments contraires, tout
se soûmet à elle sans resistance. Sa conversation n'est pas moins charmante
que sa beauté, & il est certain que l'on
n'est pas moins touché de l'entendre
que de la voir. Rien n'est si poli que ce
qu'elle dit, rien n'est si vif, si juste, si
heureusement pensé. Mais, Monsieur,
pour ne pas entrer plus avant dans une
matiére dont j'aurois de la peine à me
tirer, je me contenterai de vous dire,
qu'il n'y a rien de si malheureux que
d'aimer nôtre Comtesse, ni rien de si
difficile que de ne la pas aimer.

Si nous entreprenions de loüer un
homme illustre & couvert de gloire, il
faut que nos expressions soient propor-
tionnées à la grandeur du sujet. Voici
à peu prés de quelle maniére Ciceron
fait l'éloge de Pompée.

Qu'eſt-ce qui manque à ce grand homme que nous vouluſſions lui donner? Eſt-ce la ſcience militaire, lui qui dés ſon enfance, avoit appris la Guerre, & s'étoit mis en état d'en avoir le ſuprême commandement ? Il a défait plus d'Armées que ſes égaux en âge, n'en ont vû. Il a merité autant de triomphes qu'il a combatu en divers païs. Il a remporté autant d'eſpeces de victoires, qu'il y a de genres de Guerre. Eſt-ce de l'eſprit qu'il faudroit à un homme qui ne s'eſt jamais trompé à prévoir les choſes, à un homme dont les conſeils ſembloient regler les évenemens, à qui enfin une fortune extraordinaire & un merite conſommé ont fait rendre plus d'honneurs que l'on n'en doit à un homme ? Nos Provinces, les Nations libres, les Rois & les Peuples, ont-ils vû, ont-ils eſperé de voir, ont-ils pû ſouhaiter, ont-ils pû imaginer, un homme plus moderé, plus continent & qui eût plus de pureté dans ſes mœurs ?

LETTRE

LETTRE OU L'ON
voit l'Eloge d'une belle Princeſſe.

*Pour l'intelligence de cette Lettre, il
eſt bon de ſavoir que lorſque je tra-
vaillois a la neuviéme partie de
Faramond, feuë Madame me fit
écrire par une de mes Amies, qu'elle ſeroit bien-aiſe de voir ce que
je compoſois avant qu'on l'impri-
mât. Mon Amie m'aſſura dans ſa
Lettre que ſon Alteſſe Royale avoit
dit du bien de la huitiéme partie du
même Ouvrage, où j'ai écrit l'hiſtoire d'Octavie Princeſſe d'Albion
ou d'Angleterre.*

MADAME,

J'envoïe à vôtre Alteſſe Roïale les
cayers qu'elle m'a fait demander, &
j'avouë qu'il ne falloit pas moins que

G

ses ordres pour me faire obeïr dans une occasion si délicate. En effet, MADAME, j'exposerois moins ce que l'on vous presentera de ma part, si je l'abandonnois à la critique du reste du monde, & je suis persuadé que les yeux de V. A. R. sont aussi à craindre pour mes écrits, qu'ils seroient redoutables à mes Heros, s'ils redevenoient sensibles dans la seconde vie que je leur donne. Ainsi ce n'est qu'en tremblant que je songe que V. A. R. va lire la neuviéme partie de Faramond, encore que pour me rassûrer l'on m'ait protesté que vous avez dit du bien de la huitiéme partie. Je ne sai, si cét Ouvrage a été assez heureux pour ne pas déplaire à V. A. R. dépourveu comme il étoit d'un ornement dont j'avois resolu de l'embellir. Une conformité de naissance & de païs m'avoit porté à representer la Princesse d'Albion avec une partie des traits que l'on admire en V. A R. Mais outre que je devois acquerir plus d'art, avant que d'entreprendre un si beau portrait, je vis qu'en le faisant je renverserois les regles que je devois suivre, & qu'Octavie ne pouvoit ressembler à V. A. R. sans être incomparablement plus belle

que Rosemonde , qui est la principale
Heroïne du Roman que j'acheve. Si
mon travail peut avoir quelque succez,
& que le goût du monde ne change pas
pour ces sortes d'Ouvrages , je serai
assez hardi pour en commencer un où
j'aurai lieu de faire connoître avec
quelle veneration je suis , &c.

Personne ne doute que ce ne soit
dans les Epîtres dédicatoires ou liminaires, que l'on donne le plus de loüanges ; C'est principalement dans cette
espece de Lettres, que l'on peut mettre
en œuvre les préceptes que nous venons de donner ; Mais il est bon de faire
convenir le sujet du Livre à l'Eloge de
la personne à qui on l'offre. En voici un
exemple assez fameux que l'on ne sera
pas fâché que je rapporte. C'est pour la
Dédicace d'un petit Livre qui portoit
pour titre , *La Mort & les dernières
paroles de Senéque.* On fut si touché de
certains grands traits que l'on remarque dans cette Epître , que Balzac s'en
expliqua de cette sorte. *Je vois bien que
l'éloquence de Monsieur Mascaron est la
cadette de la mienne , mais je ne sai si la
Cadette n'aura pas plus de charmes que
son Aînée.*

Pere de
M. l'Evê-
que d'A-
gen.

G ij

C'est au Cardinal de Richelieu que l'on dédia cét Ouvrage, & l'Epitre étoit conceuë en ces termes.

Monseigneur,

J'offre ces derniéres paroles d'un des plus grands Hommes de l'antiquité, à celui qu'elle ne nous represente qu'imparfaitement par ses plus rares exemples, & la plus belle mort que les siécles passez nous proposent à une belle vie, qui est la gloire & l'ornement du nôtre. Senéque, qui ne se laissa jamais tenter aux charmes de la Cour Romaine, trouve des douceurs dans la vôtre, que la Philosophie lui permet de goûter ; & puisque la vertu vous a mis en main le partage de la gloire, vous serez, Monseigneur, le témoin & l'arbitre de la sienne. Ce grand Homme m'a lui-même inspiré l'adresse que j'ose faire de ce discours à vôtre Eminence, lorsqu'il dit, que le combat d'un grand cœur contre la mauvaise fortune, est un spectacle digne de divertir un Dieu,

Regardez-donc le fien , qui merite vôtre attention , puifque vous êtes l'un
de nos Dieux Tutelaires , & laiffez tant
foit peu ces hautes occupations , où
vous déliberez de l'accroiffement & de
la chûte des Empires , pour voir mourir celui qui a pris autrefois les mêmes
foins avec fi peu de fuccés.

Je lui ai choifi le fpectateur qu'il a
demandé , puifque vôtre genie , qui affermit le repos de l'Etat , qui veille
pour l'affurer , & qui fait regner la juftice, eft comme Dieu, la caufe univerfelle du bien , & merite par reffemblan-
ce un nom qui lui appartient par nature : Ce difcours ne doit pas choquer
vôtre modeftie ; vous ne pouvez refufer un nom que les divins Oracles donnent à tous les fidéles , & fans blâmer *Ego dixi*
dii eftis.
l'ouvrier qui a gravé fon image fur vôtre ame , l'on ne fçauroit trouver mauvais fi je dis qu'elle lui reffemble.

Autrefois la flaterie ofa fouhaitter
aux Romains des Dieux femblables à
leur Prince, & le Senat applaudit à cette parole , fur l'impiété de laquelle on
ne fauroit encherir : Mais , M o n-
s e i g n e u r, parlant en Chrêtien , &
fans honorer la terre aux dépens du

Ciel , ne doit-on pas dire que vôtre
glorieuse vie suit & adore son exemple,
& qu'elle en imite les perfections. Les
esprits les plus éclairez avoüent que
Dieu vous a départi quelques raïons de
cette clarté inaccessible où il a choisi sa
demeure ; que vous êtes revêtû d'une
lumiére qui n'est pas moins le bien de
ceux qui vous regardent que le vôtre.
Que vôtre prudence ne dissipe pas seulement les nuages qui couvrent les veritez naturelles & morales , mais qu'e'-
le pénétre aussi dans le fond des pensées
humaines , dont les secrets ne sont ou-
verts qu'à celui qui tient la clef des a-
bîmes. Cette connoissance n'est pas en
vous oisive , ou infertile , & par les
merveilles qu'elle nous fait voir , imite
(autant que l'humaine condition le peut
permettre) les productions éternelles
que la sagesse & l'amour font dans le
sein de la divinité. Mais elle a beaucoup plus de rapport avec les effets
que la providence opere au dehors en
la conduite de l'Univers ; Vous avez
comme elle, des voïes inconnuës & des
moïens cachez à la sagesse humaine ,
qui trompent la prévoïance des plus
avisez, ou qui surpassent du moins leurs

pensées & leurs esperances. Si nous venons de voir que les conquêtes des E-
trangers n'ont été , par vos sages conseils , que de beaux songes à nos ennemis , & une nouvelle matière de triomphes à vôtre Maître , c'est qu'en le ser-
vant vous suivez les divines adresses
qui tirent le bien du mal , & qui profitent du dommage.

Ce grand Dieu qui emploïera s'il
veut des lions à cultiver la terre , comme il s'est servi des moucherons à la de-
soler , tire aisément de ses créatures,
des effets qui surpassent , ou qui sont
contraires à leur nature : Et c'est aussi
une merveille ordinaire en vôtre conduite de faire réüssir les desseins par des
moïens qui semblent contraires à leur
fin , & dont l'apparence ne nous feroit
esperer que des mauvais succés , si vous
ne nous aviez appris à suspendre nos
jugemens dans toutes vos entreprises.
Je ne parle pas de ces Ouvrages merveilleux qui ont domté la rebellion , &
bravé la nature , ausquels l'une opposa
ses flotes aussi vainement que l'autre
ses marées : Je ne m'étonne pas non plus
de voir naître les lautiers parmi la glace , & que des Alpes qui refusent leur

La Di-
gue de la
Rochel-
le.

séjour aux hommes, vous en aïez fait
un champ de victoire pour nos Armées.
Mais, M O N S E I G N E U R, d'en aſſûrer le paſſage en l'abandonnant, de
rendre aujourd'hui une ville importante,
pour la r'avoir demain avec plus de ſûreté, & pour la reprendre par un traité, plus glorieuſement que par la force; C'eſt en apparence jetter ſon bien
dans la Mer, pour l'aller recüeillir ſur
le rivage, & faire voir neanmoins que
les Heros, dans leurs penſées, comme
dans leurs actions, dans leur politique,
auſſi-bien que dans leur morale, ſur-
paſſent toûjours la nature. Ces Nations
qui ont ſi ſouvent quitté leurs froides
contrées, pour venir ſaccager toute
l'Europe, & qui en ont empêché la déſo-
lation dés que vous avez procuré leur
alliance à cét Etat : Ne font-elles pas
voir que les cauſes quittent leurs inclinations naturelles, pour ſuivre vos
mouvemens, lorſque vous les faites agir?
Vous avez emploïé à combatre l'inju-
ſtice, ceux qu'on ne croïoit capables
que de la faire ; à ſoûtenir le droit ceux
qui ne l'avoient jamais connu que pour
Guſtave le violer ; & leur Prince dont les pré-
Roi de
Suede, deceſſeurs avoient opprimé la liberté

des Peuples les plus éloignez , aprés
que vous l'eûtes acquis à la France , a
généreufement combatu & perdu la vie
pour celle de fes voifins. De quelques
rapports neanmoins dont Dieu embelif-
fe en vous fon image , il n'en eft aucun
qui foit plus cher & plus glorieux , que
l'avantage qu'il vous a donné de partager avec lui le cœur du plus grand Roi
de la terre , & d'infpirer par vos con-
feils , celui qu'il regle par fes commandemens.

J'arrête, MONSEIGNEUR , & l'é-
cho qui ne répond pas au bruit du tonnerre , m'apprend que ce que les Dieux
font,ne fauroit être exprimé par les hommes : Ma plume avoit pris un effor
qui meritoit un naufrage , & fans confiderer ni mon fujet , ni mes forces, j'a-
vois porté la main fur cette riche matiére qui fait trembler celle des meilleurs
ouvriers. Le filence & l'étonnement
font pour un fujet fi relevé , les meilleures regles de l'éloquence , & ceux
qui croïent y pouvoir réüffir , quelque
grand que foit leur genie, reffemblent
aux voïageurs alterez qui fe perfua-
dent quelquefois de ne trouver pas affez d'eau dans les Riviéres , pour étein-

dre l'extrême foif qui les travaille , &
qui voïent aprés avoir beu tout le
faoul , qu'ils n'ont pas même diminué
le cours ou l'abondance des eaux qu'il
croïoient épuifer. Nous n'avons plus
de paroles pour vos actions , nos forces
défaillent à mefure que vos merveilles
croiffent ; & comme on a dit autrefois
d'un vaillant homme qu'il ne pouvoit
plus recevoir dr bleffures que fur les
cicatrices de celles qu'il avoit déja reçûës , vous ne fauriez être loüé que
par des redites , puifque la verité qui
a des bornes , a dit pour vous tout ce
que le menfonge qui n'en connoît
point , a inventé pour les autres.

Ce n'eft donc pas fans raifon que
Senéque defire de mourir en vôtre pre-
fence , & d'avoir pour fpectateur de fes
derniers efforts , celui dont la feule
voix vaut mieux que toutes les acclamations publiques. Vous le recevrez
favorablement , MONSEIGNEUR,
puifqu'il abandonne pour vous fuivre
les interêts de fa Nation , aux ambitieux deffeins de laquelle vous oppofez
tant d'adreffe & de générofité : Son
nom le rend digne des accüeils que le
mien ne merite pas , & s'il attire vos

regards, ce fera plutôt par l'éclat de fa
vertu, que par les ornemens de ma plume. Je connois pourtant qu'il ne mour-
roit pas fatisfait, s'il n'avoit auparavant
déchargé fon efprit d'une pensée, &
avoüé qu'il voit fans jaloufie les grands
avantages qu'à vôtre vertu fur la fien-
ne, excepté celui que vous poffedez
dans la rencontre d'un Prince qui n'eft
pas moins digne de vos fervices, que
vous l'êtes de fes affections. Senéque
meritoit fans doute un meilleur fiécle
que celui de Neron, mais vous n'en
pouviez rencontrer un meilleur que
celui de L O U I S LE J U S T E, &
le Ciel qui lui fût contraire en cela,
vous a été favorable. Il eut ce déplaifir d'avoir élevé un monftre qui viola
toutes les Loix, & qui deshonora la
nature : Et vous, la fatisfaction de fervir un Monarque qui eft le miracle de
nos jours, & de qui les fruits furpaf-
fent les efperances : Ses foins rencon-
trerent un naturel qui ne fe portoit au
bien que par contrainte, & qui alloit
au mal par inclination, au lieu que
vous êtes ravi de travailler pour un
Prince à qui rien ne plaît que ce qui eft
permis, & dont l'âme a des mouvemens

fi reglez & fi généreux, qu'elle ne voit jamais le bien fans le fuivre, quelque intereft qui s'oppofe à fes refolutions, & quelques difficultez qui les puiffent combattre.

Pardonnez-moi, MONSEIGNEUR, fi parlant de vous comme de l'un de nos Dieux vifibles, j'ai emploïé des traits fi éloignez de mon deffein, puifque nos plus religieux devoirs reprefentent l'Invifible fous la figure d'un homme, & que le Tres-haut qui nous a donné fon image, fe contente de la nôtre. La raifon qui ne reçoit rien que par les fens, ne fauroit rien produire qui n'ait la teinture de leur foibleffe : celle qui a pris fon origine dans le Ciel, prend fes idées fur la terre, qui ne lui en fournit point de plus belles que celles que vous lui donnez. Si bien que ce n'eft pas merveille qu'elle ne puiffe peindre celui qui lui fert d'original, & de qui elle emprunte les idées pour reprefenter les autres.

Mais, MONSEIGNEUR, je fuis comptable au public de ce précieux loifir dont j'abufe par un difcours qui n'a rien de bon que fa matiére, & je voi bien que vous defirez davantage mes derniéres paroles , que celles de Senéque : Auffi n'ai-je rien de meilleur à dire , ou à vous offrir que les tres-humbles devoirs de ma fervitude , & les vœux continuels, que je fais pour la profperité de la France, lorfque je fouhaite la vôtre. Je fuis bien-honteux neanmoins qu'aprés avoir osé parler des merveilles de vôtre vie avec tant de foiblefle , & d'imperfection , il faille que je parle de moi fi avantageufement que de me dire tres – humble & tresobéïflant ferviteur de vôtre Eminence.

Voici une Epître Dedicatoire de ma façon, qui ne fauroit ennuïer par fa longueur.

A Monfeigneur le Duc de Lefdiguiéres , Pair de France , Gouverneur & Lieutenant Général pour fa Majefté dans fes païs & Armées de Dauphiné, &c.

Monseigneur,

Si je vous offre des avantures de galanterie & de guerre, ce n'eft point parce que vous êtes un des plus grands

Seigneurs de France, & que vous avez
dans vôtre illuftre Maifon, des Duchez,
des Bâtons de Maréchal, & une épée de
Connétable : Mais parce que vous êtes
un des plus braves hommes du monde,
& que vôtre intrepidité vous fait, à
tout moment, aller à la gloire à travers
mille perils. C'eft auffi, Monseigneur, parce que vous ne vous diftin-
guez pas moins, à la Cour, par vôtre galanterie ; que vous vous fignalez à l'armée par vôtre valeur. Auffi avoûrai-je
que je vous dois une fatisfaction que
peu de perfonnes peuvent donner; c'eft
de dire de vous avec verité ce qu'il m'a
fallu inventer pour former des Heros
dans mes Ouvrages. Je fouhaiterois a-
vec paffion, Monseigneur, que
vous me puffiez entendre quand je
parle de ce merite extraordinaire qui
m'a fervi de modéle plus d'une fois,
pourveu qu'il ne vous prît pas envie de
me faire taire ; car fi vôtre modeftie me
vouloit impofer filence, j'aurois bien de
la peine à vous obéïr , quoique je fois
avec tout le refpect imaginable, &c.

En voici une autre de ma façon que j'envoiai sans mettre mon nom, & par un homme inconnu, à Mademoiselle Scudery à qui je dédiai une Nouvelle historique, appellée Agialis Reine de Sparte.

MADEMOISELLE,

Il y a long-tems que j'aurois donné un témoignage public du respect & de la reconnoiffance que j'ai pour vous, si je l'avois pû fans parler du mérite qui a fait naître ces fentimens dans mon cœur. Mais je connois quelle eft vôtre delicatefle en matiere de loüanges, & je fçay que si perfonne ne les mérite mieux que vous, perfonne n'a plus de repugnance à les recevoir. J'ai enfin trouvé un moïen de me fatisfaire fans m'attirer vos reproches ; c'eft de ne me pas faire connoître, & de ne parler point de vôtre efprit. Auffi n'en pourrois-je dire que ce que toute l'Europe en dic, à moins que d'ajoûter que vôtre réputation s'étend jufques en Afie, & qu'un fa-

vant Syrien a traduit un de vos Ouvrages en Arabe , à ce que nous en a
écrit le Conful de la Nation Françoife de ce pays-là. Pardonnez-moi,
s'il vous plaît, MADEMOISELLE,
cette particularité qui n'eft pas de
vôtre goût , & permettez-moi d'en
dire une autre dont je fuis incomparablement plus touché. C'eft que vous
êtes la plus généreufe , la plus ardente , & la plus fidélle amie qui fût jamais , & que vôtre cœur eft peut-
être au deffus de ce grand efprit que
toute la terre admire. Peu de gens
croiront cette vérité, & cependant
j'en ai remarqué autant de preuves
que vous avez eu d'occafions de rendre de bons offices. J'en donnerois un
détail dont vous feriez furprife vous-
même ; car ce font des chofes que
vous oubliez d'abord , & c'eft en cela
que vous avez moins de mémoire que
perfonne que je connoiffe. Mais,
MADEMOISELLE, outre que je ne
dois pas publier ce que vous cachez
avec foin , peut-être s'imagineroit-on
que je ne voudrois pas moins faire
mon éloge que le vôtre. On croiroit
que je ferois bien-aife de perfuader
que

Mon-
fieur de
Bonne.
corfe
Conful à
Seyde.

que je suis du nombre de ces amis
choisis qui vous voient assidû-
ment, & qui vous examinant de plus
prés, entrent plus avant dans la connoissance de ce que vous êtes. J'ose
pourtant dire que je ne suis pas de ceux
qui vous connoissent le moins, & pour
vous en faire demeurer d'accord, je
finis une Epître que je suis assuré que
vous trouvez trop longue. Je veux
même vous en rendre la fin plus agréable que le commencement, & vous
parler de ce que le plus grand Roi du
monde a fait pour vous depuis environ deux ans. Il a ajoûté à la pension
qu'il vous a donnée, des honnêtetez
qui sont d'un prix inestimable, &
dont vous avez été touchée aussi sensiblement que vous le deviez. Personne n'en a eu plus de joie que moi ;
car personne n'est plus absolument, ni
plus respectueusement à vous que je
suis.

H

CHAPITRE VI.

Des Lettres de Consolation.

C'EST dans ce genre d'écrire qu'il faut que le cœur paroisse touché, & qu'on l'excite à parler sans le secours de l'esprit. Montrons - nous dans ces occasions moins spirituels que sensibles. Choisissons des expressions tendres & naturelles, & rejettons les pensées qui peuvent avoir quelque chose de brillant ou de trop recherché.

Il n'y a point de compliment de bien-séance dont on se doive moins dispenser que de celui-ci, & nous n'avons pas de coûtume plus loüable que de nous consoler les uns les autres dans nos afflictions. La fortune nous rend misérables de tant de maniéres qu'il y auroit de l'inhumanité à ne nous pas donner cette espece de soulagement.

Voions de quelle maniere nous pourrons adoucir l'amertume d'une douleur, quand la personne à qui nous

écrivons, s'y abandonne avec trop de
violence. Au lieu d'arrêter ses premiéres larmes témoignons que nous y mê-
lons les nôtres. Parlons du mérite de
l'ami ou du parent que l'on vient de
perdre, mais faisons voir qu'il n'y a
rien d'extraordinaire dans cette mort.
Citons quelques exemples plus sur-
prenans dont la personne affligée ait
déja oüi parler, & représentons, sur
tout, ce qui lui reste de plus illustre
parmi ses parens, ou de plus avantageux à la Cour pour satisfaire son ambition.

Si nous écrivions à un grand Seigneur qui eût le bonheur d'être bien
dans l'esprit du Roi, nous pourrions
lui parler de cette sorte : Songez au
Roi pour oublier le reste du monde,
& sachez qu'il ne vous est pas permis
de vous plaindre de la fortune, tant
qu'elle vous conservera ce grand Monarque.

Si l'on s'adresse à des personnes de
quelque distinction par leur courage,
ou par leur esprit, on pourra s'exprimer d'une maniere plus hardie, &
leur representer que ce n'est pas soûtenir leur caractére que de se plaindre
si excessivement.　　　　H ij

Nous pouvons faire voir l'injustice qu'il y auroit de prétendre que dans une loi qui nous condamne tous à la mort, il y eût en nôtre faveur une exception que les plus grands Potentats du monde n'ont jamais obtenuë.

C'est principalement dans les Lettres de consolation que l'on peut méler des traits de Morale ou des sentimens de piété, selon que le demandent l'âge, l'humeur & la profession de celui qui écrit, ou de la personne à qui il s'adresse. Mais il est bon de renoncer à ces citations & aux grands raisonnemens quand nous écrivons à des personnes qui ont plus sujet de se réjoüir que de s'affliger de la mort dont on leur parle. J'avoüe qu'il n'est pas permis de s'accommoder ouvertement aux sentimens secrets de leur cœur, la bien-séance le défend, mais le jugement veut que l'on coupe court dans ces occasions, au lieu de faire de grandes plaintes. Dans d'autres rencontres, nous pouvons d'une maniere plus étenduë parler des miseres qui sont inséparables de la condition humaine. En effet, quels chagrins les gens de qualité même ne sont-ils pas

obligez d'essuier quand ils font leur
cour ? A quelles fatigues, à quels
dangers ne sont-ils pas exposez à la
guerre ? Quels maux, généralement
parlant, chacun ne souffre-t-il pas
dans la vie ? L'indigence fait travailler depuis le matin jusqu'au soir.
Les richesses donnent des peines in-
concevables à acquerir & à conserver,
& il n'y a rien de moins nouveau, ni
de plus ordinaire que de voir donner
des larmes à la perte d'un parent ou
d'un ami. Venons aux exemples, &
donnons-en de differens selon la difference des personnes qui veulent consoler, ou qui ont besoin de consolation. Il est permis à un homme que
la sagesse & l'érudition rendent célebre de s'étendre sur cette matiere. Il
peut écrire comme une espece d'entretien, mêler des maximes de morale, & ajoûter même des conseils si
la personne affligée a de la confiance
en lui.

Voici de quelle maniere il s'y peut
prendre.

Lettre à un homme de qualité, sur la mort de son fils.

JE vien d'apprendre avec une douleur sensible la perte que vous avez
faite, & je ne doute point que vous
n'en soiez dans une extrême affliction.
Je connois vôtre tendresse, je sai quel
étoit le mérite de la personne que
vous regrettez, & j'avouë qu'il n'y
a rien de mieux fondé que vôtre douleur. Je vous dirai même, s'il le faut,
que j'ai toûjours mis une grande difference entre les amitiez que nous
faisons dans le commerce de la vie,
& celles qui naissent des sentimens de
la nature. Les premieres se peuvent
établir legerement par quelques opinions favorables, mais elles ne sont
pas moins faciles à se détruire, ou
par une petite injure, ou par un simple soupçon. Il n'est pas de même des
affections qui tiennent au cœur par
des racines profondes. Ainsi, M o n-
s i e u r, nous jugeons de ce que vous
souffrez, & nous ne pouvons condamner vos larmes. Mais aprés tout,

quand vous vous ferez abandonné au defefpoir, & que vous aurez rejetté tout ce qui pourroit contribuer à vôtre confolation, croïez-vous que le tems n'obtiendra pas de vous ce que vous n'aurez pas accordé à vôtre raifon? Il me femble qu'aiant autant d'experience & de fageffe que vous en avez, vous devriez moderer vôtre affliction. Vous avez fait une grande perte, je l'avouë; mais quel droit aviez vous d'efperer que vous ne la feriez jamais? J'ai oüi parler de plufieurs perfonnes qui font nées heureufement, & qui ont reçû du Ciel des privileges extraordinaires. Cependant vous ne pouvez pas dire que Dieu leur ait donné celui de ne pas mourir. Je vous fupplie, MONSIEUR, de vous mettre devant les yeux toutes les maifons que vous connoiffez, vous n'en trouverez pas une feule où vous n'aiez vû des larmes pour le fujet qui caufe les vôtres. Parlons même de ce qu'il y a de plus grand fur la terre. Confiderons que Verfailles eft en deüil, & que l'on vient de perdre la plus grande Reine du monde. Cette Princeffe étoit jeune, belle, pieufe, fille d'un Roi qui avoit plufieurs Roiaumes, époufe d'un Monarque encore plus grand, & néanmoins il n'y pas eu d'exception pour elle. Croiez moi, MONSIEUR, la mort n'eft pas ennemie d'un feul peuple, ni d'une feule famille. Elle eft ennemie du genre humain. Je demeure d'accord que par l'ordre de la nature, il faut que le pere meure avant le fils, mais veut-on que la mort s'affujetiffe à la nature, elle qui n'eft occupée qu'à la détruire ? Ne nous plaignons point qu'elle nous attaque plûtôt, ce femble qu'elle ne devroit. La durée de la vie n'eft courte, ou longue, que felon qu'il plaît à celui à qui nous la devons. Tantôt il arrache le fruit en fa verdeur, & quelquefois il en attend la maturité; mais quoi qu'il faffe, nous devons toûjours croire avec foumiffion qu'il ne fait rien que tres-juftement. Il n'offenfe, ni ceux qu'il prend jeunes, ni ceux qu'il laiffe devenir vieux. Demander pourquoi il fait les chofes avec cette diverfité, c'eft une queftion dont nous ne ferons éclaircis que dans un monde où la lumiere fera plus grande que dans celui-

celui-ci. Il y a des fondes pour les
abîmes de la mer, il n'y en a point
pour les fecrets de Dieu ; ne les examinez point, recevez avec vénération ce qui vous en eft arrivé, & vous
calmerez le trouble de vôtre efprit.
Vous avez fatisfait à la mémoire du
fils que vous avez perdu, penfez à
ceux qui vous reftent. Ils font branches de la même fouche, & vous donnent les mêmes efpérances. Aiez-en
les mêmes foins, vivez pour leur
donner les mêmes fecours. Je vous
en conjure par l'affection que vous
avez pour eux, & par celle que vous
fentez pour une illuftre époufe à qui
vous devez toutes fortes de bons
exemples. Montrez-lui de quelle maniere il fe faut conformer à la volonté de Dieu. Si elle vous voit opiniâtre à vous affliger, il eft à craindre
qu'étant d'un fexe plus tendre & plus
foible, elle ne fe porte à quelque extrémité. Souvenez-vous auffi que vous
avez un pére eftimé de toute la Cour,
& dont vous recevez tous les jours
des bien-faits. Témoignez-lui que
malgré tout ce que la fortune vous
ôte, vous aurez toûjours affez, tant

I

qu'elle vous le conservera. Ajoutez à
ces considérations celles qui regardent
le Grand Monarque que vous servez.
Il vous confie des emplois considérables dans ses Armées, & cet honneur
qu'il vous fait vous oblige à ne connoître d'autre interêt que le sien.
Vous avez toûjours aimé la gloire, &
quand nous avons eu la paix vous
êtes allé chercher la guerre bien loin
pour ne pas cesser de vous signaler.
Voulez-vous présentement qu'on vous
demande ce qu'est devenu vôtre courage ? Ne nous flattons point, les victoires que nous remportons sur nos
ennemis ne sont pas entiérement à
nous. Nous en devons une partie à la
fortune ou à d'autres secours; mais ce
qui nous apartient legitimement, &
où personne n'a aucune part, sont les
avantages que nous avons sur nos
passions, quand malgré leur violence,
nous gardons nos ames dans leur assiete, ou que nous avons la force d'en
rétablir la tranquilité après un trouble
de peu de momens. Je ne vous dis rien
que vous ne sachiez mieux que moi;
mais les marques d'estime que vous
m'avez toûjours données m'obligent

de contribuër au ſoulagement de vôtre douleur ; & vous témoigner avec
quel zele & quelle reconnoiſſance je
ſuis, &c.

Je voudrois inſérer des ſentimens de
piété dans ce que j'écrirois ſur cette
matiére, principalement ſi je m'addreſ-
ſois à des perſonnes d'un ſexe qui eſt
appelé devot par l'Egliſe ; c'eſt pourquoi j'ai choiſi l'exemple qui ſuit dans
un excellent Auteur pour le rapporter.

Lettre à une Dame de qualité ſur la mort de ſa fille.

MADAME,

Si en l'état où vous êtes vous pouvez recevoir de la conſolation, je vois
bien qu'il n'y a que Dieu qui vous
en puiſſe donner. Pour ne rien perdre il lui faut offrir tout ce qu'on perd.
C'eſt le moien de priver la fortune
de ſes droits, & de mépriſer la puiſſance de la mort. Croiez-moi, MA-
DAME, faites une offrande du ſujet

I ij

de vôtre douleur, je vous assure qu'il changera de naturel, & qu'il deviendra la matiere de vôtre mérite. Mettez sur l'Autel la chose que vous regrettez, & vous en augmenterez le prix par un usage si saint. Cette espece de consécration rendra plus parfaite une créature que le tems n'avoit pas encore achevée, & vous la posséderez en Dieu plus sûrement que vous ne la possediez en elle-même. Dieu est fidele, MADAME, il vous gardera ce que vous lui aurez donné, vôtre don sera un dépôt que vous ne pourrez plus perdre, vous le trouverez en celui chez qui on trouve tout. Cette Philosophie que je propose à suivre, n'est pas trop sublime pour une ame aussi élevée que la vôtre. Vous savez mieux que moi qu'il y a plus de remedes en nôtre Religion, qu'il n'y a de maux en nôtre vie. Ainsi, MADAME, prevenez par vôtre pieté le secours que la raison humaine vous pourroit fournir. J'aurois bien voulu qu'il se fût presenté une occasion contraire à celle-ci pour vous renouveller les assurances de mes respects, & vous assurer que je suis, &c.

A une Dame sur la mort de son mari.

MADAME,

Vôtre douleur est si juste, qu'il n'y a personne qui puisse dire que vous n'avez pas raison de vous affliger. Vous avez perdu un mari qui étoit généralement estimé, qui alloit aux premiéres Charges de la Couronne, & qui n'avoit plus qu'un dégré à monter pour y parvenir. Ainsi, MADAME, j'avoüe que le sujet de vos larmes n'est que trop légitime, mais demeurez d'accord que si Dieu ne condamne pas une affliction si bien fondée, il en désaprouveroit l'excés, si elle continuoït. Ce seroit trouver à dire à sa conduite, & s'opposer aux ordres de sa providence. Une douleur dont on ne veut pas se consoler est une espece de revolte contre le Ciel, & la piété chrétienne nous ordonne de nous soumettre à ses volontez. Elle tire profit de tout, & ménage même les choses perduës. De sorte que l'objet de vôtre ambition & de vôtre tendresse

I iij

étant hors du monde vous ne man-
querez pas de le suivre de la pensée, &
de vous attacher plus étroitement à
Dieu. Croiez-moi, MADAME, sa-
crifiez-lui la perte que vous avez faite,
& vous obtiendrez la force de la sup-
porter. On agit surement avec Dieu,
& quoi qu'il ne faille attendre de véritable joie qu'en un meilleur monde
que celui-ci, j'ose dire qu'il ne vous
laissera pas sans consolation, si vous
lui demandez l'assistance de sa grace.
Je vous la souhaite de tout mon cœur,
& je suis, &c.

Il n'est pas difficile de trouver une
matiere de consoler sur la perte d'un
vaillant homme qui est mort en se
signalant à un siege ou à une bataille.
Cependant voions ce que dit un illustre Grec dans la plus ancienne Oraison funébre que je connoisse. C'est
Pericle qui louë Athenes, & ensuite
ceux des Atheniens qui furent tuez
au commencement de la guerre du
Peloponese. Voici un endroit de son
discours.

Nôtre valeur s'est fait un passage à
travers les terres & les mers, & a laissé
par tout des monumens de nôtre ami-

tié ou de nôtre haine. C'eſt pour une
patrie ſi glorieuſe que les Citoyens,
dont nous célébrons la mémoire, n'ont
pas craint la mort ; & je ne doute pas
que ceux qui nous reſtent ne ſoient
dans les mêmes ſentimens. Ils voient
que les compagnons, qu'ils ont per-
dus n'ont été ramollis, ni par les plai-
ſirs, ni par les richeſſes ; ils en ont
voulu abandonner la joüiſſance pour
courir à leur devoir, & ſe ſont expo-
ſez généreuſement aux périls, incer-
tains pour l'événement, mais aſſurez
pour la gloire.

On peut ſouhaiter une vie plus
longue que la leur, mais non pas une
mort plus honorable ; car lors qu'ils
ſe ſont immolez pour le public, ils
ont acquis en particulier une loüiange
éternelle. Leur valeur leur a dreſſé un
ſuperbe monument, non ſeulement
dans ce lieu où repoſent leurs os,
mais dans la mémoire de tous les hommes. On n'oubliera jamais leurs actions
immortelles ; on les célébrera toutes
les fois que l'on aura quelque occaſion de les imiter, ou d'en parler.
Toute la terre eſt le tombeau des
hommes illuſtres, leur nom eſt connu

I iiij

par tout où leur gloire eſt répandue.

Lettre à un Gentil-homme qui avoit perdu ſon frere à la guerre.

Monsieur,

Si j'avois plûtôt ſû la perte que vous avez faite, je vous aurois plûtôt témoigné la part que j'y prens. Je vien de lire dans la Gazette le ſujet de vôtre affliction, & je ne doute pas, quelque conſtance que vous aiez, que vous ne ſoiez ſenſiblement touché du coup qu'a reçû vôtre maiſon. Sans offenſer la nature la raiſon ne peut traiter cet accident avec indifférence, & je ne voi pas que la fermeté de l'eſprit doive être incompatible avec la tendreſſe de l'ame. Ceux qui ont vû couler leur propre ſang ſans émotion, ont eu pitié de celui de leurs parens & de leurs amis; mais aprés tout, Monsieur, la guerre ne ſe fait jamais d'une autre maniére, & il y a toûjours du deüil & des larmes même

du côté de la victoire. Contentons-
nous d'espeter que l'illustre parent
qui vous reste, & qui vient de se
couvrir de gloire, reviendra bien-tôt,
& vous donnera de la joie. Il faut
que vous trouviez dans sa vie de la
consolation pour toutes les morts, &
que ce grand-homme vous tienne lieu
de tout ce que vous n'avez plus. Tant
que vous l'aurez je ne vous plaindrai
que par bienséance, & pour obéïr à la
coûtume; mais, MONSIEUR, je
veux esperer que vous gouterez à l'a-
venir des joïes toutes pures, que le
Ciel vous garde des succés où vôtre
modération vous fera plus nécessaire
que vôtre constance; je souhaite de
tout mon cœur que ce bonheur vous
arrive, & je suis véritablement, &c.

Lettre de consolation à un prisonnier de guerre.

MONSIEUR,

Vous voulez que je vous plaigne,
je n'en ferai rien. Je ne saurois avoir

pitié d'un homme qui a acquis tant de gloire. Vos lauriers sont plus beaux que vos chaînes ne sont rudes, & la prison n'est pas un si grand mal que vous vous imaginez. Elle peut contribuer à la conservation des hommes, & les reserver à une saison plus heureuse. Que savons-nous si nous ne vous perdrions pas sur la fin de la campagne, si les ennemis ne vous gardoient. Pour les repas d'Allemagne dont vous me parlez avec douleur, il me semble que vous êtes un peu trop sobre. Je vous pourrois citer de grands Capitaines & des Ambassadeurs habiles qui se sont ennyvrez autrefois pour le bien des affaires, & qui ont sacrifié leur prudence & leur gravité à la nécessité des tems & à la coûtume des païs. Je ne vous conseille pas la débauche, mais je ne croi pas qu'il y ait grand mal à noier quelquefois vos ennuis dans le vin du Rhin. Cependant on travaille avec chaleur à vôtre liberté, j'espere que j'aurai bientôt l'honneur de vous embrasser & de vous protester que je suis, &c.

Sur le même sujet.

La Lettre qui suit, est d'un caractére assez galant pour faire connoître de quel Auteur je l'ai pû tirer. Elle fut écrite à un homme de qualité, qui étoit estimé de toute la Cour, & qui l'est encore plus que jamais.

MONSIEUR,

Vous ne seriez pas fâché d'être pris si vous saviez combien vous êtes plaint. Il y a moins de plaisir d'être à Paris, que d'y être regretté comme vous estes, & les plaintes que font pour vous tant d'honnêtes gens, valent mieux que la plus belle liberté du monde. Si vous ne pouvez, à cette heure, demeurer d'accord de cela; car, en l'état où vous êtes, vous avez bien la mine de ne pouvoir entendre raison; je vous ferai comprendre ici quelque jour, & avouër que vous ne devez pas mettre entre vos malheurs , un accident qui vous a fait recevoir des témoignages d'affection de tout ce qu'il y a d'aimables personnes en France. Dans ce sentiment général de tout le monde il n'est pas, ce me semble , à propos , MONSIEUR, que je vous dise à cette heure les miens ; car quelle apparence y a-t-il que vous me dussiés considérer parmi des Princesses , des Princes , des Ministres , des Dames , & parmi des Demoiselles qui valent mieux que les Dames , les Ministres , les Princes & les Princesses ? Quand vous aurez songé assez long-tems à toutes ces personnes, je vous supplirai tres-humblement de croire qu'il n'y a qui que ce soit au monde, qui prenne plus de part dans toutes vos bonnes ou mauvaises fortunes que moi, ni qui soit avec plus de passion

Vôtre , &c.

*Il me semble qu'il ne sera pas hors
de propos de rapporter du même
Auteur une Lettre assez differente
de celle que l'on vient de lire, pour
nous donner lieu de faire une remarque qui peut-être ne sera pas
inutile.*

*Cette Lettre fut écrite à une fille
de qualité, sur la perte qu'elle
avoit faite de son frére, qui étoit
mort de peste, & qu'elle avoit
assisté pendant sa maladie.*

MADEMOISELLE,

N'aïant pas moins d'admiration de
vôtre courage & de vôtre bon naturel
que du ressentiment de vôtre douleur,
je suis si fort touché de l'un & de
l'autre, que si j'étois capable de vous
donner les loüanges qui vous sont
deuës, & la consolation dont vous
avez besoin; j'avoüe que je serois fort
empesché par où commencer; car
quelles obligations peuvent être éga-

lement plus preſſantes que de rendre à
une ſi éminente vertu les honneurs
qu'elle mérite , & à une ſi violente
affliction le ſoulagement qu'elle déſire ?
Mais j'ai tort de déſunir ces deux choſes , puiſque vôtre charité les a ſi parfaitement unies , que l'aſſiſtance incomparable que vous avez renduë à
feu Monſieur vôtre frére vous doit
être maintenant une conſolation nom-
pareille , & que Dieu vous donne en
cela , par juſtice , ce que les autres
lui demandent par grace : ſa bonté
infinie ne pouvant laiſſer ſans récompenſe une action ſi extraordinaire de
bonté que celle qui vous a fait mépriſer vôtre vie , pour porter les devoirs de la meilleure ſœur du monde
au delà de vos obligations , & par une
conſtance admirable demeurer ferme au
milieu d'un péril qui fait trembler les
plus courageux. Cette même raiſon ne
me peut permettre de douter qu'il ne
vous en preſerve , & qu'il ne verſe
ſur vous pour récompenſe de vôtre
vertu , les bénédictions que vous ſouhaite

Vôtre , &c.

Je ne dirai point que la **Lettre** que je
viens de rapporter n'est pas du caractére de celle qui la précede. On voit
bien que le sujet n'est pas susceptible
du même agrément. Ce qu'il y a d'héroïque & de douloureux dans cette
occasion ne demande que des expressions tres - serieuses. Mais je ne sai si
l'on n'aura pas remarqué dans ce sérieux, certaines maniéres de parler qui
sentent un peu l'affectation, & même
la pointe. Qui font juger que l'Auteur a voulu mieux écrire qu'il ne fait
ordinairement, pour donner des loüanges qui fussent plus dignes de l'illustre
personne à qui il adresse son compliment. Ainsi nous pouvons faire
une observation en général qu'il ne
faut jamais donner à connoître que
nous avons fait quelque effort pour
mettre des choses trop recherchées. Je
ne parle point de la maniére dont l'Auteur finit sa **Lettre** ; on aura pris garde que cette fin n'est pas differente de
celle d'un **Sermon**, mais on peut considerer aussi que dans les matiéres de
consolation les sentimens de pieté font
plus d'éfet que la morale du monde, &

que ces sentimens demandent les termes qui y peuvent convenir.

A une Dame de Mets, dont le frére venoit d'étre tué à une bataille.

MADAME,

Je ne doute point que le deüil n'ait été général au lieu où vous êtes, & que vous n'aïez fait pleurer le Parlement, la garnison & le peuple. Vos yeux & vôtre éloquence rendent vôtre douleur contagieuse, & il n'y a point de glace qui ne fondît à la chaleur de vos belles larmes. Qui pourroit ne prendre point part à vos maux, s'il vous avoit oüi plaindre avec des termes touchans qui passent si aisément jusqu'au cœur. Pour moi qui ai perdu un illustre ami en la personne de Monsieur vôtre frere, je n'ai pas eu besoin de vôtre exemple pour être excité à lui donner les larmes que je lui devois. Si vous croiez que je lui doive encore quelque chose, & que je puisse contribuer à éterniser une mémoire qui m'est chere, je ne m'épargnerai pas

pas dans cette occasion. Je serai bien
aise de vous obéir, de faire un œuvre
de piété , & de vous témoigner que je
suis , &c.

Consolation à un Ami malade.

Monsieur,

Je ne vous dirai point que je prens
part à vôtre douleur, je parlerois improprement. Elle est ma propre douleur , & telle qu'une parfaite amitié la
peut faire naître dans une ame tendre..
Je sens vos maux comme les miens
propres , & je n'ai garde d'être en état
de vous consoler , n'aïant pas tant de
raison que vous , & n'étant pas moins
affligé. Nous sommes dans un tems de
disgraces & de pertes ; chez le plus
heureux les prospéritez ne sont pas
pures, & le meilleur moïen que je sache pour nous soulager , c'est d'amu-
ser nôtre tristesse, & de chercher des
objets qui la trompent, s'il n'y en a
point qui soient capables de la guérir.
Je voudrois vous pouvoir fournir de
ces objets trompeurs & divertissans,

K.

& que mes Lettres fuſſent quelque choſe de ſemblable ; je m'apliquerois à vous en écrire ſi ſouvent , que vous jugeriez bien que je ſuis avec toute l'ardeur poſſible , &c.

Autre Lettre familiére de conſolation.

Monsieur,

Je n'entreprens pas de vous guérir, je me contente de vous dire que je ſouffre avec vous , & que vos douleurs me ſont auſſi ſenſibles que les miennes. Cependant vous avez la conſolation d'entendre dire par tout que l'homme que vous regretez eſt mort en Héros ; mais n'eſt-ce pas ce qui vous oblige à le regreter davantage ? Ce qui augmente la gloire qu'il s'étoit acquiſe, augmente auſſi la perte que vous avez faite , & une moindre valeur vous donneroit moins d'affliction. Il faut néanmoins, Monsieur, que vous écoutiez la raiſon , & que vous ſongiez que la mort eſt une ſuite néceſ-ſaire de la naiſſance. J'avouë que vôtre ami a ceſſé de vivre plutôt que vous

ne penſiez. En étes vous ſurpris, le
monde ne voit-il pas tous les jours des
malheurs ſemblables? Je ſuis en peine
de nôtre ami, que vous apelez le ſage
malade, la ſageſſe n'eſt non plus privilegiée que la valeur. Je voudrois
bien ſavoir ſi le Medecin Anglois le va
tirer d'affaires comme on me l'a dit.
Ecrivez le moi, je vous prie, & me
croiez tout à vous, &c.

Billet de conſolation à un Ami malade.

Voulez-vous que je vous parle franchement; en l'état où je me trouve je
mets les petits maux au nombre des
biens. Je n'ai garde de vous plaindre
d'une langueur qui vous laiſſe aſſez de
force pour vaquer à vos affaires, &
pour continuer vos occupations. C'eſt
bien la plus complaiſante maladie dont
on ait oüi parler. Les miennes ne ſont
pas de cette nature. La plûpart du
tems je ne ſuis capable d'agir, ni de
me repoſer, de plaire aux autres, ni
de me ſatisfaire moi-même. Voïez
quelle eſt la différence de nos maux,
vous ne pouvez conſiderer les miens

fans me plaindre , & peu s'en faut que
je ne rie, quand vous vous plaignez des
vôtres.

Confolation à un Ami dont on avoit critiqué les Ouvrages.

Monsieur,

Je vous avoüe fincérement que je ne
puis trouver furquoi vous fondez le
remerciment que vous me faites. Aprés
avoir bien examiné , je ne puis deviner fi ce n'eft qu'il y a quinze ou vingt
jours que me trouvant dans un lieu
où l'on parla de vos Ouvrages , je fus
du côté des Approbateurs. Je ne pre-
tendis point que vous en dufïiez avoir
aucune reconnoiffance , puifque je ne
donnai rien à nôtre amitié , & que je
ne fis que fuivre l'inclination que j'ai
de me déclarer pour la vérité. Je ne
fai quel raport on vous a fait , mais
je vous affure que l'homme contre qui
on vous a mis en colére , ne parla de
vous ni de vos écrits qu'avec beaucoup de modération. Il propofa des
doutes plutôt pour favoir le fentiment

de la compagnie, qu'à dessein de nuire à vôtre reputation. Mais quand il
seroit vrai qu'il n'auroit pas été du
parti de la raison, auriez vous sujet de
vous en étonner? Ne savez-vous pas
que la diversité des opinions est aussi
naturelle que la différence des visages,
& que vouloir que ce qui nous plaît,
plaise à tout le monde, c'est demander
le mouvement perpetuel & la pierre
Philosophale? Contentez-vous que
vôtre nom soit connu avec estime
d'une partie de l'Europe, mocquez-
vous des hiboux qui ne peuvent souffrir vos lumiéres: Il suffit que la plura-
lité des voix soit pour vous. S'il y a
quelque extravagant qui veüille faire
bande à part, vous en mettrez-vous
en peine? Aimons ceux qui nous aiment, pour les autres, si nous ne sommes pas à leur goût, contentons-nous
de ne les pas trouver au nôtre. Il y a
des gens qui ne vous critiqueront
que pour se faire connoître, mais
vous n'avez qu'à les mépriser au lieu
de leur faire honneur par vôtre ressentiment. Ecrive contre moi qui voudra,
si les Colporteurs n'ont rien à vendre
que les réponses que je ferai, ils pour-

ront bien changer de métier, ou se
résoudre à mourir de faim. Je sai
que tout le monde se mêle de juger,
& que peu de personnes le savent bien
faire. Il faut pour cela de la sience &
de la probité, & ce sont deux choses
qui ne se rencontrent pas souvent ensemble. Il est bien difficile que la
cause d'un Ami ne paroisse bonne, &
que l'on ne prenne celle d'un ennemi
pour mauvaise, mais consolons-nous
de tout, aimons-nous, & croiez que
je suis, &c.

A une Dame sur la mort d'une de ses Amies.

Je ne condamne pas vôtre douleur,
elle est juste & j'y prens part. Vous
ne sauriez faire de pertes mediocres
quand vous perdez vos amis ; parce
que vous ne pouvez aimer que des personnes d'un mérite extraordinaire. Mais,
MADAME, vous n'êtes pas si à
plaindre que vous pensez. La fortune ne vous attaque que par vôtre
fort. Outre qu'elle ne vous enleve
qu'une espece de bien, dont vous demeurez pourvûë abondamment, il est

certain que rien ne vous eſt ſi facile
que d'en acquerir plus en un jour ,
qu'elle ne vous en ôtera en dix ans.
Vous n'avez qu'à vous laiſſer voir & à
parler , pour gagner le cœur & l'eſtime.
Ainſi , MADAME , ménagez mieux
des larmes qui vous ſont ſi précieuſes ;
nous n'avons que trop d'occaſions de
pleurer. Souvenez-vous , qu'excepté
quelques belles que vous connoiſſez ,
il n'y a perſonne qui ne ſouhaite ardemment que vous conſerviez les plus
beaux yeux du monde.

A une Dame qui avoit perdu ſa Mere.

Eſt-il poſſilbe , MADAME , que
vous ſoïez ſi affligée de la perte que
vous avez faite ? Quelque excellent
que ſoit vôtre naturel , il ne vous
eſt pas permis de vous abandonner
aux larmes dans cette occaſion. Ouvrez
les yeux, MADAME , & conſultez vôtre
raiſon , vous ne regretterez pas avec
tant d'excés une perſonne qui ſouffroit
continuellement , ce qu'un âge fort
avancé a de plus incommode & de plus
douloureux. Ne devez-vous pas vous

consoler , de voir que MADAME vôtre mere est délivrée de tant de maux, & qu'elle ne quitte cette vie pleine de miseres , que pour aller dans l'autre joüir d'une felicité qui ne doit jamais finir. Je m'interesse autant que je dois dans tout ce qui vous touche ; & je vous supplie tres-humblement de moderer vos déplaisirs , pour ne me pas obliger de prendre part à une douleur que je trouverois mal fondée. Je vous fais un aveu un peu libre , mais , MADAME , pardonnez - le moy , s'il vous plaît : Il me semble que cette sincerité m'est permise , puisque je suis tres-absolument à vous.

A un Grand Seigneur, qui avoit perdu son Pere.

MONSEIGNEUR,

Vous aimez de telle sorte tout ce que vous devez aimer , que je ne suis que trop assuré que vous êtes touché senbsiblement de la perte que vous avez faite. Mais , MONSEIGNEUR , je ne sai si je dois oser vous dire de quelle

maniére

maniére j'y prens part, & si la modestie
ne demanderoit point que je m'affli-
geasse en secret sans entreprendre de
mêler mes complimens à ceux que vous
recevez de toute la Cour. Les douleurs
communes pourroient avoir cette discretion ; mais les marques de bienveil-
lance dont vous avez bien voulu m'honorer, vous ont acquis trop de pouvoir
sur moi, pour me laisser quelque empire
sur mes passions. Ainsi, Monseigneur,
vous ne desapprouverez pas mon zele,
& vous ne le croirez suspect d'ambition
ni de vanité. Tout inutile qu'il est,
j'ose dire qu'il est franc & sincere ; &
ces qualitez-là ne sont pas si communes
au lieu où vous êtes, que celui qui les
possede ne puisse prétendre que vous
l'avoüériez,

MONSEIGNEUR,

Pour vôtre, &c.

L

Lettre d'un fils qui avoit perdu son pere d'un âge trés-avancé.

Mon cher Monsieur,

Je suis plus affligé que je n'aurois crû le devoir être de mon bon homme de pere. Quoi qu'il eût prés de cent ans, que la vie lui fût à charge , & qu'il ne la traînât plus qu'avec peine & douleur ; cette perte ne laisse pas de m'être sensible. C'estoit un antique digne de vénération , & qui portoit bonheur à sa famille ; mais en l'état où il étoit, de lui souhaiter une plus longue vie, ç'eût été faire des vœux contre lui. Son esprit n'avoit jamais baissé , & depuis quelque temps seulement il cessoit d'agir par le délaissement des sens qui lui manquoient peu à peu ; de sorte que n'aïant plus de part aux choses de ce monde , il a fallu qu'il soit allé à l'autre pour être mieux. Je ne doute pas , mon cher Monsieur , que vous ne soïez touché d'une séparation qui m'afflige , puisque je suis , &c.

Je vous prie de ne point parler de la mort de mon pere , une infinité de

gens de cette Province que je ne connoissois point , ont pris cette occasion
pour m'écrire , & je vois bien que
leurs Lettres n'ont que des réponses
pour but. Voilà qui est étrange ! me
vouloir écrire sans affaire & sans amitié:
J'aimerois encore mieux qu'ils me vins-
sent voir , j'en serois quitte pour un
repas ou deux.

Plaisanterie sur une consolation.

MADAME , le succez de mon
voïage merite de vous être ra-
conté , encore que vous alliez voir
que je me suis mal acquitté de la commission que vous m'aviez donnée. Je
fus l'autre jour à *** pour voir Monsieur le Comte de *** & lui témoigner
la part que je prenois à la perte qu'il
venoit de faire. Mais, MADAME,
il me fallut changer de compliment, &
je vous avoüe même que je ne dis pas
un mot de tout ce que vous m'aviez
chargé de dire. On m'avertit, que
Monsieur le Comte ne vouloit point
savoir la mort de Monsieur son pere
qu'aprés la saint Hubert , & je vis bien
qu'il n'estoit pas d'humeur de donner

L ij

aux larmes ou à la contrainte , un tems qu'il avoit deftiné à une partie de chaffe. Nous ne parlâmes donc que de chiens & de chevaux , que de cerfs & de liévres , & non plus de funerailles , que s'il n'y avoit point eu de mort depuis cent ans dans le voifinage. Aprés cela, M A D A M E , chercherez-vous un fage qui tienne fes paffions plus affujetties à fes volontez , & n'admirerez-vous pas un homme qui a la prudence de ne s'affliger que dans le tems qu'il a choifi pour cela. On m'a pourtant affuré qu'il prétend pleurer dés qu'il en aura le loifir , c'eft à dire à fon retour à Paris , où il ne fera pas fi accablé de vifites qu'à la Campagne. Cela s'appelle favoir prendre fes mefures. Si j'étois auffi abfolument maître des fentimens de mon cœur , je vous protefte , M A-D A M E , que je ne ferois à vous qu'a-vec tout le refpect imaginable.

Ne croïez pas , s'il vous plaît , que nôtre Monfieur le Comte foit le feul Philofophe de fa maifon. Il y a quelque tems que Mademoifelle fa fœur me demanda fi elle fe devoit fâcher contre un faifeur de Chanfons qui la traittoit affez cavalierement dans un couplet. Vous

voïez, MADAME, que si le frere
ne veut s'affliger que lors qu'il le trouve à propos , & qu'il en a la commodité , la sœur n'oseroit se mettre en colere que par conseil.

Ces sortes de railleries ne font permises
dans une matiére si serieuse , que lors
que l'on ne s'addresse ni aux parens , ni
aux amis de la personne qui vient de
mourir. Il faut un stile different quand
on écrit à des gens qui s'interessent di-
rectement dans la perte qu'on a faite.
J'ai été surpris qu'un fameux Auteur
aïant à faire un compliment de con-
solation à une Dame qui avoit perdu
sa sœur , se soit avisé d'écrire de
cette sorte.

MADAME,

Le deüil vous sied encore mieux que
je n'eusse crû, & vous pleurez de si
bonne grace , que j'appréhende que
vôtre affliction ne cesse trop tôt : Si je
pensois que le recit des particularitez
que vous me demandez , la dût entre-

tenir plus long-tems , je l'entrepren-
drois de meilleur courage que je ne vais
faire. Je sai bien que c'est être injuste ;
mais qui ne le seroit comme moi? Pour
commencer l'histoire de vôtre devot ,
je vous assure qu'il n'avoit point eu de
revelation de ce qu'il disoit. Cette belle
Dame n'est point morte pour être sor-
tie de Religion , ç'a été plûtôt pour y
être entrée. On ne l'y mit que pour y
passer quelque tems , mais ce tems-là
la passa : De sorte que tout ce que nous
étions de ses amis , conclûmes en la
revoïant , qu'il y avoit toûjours eu
plus de ressemblance entre sa sœur &
elle , qu'il n'y en avoit alors en ce
qu'elle étoit , & à ce que nous l'avions
vûë quelques mois auparavant. C'é-
toient bien les mêmes traits , mais ils
n'étoient plus animez ; & pour vous
bien dire ce que je pense , je n'y voïois
plus ce que j'appelle en vous , la fleur
& l'esprit de la beauté : Il n'y restoit
que la masse , & ce qu'il y a de plus
materiel en un visage. Cependant elle
se raquita bientôt de toutes ses pertes,
& lors qu'elle tomba malade , elle les
avoit avantageusement reparées. La

cause prochaine de sa mort , c'est une
fausse pleurésie , & une véritable envie
de mourir , qui lui fit refuser toutes sortes de remédes. Le bruit est qu'on lui a
aidé , & qu'il s'est trouvé assez de complaisance dans l'esprit de la personne
du monde qui la devoit le plus aimer ,
pour favoriser cette cruelle résolution ,
qu'elle avoit faite de ne vivre plus. Il
se parle d'une certaine poudre blanche,
qu'on lui mêla dans un boüillon , &
d'une merveilleuse prévoïance qu'on
eut dés le même instant d'envoïer querir un drap mortuaire à six licües de-là.
Mais pour croire des choses si horribles,
il me faudroit un meilleur garant que
le peuple , & il n'y a que mes yeux qui
fussent capables d'en convaincre mon
esprit. Je sai que la renommée traitte
quelquefois les belles comme elle fait
ordinairement les Princes,dont elle croit
toûjours la fin violente & criminelle.
C'est qu'on ne sauroit s'imaginer que la
nature eût le courage de défaire les plus
beaux Ouvrages de sa propre main , &
de ruïner ce qu'elle a fait pour sa gloire. Ce qui a donné lieu à cette médisance , ç'a été la force que Monsieur le

L iiij

Marquis de * * * a fait paroître en cette occaſion, qui ſans mentir, fut extraordinaire. Il ne fut jamais rien de ſi-tôt réſigné à la volonté de Dieu ; jamais playe ne ſe referma ſi vîte, & ne laiſſa de cicatrice moins apparente. Cette conſtance ne pouvoit éviter d'être ſuſpecte en un païs où l'on croit plus aiſément lesmonſtres que les miracles. On dit que deux ou trois heures avant que de tomber en agonie, elle s'écria : Fautil que je meure ſi jeune ? hé n'y a t'il plus de reméde ? elle s'étoit hâtée d'aller au devant de la mort, & quand elle s'en vit prés, elle fit deux pas en arriére ; mais de reculer plus loin, il n'étoit plus temps. Je la vis tirant à la fin. Je vous proteſte, M A D A M E, que quand je ne penſe point à vous, je ne ſaurois m'imaginer rien de plus beau qu'elle le paroiſſoit en ce déplorable état. Je puis dire ſans faire le Poëte, que le coucher du Soleil ne l'eſt pas tant aux plus agreables ſaiſons. Avec ſon embonpoint qu'elle avoit conſervé, il lui prit pendant que je fus-là, une petite convulſion qui lui redonna la couleur qu'elle avoit perduë. Tout ce

qu'elle avoit de fang lui monta au vifage, comme pour lui rendre ce dernier office, avant qu'il fe retirât au
cœur qui l'appelloit à fon fecours. Et
de fait, il en avoit befoin, car elle rendit l'ame prefqu'à la même heure. A
quelque tems de là, je ne me pûs défendre de faire compagnie à Madame de
*** qui l'alloit voir, où la confidérant
encore toute morte qu'elle étoit,
j'avois peine à m'imaginer, que ce que
nous regardions fût autre chofe que fa
figure, qu'une fçavante main eût tail-
lée en marbre, & je jugeay de là, que
les Peintres qui nous font la mort fi
épouvantable, ne l'avoient jamais vûë
fur un vifage comme celui-là. Voilà,
M A D A M E, ce que vous défiriez fça-
voir. Je n'ay pas eu peu de peine à vous
obéïr ; vous ne trouverez pas ici une
ligne qui ne m'ait coûté mille larmes,
C'eft

MADAME,

Vôtre tres-humble, &c.

On m'avoüra que c'est avoir un penchant
étrange à dire des douceurs, que de
commencer une lettre de consolation
par une ga'anterie, mais si l'on des-
approuve ce debut, on condamnera
encore plus fortement l'intention d'un
homme qui veut faire durer la douleur
de son amie. Il connoît l'injustice qu'il
fait, & ne laisse pas de la faire. Aprés
cela on peut bien luy pardonner quand il
se joüe dans une matiere d'affliction,
& qu'il dit que l'on mit cette belle en
Religion, pour y passer quelque tems,
& que ce tems-là la passa. Je pourrois
ajoûter que cette expression me passe, &
que je ne la comprends point du tout.
L'Auteur badine même en parlant d'un
empoisonnement qui fait horreur. Il se
contente de dire que l'on mêla certaine
poudre blanche. Il soûtient son caractére de galant, & continuë à dire des
douceurs, en faisant la peinture d'une
agonisante. Mais comment ose-t'il dire
que dans sa lettre, il n'y a pas une ligne
qui ne lui ait coûté mille larmes? Oublie-
t-il d'abord ce qu'il vient d'écrire! ne
se souvient-il pas des descriptions & des
comparaisons qu'il a faites avec la li-

*berté d'esprit qu'elles demandoient ? ne
songe t'il plus aux galanteries qu'il a
dites, ni aux jeux des mots dont il a
voulu égayer son stile ? C'est contre mon
humeur que je me vois obligé de faire
des observations qui ne sont pas à l'a-
vantage des Auteurs, mais j'ai déja
protesté que c'étoit moins pour nuire à
leur gloire, que pour servir à l'instruction des personnes qui liront ces avis.
Il ne suffit pas qu'elles sachent les régles qu'il faut suivre, il est bon aussi
qu'elles connoissent les défauts que l'on
doit éviter.*

CHAPITRE VII.

Des Lettres de Felicitation.

*On felicite differemment selon la différence
des personnes & des sujets. Quand on
écrit à un Général d'Armée sur le gain
d'une Bataille, ou sur la prise d'une
place, on éleve son stile selon l'importance de l'action : On célébre la gloire
du victorieux : on louë sa conduite &
son courage, & l'on fait voir les avantages que les peuples & les troupes tirent*

d'un si grand succez.

Mais on parle avec moins de magnificen-
ce , & plus d'ouverture de cœur, lors
que l'on écrit à un ami , pour lui témoi-
gner la part que l'on prend au bonheur
qui vient de lui arriver , soit par un
heureux mariage, ou par la naissance
d'un fils, soit par le gain d'un procez, par
le recouvrement de sa santé, ou, enfin
par son élévation à une Charge impor-
tante.

Voici une Lettre de félicitation , à
un homme d'un mérite distingué,
à qui le Roi venoit de donner un
Archevéché.

MONSEIGNEUR,

J'ai appris avec une joïe sensible ,
que vous étes nommé à l'Archevêché
de * * * & je ne doute point que vous
n'aïez reçû cette nouvelle avec aussi
peu d'émotion que si elle vous étoit
indifférente. Vous avez l'esprit si au

deſſus des choſes du monde , que vous
les regardez toutes d'un même viſage.
Mais , MONSEIGNEUR , puiſque
dans cette occaſion le bien public ſe
trouve uni à vôtre intereſt , & qu'un
grand Diocéze ſe réjoüit pour l'amour
de vous , pourquoi ne goûteriez-vous
pas une ſatisfaction ſi pure ? Je paſſe
plus avant , & je dis que les gens de
bien doivent ſouhaiter les grandes dignitez. S'ils ne le font pas , Dieu leur
demandera compte de ſes graces , & le
monde ſe plaindra qu'ils l'auront laiſſé
en proïe aux méchans. Ainſi , vous devez reſerver vôtre humilité pour les
actions qui ſe paſſent entre Dieu &
vous : pour les autres vous ne ſauriez
avoir trop de bien , ni un rang trop
élevé. La prudence doit être en état de
ſe faire obéïr , & il y a des vertus qui
ne peuvent être exercées par les perſonnes qui ſont ſans autorité : J'ai donc
une joïe ſenſible , MONSEIGNEUR,
de voir que vous ſerez bien-tôt en un
lieu d'où vous remplirez une grande
Province de lumiére , & où vous ra-
menerez ſans doute les eſprits des rebelles. Rien ne réſiſtera à vôtre éloquence. Elle ne ſera pas moins triom-

phante que celle qui se faisoit admirer à Rome , quand elle accusoit les Ty-rans , & qu'elle défendoit les Provin-ces opprimées. Quelque éclatante que soit vôtre dignité , elle ne laissera pas de recevoir du lustre de cette qualité qui commande par tout où elle se trou-ve , & qui est si propre au gouverne-ment des ames. Aussi vous puis-je dire que dés que je vous oüis parler , je de-vins pour le reste de ma vie ,

MONSEIGNEUR ,

Vôtre , &c.

Voici une felicitation d'un stile bien diffé-rent & en forme de reproche : Elle est adressée à un grand Prince , sur le gain d'une bataille tres-importante.

Je ne doute pas que plusieurs personnes ne se souviennent avec plaisir de cette Let-tre , mais comme une infinité d'autres peuvent ne l'avoir pas vüe , on sera bien aise de la trouver ici , sans se donner la peine de l'aller chercher ailleurs.

MONSEIGNEUR,

Comme je suis loin de vôtre Altesse, & qu'elle ne se peut vanger, j'ai résolu de lui dire tout ce que je pense d'elle. Aussi en faites-vous trop pour le pouvoir souffrir en silence, & vous seriez injuste, si vous pensiez que l'on n'osât vous en parler. Si vous saviez de quelle sorte tout le monde est déchaîné dans Paris à s'entretenir de vous, vous seriez étonné de voir avec combien peu de crainte de vous déplaire, on parle de ce que vous avez fait. En vérité, MONSEIGNEUR, je ne sai à quoi vous avez pensé : ç'a été une terrible hardiesse, & une extrême violence, d'avoir à vôtre âge choqué deux ou trois vieux Capitaines que vous deviez respecter, quand ce n'eût été que pour leur ancienneté ; d'avoir fait tuer le pauvre Comte de Fontaine, qui étoit un des meilleurs hommes de Flandres, & à qui le Prince d'Orange n'avoit jamais osé toucher. D'avoir pris seize pieces de canon qui appartenoient à un Prince, qui est oncle du Roi, frère de

la Reine, & avec qui vous n'aviez
jamais eu de différent. Enfin d'avoir mis
en défordre les meilleures troupes des
Efpagnols, qui vous avoient laiffé paffer avec tant de bonté. Tout cela eft
contre les bonnes mœurs, & il y a, ce
me femble, grande matiére de Confef-
fion. J'avois bien oüi dire que vous
étiez opiniâtre comme un diable, & qu'il
ne faifoit pas bon vous rien difputer:
mais je n'aurois jamais crû que vous
vous fuffiez emporté jufqu'à ce point là.
Si vous continuez, vous vous rendrez
infuportable à toute l'Europe, & l'Empereur & le Roi d'Efpagne ne pourront
plus durer avec vous. Cependant,
Monseigneur, laiffant la confcience à
part, & politiquement parlant, je me
réjoüis avec vôtre Alteffe, de ce qu'elle
vient de gagner la victoire la plus belle,
& de la plus grande importance que
nous ayons vû en ce fiécle. La France
que vous venez de mettre à couvert
de tous les orages qu'elle craignoit,
s'étonne, qu'à l'entrée de vôtre vie
vous ayez fait une action dont Cefar
auroit voulu couronner toutes les fiennes, & que vous redonniez aux Rois
vos ancêtres autant de luftre que vous
en

en avez reçû. Vous avez fait voir que
l'expérience n'est néceſſaire qu'aux ames
ordinaires ; que la vertu des Heros ne
monte point par degrez, & que les Ouvrages du Ciel ſont en leur perfection
dés leur commencement. Aprés cela
vous pouvez vous imaginer comme vous
ſerez receu à la Cour, & la joïe que les
Dames ont euë d'apprendre que celui
qu'elles ont vû triompher dans les Bals.
vient de faire la même choſe dans les
Armées ; & que la plus belle tête de
France eſt auſſi la meilleure & la plus
ferme , &c.

Je ſuis , &c.

Félicitation à un grand Seigneur ſur ſa promotion à la Charge de Mareſchal de France.

MONSEIGNEUR;

Toute la France demeure d'accord
que la Fortune a trop long-temps déli-
beré ſur la recompenſe qu'elle devoit
à un mérite auſſi grand & auſſi connu
que le vôtre ; mais enfin elle s'eſt dé-

terminée , & vos actions ont si bien fait connoître ce qui vous étoit dû, qu'il a fallû qu'elle s'acquitât. Je ne sai avec quelles paroles une ioie, qui est si générale à la Cour , vous a été exprimée par ceux qui vous ont déja félicité. Mais pour moi, MONSEIGNEUR, je ne puis vous représenter celle que j'ai à voir que vous soiez parvenu à l'honneur que je vous avois toûjours désiré. Je vous connois d'une inclination si portée à toutes les grandes choses, que j'ose esperer que le point où les autres terminent leur grandeur, ne sera que le premier dégré de la vôtre. Quelque extraordinaire pourtant que puisse être vôtre élévation, je suis persuadé que vous me conserverez toûjours dans vos bonnes graces, & que vous me ferez l'honneur de me croire,.

MONSEIGNEUR ,

Vôtre, &c.

Félicitation à un Ami qui venoit d'être pourveu d'une grande Charge, & de marier sa fille à un homme de qualité & de mérite.

Si j'ai tant différé à vous témoigner la part que je prends en l'heureux succés de vos affaires, c'est plutôt mon mal-heur que ma paresse. Il y a prés d'un mois qu'une indisposition assez grande m'avoit mis hors d'état d'écrire : Ainsi, MONSIEUR, vous voïez que je me prive d'un bien sensible quand je manque à un devoir qui me seroit agréable à rendre. C'est un triste privilege que d'être dispensé de se réjoüir ! Que j'ai de chagrin d'avoir cette excuse qui est plus légitime que je ne voudrois ! Mais si les maux qui m'accablent m'ôtent la force d'agir, ils me laissent la liberté de souhaiter. Tous les mouvemens de mon cœur & tous mes bons désirs ne vont qu'à vous, mon tres-cher Monsieur, puissiez-vous passer d'un bonheur à un autre, ce sont les vœux d'un homme qui est entiérement à vous.

Je n'ai pas moins de joie de vôtre

M iij.

nouvelle alliance que de vôtre nouvelle dignité. Vous ne me dites rien de vôtre illustre Marquis que je ne sache déja, il y a long-temps que je révere son mérite, & que je considere plus en lui le grand homme que le grand Seigneur.

Félicitation à un Ami sur sa guérison.

J'ai été ravi, mon cher Monsieur, de voir par vôtre Lettre que vous vous portez beaucoup mieux, mais vous ne deviez pas commencer par un effort. C'estoit assez de quatre lignes pour me mettre l'esprit en repos, en me donnant la bonne nouvelle que je demandois. Il est vrai que vous ne sauriez garder de mesure quand il est question de m'obliger, & si vos faveurs ne sont excessives, vous croïez qu'il y manque quelque chose. Il y a peu d'amis comme vous, & il y a encore moins de Philosophes de vôtre force, pour conserver la joïe de l'esprit dans la douleur du corps. Cependant il ne faut pas que vôtre fermeté vous empêche d'avoir pitié de nôtre foiblesse. Vous

devez souffrir que les hommes esperent
& desirent comme ils ont espéré &
desiré de tout tems. Où en serions-nous
si vous condamniez toutes les passions ?
Descendez , je vous prie, jusques à
l'infirmité humaine. Considerez que les
Héros font rares dans nôtre siécle.
Pour moi je me contente de vous admirer, & de vous protester que je
suis, &c.

Autre félicitation à un Ami sur le recouvrement de sa santé.

Si je faisois des vers quand j'ai envie d'en faire, ce ne seroit pas en
prose que je me réjoüirois avec vous
du recouvrement de vôtre santé. Mais
vous savez que l'inspiration n'est pas
en la puissance du Poëte. Cet esprit
d'en haut est quelquefois long-tems à
venir, & je ne saurois avoir tant de
patience. Je vous dirai donc en la
langue des pauvres mortels que je
vous ai véritablement pleuré, & je
pourrois ajoûter en la langue des
Dieux de l'Olimpe que je leur ai dit
des injures pour l'amour de vous. Monsieur le Comte de *** fut le premier

qui modéra la violence de ma douleur, il m'ordonna de bien espérer, & Monsieur le Chevalier son frere m'apporta deux jours en suite la joie après l'espérance. Vôtre Lettre fait bien plus, elle montre que vous ne vous contentez pas de la santé, mais que vous pretendez à la force, & que vous faites l'Athelete qui veut lutter. Ce sera la matiere de nôtre premiere conversation quand j'aurai l'honneur de vour voir, & de vous assurer que je suis, &c.

Félicitation à un Chancelier de France.

MONSEIGNEUR ***

Si on ne m'eut averti que j'étois obligé de vous écrire sur vôtre elevation à la suprême Dignité de la Justice, je n'aurois pas crû qu'il l'eût fallu faire, encore que j'aie autant de joie que personne, du choix que le Roi a fait en vôtre faveur. Je regardois ce choix comme une des félicitez de son regne, & comme une grace qu'il faisoit à tout le monde. D'ailleurs je ne croiois pas

qu'il fût à propos de me réjoüir avec
vous, de la peine que vous alliez
avoir de veiller & de travailler continuellement. Je penfois au contraire
qu'il falloit prendre part au bon-heur
des Peuples qui fe repoferont fur vôtre
vigilance. Toutefois, Monseigneur,
puifque la coûtume le veut, & qu'il
vous vient des complimens des endroits les plus éloignez du Roiaume,
je ferois indigne d'être au rang de vos
tres-humbles ferviteurs ; fi je ne me
féparois de la foule pour vous témoigner ma joie, & que je ne vous fiffe pas
voir que dans la folitude où je fuis, il
y a des acclamations pour vous, & de
l'affection pour la patrie. Mais, Monseigneur, vous me permettrez,
s'il vous plaît, de vous dire que ma joie
eft mélée de quelque vaine gloire. Je
vous ai accompagné de la penfée & des
yeux jufques dans la place que vous
rempliffez fi dignement, & je m'imagine que je vous ai fuivi où le jugement du Prince vous a porté. Ainfi je
joüis dans vôtre promotion, du fruit
de mes conjectures, je prens plaifir à
vérifier les prédictions que j'avois faites, & à voir le deftin de vôtre vertu

accompli, aprés en avoir obſervé le progrés. Quelle ſatisfaction de conſidé-rer une ſi laborieuſe & ſi agiſſante vertu dans la plus ſpatieuſe carriere que la fortune lui pouvoit choiſir! Quelle joie de voir que dans la haute élevation de mérite & de dignité où vous étes, vous recevrez les vœux de tout le mon-de! mais j'oſe vous aſſûrer que vous n'en recevrez point qui viennent d'un zele plus deſintereſſé que le mien, car je vous proteſte que c'eſt moins par le reſpect de la dignité que par la vénéra-tion du mérite, que je ſuis, &c.

Félicitation à un grand Seigneur ſur ſon retour à la Cour.

MONSEIGNEUR,

Je ſerois ennemi du bien public ſi je ne goutois comme je dois, la bon-ne nouvelle que l'on nous a apportée. Ce n'eſt point parce que je vous ai des obligations infinies, mais c'eſt qu'aiant de la vénération pour la ver-tu, je ſens une extréme joie de vous voir revenu où tout le monde vous
ſouhaitoit.

souhaitoit. On peut dire néanmoins
que vôtre éloignement de la Cour eſt
un des plus beaux endroits de vôtre
vie, puiſque vous avez fait voir que
vous êtes le même en l'une & en
l'autre fortune. Je ſuis témoin qu'il
n'eſt jamais ſorti de vôtre bouche un
ſeul mot qui ne fût digne de vôtre
courage; mais cette rare vertu étoit
cachée dans une les extrémitez du
monde, & ne ſe pouvoit étendre que
dans un petit eſpace. Il faloit qu'elle
ſe contentât de la ſatisfaction de vôtre conſcience, & du témoignage d'un
petit nombre de gens. Cependant vos
ennemis triomphoient. On ne ſavoit
comment déguiſer aux Etrangers la
maladie de l'Etat, ni quelle raiſon leur
donner de vôtre diſgrace. Mais pré-
ſentement qu'une meilleure ſaiſon eſt
revenuë, & que toutes choſes ſont
en leurs places, il eſt tems de ſe réjoüir de vôtre retour. Le repos dont
vous joüiſſiez n'étoit pas utile à l'Etat.
Quoi que nous puiſſions entreprendre,
perſonne ne doute que vous ne ſoiez
un des principaux inſtrumens de ce que
nous ferons, & que la paix & la guerre
n'aient beſoin de vôtre conduite.

N

Tout le monde a vû que vous n'avez aporté à l'administration des affaires que vôtre pur esprit, c'est-à-dire, que la partie de l'ame qui est separée de la matiére & détachée des passions. Mais, MONSEIGNEUR, pour un homme qui ne sait tromper personne, ce n'est pas une grande gloire d'avoir été fidele à son Maître. Si je croiois que vous ne fussiez capable que de vous abstenir du mal, je ne loüirois en vous que le commencement de la vertu ; mais je vais plus avant , & je suis asuré que ni la crainte de la mort que vous avez méprisée sous toutes sortes de formes , ni la complaisance qui passe souvent sur les meilleurs conseils pour suivre les plus agréables , ni l'interest qui se regarde plutôt que le public , ne vous empécheront jamais d'entreprendre & d'éxécuter les grandes choses. Cela est si vrai que l'on ne sauroit être avec plus de vénération que je suis,

MONSEIGNEUR,

Vôtre , &c.

A un Gentil-homme de Bretagne qui venoit d'être reçû Conseiller au Parlement de sa Province.

MONSIEUR,

C'est avec bien de la joïe que je viens d'aprendre que vous êtes Conseiller en vôtre Parlement, & que vous avez pour la Robe des sentimens plus équitables que vous ne m'aviez témoigné. Vous voïez qu'avec plus de tems & plus de loisir on considere mieux les choses, & que l'on en a des pensées plus solides. Ce n'est pas que je ne demeure d'accord que l'épée ne doive faire la plus ordinaire profession des Gentils-hommes; mais je ne voi pas que la Magistrature puisse porter préjudice à la Noblesse. On ne peut contester cette vérité, sur tout dans vôtre Province où l'on conte tant de gens de qualité dans la Robe. Il est vrai que par la voïe des armes on arrive à de grandes dignitez, mais quelles peines n'a-t-on pas à s'y élever? Il faut que la Fortune devienne con-

N ij

stante à favoriser, & que la vertu travaille de concert avec elle. Au contraire dans les affaires d'un Parlement la
principale peine est de commencer,
& quand on y a mis le pied on a fait
la principale partie du chemin. Ces
Charges ne portent pas un homme
fort haut, mais elles le font monter
assez pour en avoir beaucoup au dessous. Qu'on n'aille pas reprocher aux
Gentils-hommes qu'ils deviennent
compagnons de plusieurs qui ne le font
pas; il vaut mieux être compagnon
que de demeurer inférieur. Cherchons
une Compagnie plus illustre que celle
des Cardinaux, cependant plusieurs
Princes de Maisons Souveraines y
trouvent des Confreres d'une naissance
tres-obscure. Ainsi que rien ne trouble la joïe que vous devez avoir. Vous
êtes de condition à pouvoir aspirer
aux premiéres Charges de la profession
que vous avez choisie, & quand cela
n'arriveroit pas, vous êtes toûjours en
état de servir vos amis, & d'empécher
que vos ennemis ne vous puissent
nuire. Pour moi quand je n'espere-
rois jamais de faveur de vous, c'est
pour vôtre seul interest que je suis ra-

vi de l'acquifition que vous avez faite, puifque perfonne n'eft plus véritablement, &c.

Félicitation à Monfieur le Marquis de *** fur ce que le Roi lui avoit donné le gouvernement de ***

Je ne doute pas, MONSIEUR,
que vous ne foïez perfuadé que je
m'intereffe extrémement en tout ce qui
vous regarde, & que ce n'eft qu'avec
une joïe fenfible que j'ai appris que le
Roi vous a donné le gouvernement de
***. Ce n'eft pas que je ne fache que
vous pouvez pretendre à tout, que
vous eftes aîné d'une des plus illuftres
Maifons de France, & que vous
comptez parmi vos cadets, des Ducs
des plus confidérables du Roiaume.
Avoüez pourtant, MONSIEUR,
qu'il y a dans cette occafion, certaines circonftances qui ajoûtent un grand
agrément au bien-fait que vous venez
de recevoir. Vous êtes fait Gouverneur de Province, en un âge & en un
état, où l'on ne peut voir que par conjecture que vous gouvernerez bien
une famille, & ce don vient d'un

N iij

grand Monarque qui se connoît trop bien en mérite pour faire de mauvais choix. Celui qu'il fit il y a cinq ou six ans de vôtre personne, pour un emploi qui vous mettoit au dessus de plusieurs Officiers qui vous avoient commandé, vous devoit d'autant plus satisfaire, que vous n'en étiez redevable qu'au seul discernement de sa Majesté. Elle savoit que cette Charge seroit bien entre vos mains, & par un sentiment d'équité elle aima mieux récompenser d'une autre maniere l'Officier, qui avoit droit d'y pretendre, que de manquer à vous donner ce qu'elle trouvoit qui vous étoit convenable. J'espere, MONSIEUR, qu'à mesure que vous servirez un Maître si grand & si juste, vous en recevrez d'autres bienfaits, & que je n'ai qu'à songer à la diversité que je serai obligé de garder en vous félicitant, & en vous assurant que personne n'est plus absolument à vous que je suis.

Félicitation à un Ami qui vient de se marier à Mademoiselle * * *

Que vous êtes heureux, mon cher

Monſieur , & que j'en ai de joie ! Vous
venez d'épouſer une belle perſonne
que vous aimiez tendrement , & vous
avez fait une alliance conſidérable. Il
eſt vrai que l'on ne vous a pas donné
le bien que vous aviez droit de pretendre , mais tout le monde demeure
d'accord que l'on vous a mis en poſſeſſion d'une infinité de charmes que
l'on ne ſauroit trop payer. Je pourrois même répondre que vous ſerez
ravi d'en avoir uſé ſi généreuſement.
On m'a parlé du cœur de l'admirable
perſonne que vous avez preférée à ſa
Rivale , & je ne doute point que vous
ne ſoïez plus touché des marques de
complaiſance que vous recevrez à tout
moment d'une épouſe reconnoiſſante ,
que de dix mille écus de plus , que
Mademoiſelle de * * * pouvoit ajoûter à vôtre bien. Enfin , mon cher
Monſieur , vôtre choix a été applaudi,
& vous avez eu le bonheur de gagner
l'eſtime de tous les honnêtes gens , en
ne ſongeant qu'à vous ſatisfaire. Vous
ne ſauriez vous imaginer la part que
je prens en tout ce qui vous arrive,
ni avec quel zele & quel attachement
je ſuis à vous.

N iiij

Félicitation sur la naissance d'un fils.

J'ai appris avec une joïe sensible l'heureux accouchement de Madame la M. je vous en félicite de tout mon cœur. Vous ne sauriez croire le plaisir que je me fais, quand je songe à celui que vous devez avoir. C'est un enchaînement de bonheur qui vous arrive. Vous recueillez des fruits de vôtre mariage avant la fin de l'année, vous êtes fait pere par une belle personne que vous aimez tendrement, & le petit qui vient de vous naître, affermit une illustre Maison, dont vôtre bravoure nous a si souvent fait craindre la fin. Je souhaite que vous passiez continuellement d'une satisfaction en une autre, & que la fortune couronne bien-tôt vôtre ambition, comme elle a été favorable à vôtre amour. Vous jugez bien de la part que je prendrai toûjours dans tout ce qui vous touchera, si vous considerez avec quelle ardeur & quel attachement je suis,

MONSIEUR,

Vôtre, &c.

Félicitation sur le gain d'un procés.

Enfin, MONSIEUR, on vous a rendu justice, & je viens d'apprendre qu'un bon Arrêt vous met à couvert de toutes les chicanes que l'on vous faisoit. On m'a fait le plus grand plaisir du monde de me dire que vos parties ne se doivent plus attendre à la Requête civile qui étoit leur derniere ressource, & qu'elles regardoient comme le vin émétique de leur procés. Que j'ai de joie, mon cher Monsieur, de vous voir triompher de la sorte ! vôtre victoire vous assure une paisible possession de vôtre bien, & donne de la terreur aux Plaideurs dont vôtre païs est si fertile. Je souhaite de vous voir joüir long-tems d'un si heureux succés, & de vous faire connoître qu'il n'y a personne au monde qui y prenne plus de part que moi, ni qui soit plus veritablement que je suis,

MONSIEUR,

Vôtre, &c.

Des Lettres de Recommandation.

*Nous recommandons de deux manieres,
felon que les perfonnes nous font cheres
ou indifférentes. Si nous les aimons,
nous en faifons l'éloge, & il n'y a dans
leur mérite aucune circonftance que nous
n'étalions avantageufement. Nous témoignons l'intereft que nous prenons
en tout ce qui les regarde, & nous pro-
mettons de tenir compte de tous les
bons offices qu'on leur rendra. Nous
prions même plus d'une fois, & cette
efpece de redite qui pourroit faire languir le ftile en d'autres occafions, rend
les expreffions plus vives dans ces rencontres, par les fentimens du cœur
qu'elle y mêle. Nous faifons voir que
nous n'appuïons que de juftes pretentions, & nous ne manquons pas de
donner à connoître que c'eft à tort que
l'on perfécute ceux en faveur de qui nous
écrivons.*

*Nos Lettres ne font pas animées de la
même ardeur, quand nous ne les donnons que par un fimple mouvement de
civilité. Nous nous contentons alors de*

recommander d'une maniere froide qui
fait juger que nous ne prions que parce que l'on nous a priez , & que nous
n'aurons ni beaucoup de reconnoiſſance,
ni un grand reſſentiment , ſoit que l'on
accorde ce que nous demandons , ou
qu'on le refuſe.

Un Solitaire recommande un de ſes Amis à un grand Magiſtrat.

A MONSIEUR, &c.

MONSIEUR,

Je n'ai pas renoncé de telle ſorte
au devoir de la vie civile , que je ne
tienne encore au monde par l'amitié.
Quand les intereſts des perſonnes qui
me ſont cheres, me viennent chercher
dans ma ſolitude , je ne leur ferme pas
la porte de mon cabinet. Le Gentil-
homme qui vous rendra cette Lettre,
eſt de ces perſonnes qui ne me peuvent être indifférentes. J'ai appris
qu'on lui faiſoit de la peine , & quelque ſoin que j'aie de mon repos, je ne
ſaurois m'empêcher de prendre part

en fes affaires & de fouffrir avec lui.
Mais aprés l'avoir plaint je voudrois le
foulager & lui rendre mon amitié plus
effective. C'eſt ce qui m'oblige, M o n-
s i e u r, d'avoir recours aujourd'hui
à vôtre protection, & de vous fup-
plier tres-humblement de vouloir appuïer une caufe que je ne vous recom-
manderois pas fi je la croiois mauvaife. Tout le monde me dit que vous
me faites l'honneur de m'aimer, & je
n'en puis douter aprés ce que vous
avez dit vous-même à trois ou quatre
de mes amis. Ils n'ont pas laiſſé perdre une feule de vos paroles, & m'en
ont rendu un compte fi fidele que je
ferois infenfible aux bonnes nouvelles
fi je n'avois appris celle-là avec beaucoup de joie. Un autre que moi con-
cevroit là deſſus de grandes efpérances, mais comme il n'y a rien qui vaille autant que vôtre eftime, c'eſt là que
je borne mon ambition. Ouï, M o n-
s i e u r, je me contente de vos bonnes graces toutes pures, & je ne vœux
pas même vous dire un feul mot de ce
que j'avois lieu d'attendre de la Cour,
encore que vous foïez bien-faifant,

& que je fois avec tout le zele poffible ,

MONSIEUR,
Vôtre , &c.

Autre Recommandation.

MONSIEUR,

Si j'avois voulu être auffi officieux
que j'ai été follicité, vous auriez receu
de moi depuis quinze jours plus de
trente recommandations de conte fait.
Il s'eft offert encore aujourd'hui une
occafion de refufer , mais il s'en pre-
fente une autre où il n'y a pas moyen de
tenir bon : c'eft l'amitié qui prie , & fi
j'ai affez de force pour réfifter aux importuns , je n'ai pas affez de dureté
pour defobliger les honnêtes gens. Il
faut fe laiffer gagner quand la vertu le
demande. Monfieur de *** eft mon
cher ami , & connu de toute la France
pour un homme de grand merite. Je
vous fupplie, MONSIEUR, de faire
en forte que je n'aye pas le déplaifir
de lui être inutile auprés de vous , & de

n'avoir pû le païer que de bonnes intentions , dans une rencontre , où il
espere bien plus de mon credit. Il est
en vôtre pouvoir de me donner sa taxe
entiére ou en partie. L'un me plairoit
plus que l'autre , & puis qu'il n'y aura
guere de sommes que vous ne moderiez
sans en être prié, je me promets le coup
de, plume obligeant & décisif qui ne
laissera rien de défectueux en vôtre
bienfait. Les graces ne sont ni boi-
teuses ni estropiées. Ce sont des
Déesses belles , parfaites, & telles
que vous les avez viies dans Seneque
que vous savez par cœur. Vous ne voudriez pas que je les méconnusse dans
la faveur que j'attens de vous. Je vous
supplie tres-humblement , Monsieur,
de vouloir bien me l'accorder , & de
croire que je suis parfaitement ,

MONSIEUR,

Vôtre , &c.

Autre.

Monsieur,

Il y a une grace que l'on me peut ménager par vôtre credit. C'est le congé de Monsieur de ✳✳✳ Son mérite vous est connu , il sert il y a plus de dix ans avec assiduité , & porte sur sa personne de glorieuses marques de ses services. Il seroit déja parti pour l'Armée , si je ne le retenois de toute ma force , & par le pouvoir que me donne l'amitié. Il a des affaires qui lui sont si importantes , & qui exigent si nécessairement sa présence , que ce seroit les perdre absolument , que de les abandonner en l'état où elles sont. Cela ne seroit point capable de l'arrêter , & le moindre interest d'honneur lui étant plus sensible que ces affaires ne lui sont considérables , si je ne lui faisois violence, il romproit les autres chaînes qui le retiennent,& se rendroit à sa Charge avant le quinziéme de Mars. De sorte que s'il lui arrive quelque mal de ce retardement, vous voïez de qui il aura su-

jet de se plaîndre , du peu de satisfaction qu'il aura de mes conseils. Ainsi,
MONSIEUR , tant pour l'honneur de
mon jugement qui est engagé dans l'a-
vis que j'ai donné , que pour le con-
tentement d'une personne que j'aime
comme moi-même ; j'implore vôtre
faveur & vos bons offices auprés
de Monsieur de ✻ ✻ ✻ Le Gentil-Homme qui vous rendra cette Lettre , vous
entretiendra plus particuliérement sur
ce sujet , & vous découvrira les biais
qui lui semblent les plus propres à fa-
ciliter l'affaire de son ami. Je vous supplie tres-humblement , MONSIEUR ,
de l'appuïer pour l'amour de moi , & de
me croire ,

MONSIEUR ,

Vôtre , &c.

Autre.

MONSIEUR ,

Je suis si ménager de la part que je
pense avoir en vos bonnes graces , que
je voudrois bien n'être jamais obligé d'y
toucher.

toucher. J'aimerois mieux paſſer pour mauvais ami , que de m'accoûtumer à vous recommander des procés. Cependant il ne faut pas que la diſcretion aille juſqu'à offenſer la ſocieté , & j'ai crû que je pouvois offrir à Monſieur de * * * ce que j'ai refuſé à une infinité de plaideurs. Je l'ai prié de vous porter cette Lettre de ma part , afin qu'une action qui m'eſt ſi peu ordinaire , vous fît connoître de quelle maniére je m'intéreſſe en ce qui le touche. C'eſt un Gentil - homme dont la naiſſance heureuſe a été cultivée par une excellente éducation. Il fait ſon métier & même le nôtre , & je puis dire qu'il a la ſcience de la Cour & l'innocence de la Campagne. Il eſt eſtimé de pluſieurs perſonnes d'un mérite diſtingué , & je ne doute point que vous ne deveniez un de ſes illuſtres approbateurs , quand il aura eu une heure de vôtre entretien. Je vous ſupplie tres - humblement , M o n s i e u r , de vouloir bien le lui accorder , & de nous le renvoïer bientôt avec la ſatisfaction qu'il ſe promet de vôtre bonne juſtice. Je vous en aurai une obligation particuliére , & je

Q.

ferai toûjours plus que perſonne du
monde ,

MONSIEUR,

Vôtre , &c.

Lettre pour recommander ſes propres affaires.

Je ſai, MONSIEUR, à quel point
mes intereſts vous ſont chers. Les
bons offices que vous m'avez rendus
dans une infinité d'occaſions ne permettent pas que je l'ignore. Il faut
néanmoins que je vous recommande
l'affaire dont vous avez bien voulu
prendre ſoin , comme ſi j'étois moins
perſuadé de vôtre affection. Vous êtes
ſi prevenu que j'ai raiſon , & mon
Avocat m'a promis ſi ſouvent devant
vous un heureux ſuccés , que vous
pourriez vous repoſer un peu trop ſur
cette confiance. Cependant vous connoiſſez mes Parties. Vous ſavez que
ce ſont des gens qui ne dorment jamais, & qui ne cherchent qu'à me
ſurprendre. On me dit dans ce païs

qu'il y a dans la procédure certaines
fubtilitez qui fe mocquent du bon
droit. Souffrez donc , mon cher Monfieur , que je vous prie de voir mon
Procureur le plus fouvent qu'il vous
fera poffible , & d'avoir les yeux à
tout, puifqu'il s'agit de la plus grande
partie de mon bien , & que perfonne
au monde n'eft plus véritablement que
je fuis ,

MONSIEUR,

Vôtre , &c.

Recommandation pour une Dame de grand mérite.

Encore que mon indifpofition m'ar-
refte dans ma Province, il ne tient qu'à
Madame la Marquife de * * * que je
ne me faffe porter à Paris pour être
fon folliciteur auprés de vous. Mais
elle ne veut pas ufer de tout le pouvoir qu'elle a fur moi, & pouvant
m'ordonner un voiage , elle fe contente de me demander une Lettre. Je
la lui donne , comme une grace qu'elle
me fait , & je vous l'écris avec au-

O ij

tant d'ardeur que si toute ma fortune
dépendoit du succés de son affaire.
Vous voïez, MONSIEUR, que la
chose change de nature, & que ce
n'est plus son procés que je vous recommande. En un mot, ce font mes
interests que je mets entre vos mains,
& que je pourfuis fous un autre nom
que le mien. Je ne vous parle point du
mérite de l'illuftre perfonne qui vous
rend ma Lettre, ce feroit vous faire
tort de croire que vous ne connoiffez
pas une vertu fi généralement révérée. D'ailleurs je renfermerois un trop
grand fujet dans un trop petit efpace,
& il fembleroit que j'aurois deffein de
méler quelque chofe d'étranger à une
caufe que je prens entierement pour
mienne. Vous pourriez même vous
imaginer, fi je vous difois toutes les
raifons qui me doivent faire accorder, ce que je demande, que je ne ferois pas avec le zele d'un ame fenfi-
blement obligée,

MONSIEUR,

Vôtre, &c.

Lettres de remerciment.

Tâchons toûjours de témoigner nôtre reconnoissance selon l'obligation que nous
avons. Ne manquons jamais d'examiner la faveur que nous avons reçûë,
& le mérite de la personne qui nous l'a
faite. Si un Ami vient de nous rendre
service, nous le pouvons remercier familierement, mais il faut que nous rendions de tres-humbles graces à un
grand Seigneur à qui nous sommes redevables de nôtre établissement ou de
quelque present considérable. Cependan-
dant de quelque qualité que puissent
être le bien-fait & le bien-faiteur, il
est bon que nous y paroissions sensibles,
& que nous en exagerions les circonstances. Faisons voir l'utilité que nous
en avons tirée, ou l'honneur qui nous
en est revenu, & protestons, en finis-
sant nôtre Lettre, que nous en garde-
rons un souvenir éternel.

Remerciment à un Prince.

MONSEIGNEUR,

J'avouë à vôtre Altesse que j'ai eu de la peine à croire à mes propres yeux, & que j'ai pris d'abord pour un songe ce que l'on vient de m'offrir par vos ordres. Est-il possible, MONSEIGNEUR, que vous m'aïez jugé digne de vos soins parmi les occupations importantes que vous avez, & que de l'élévation où vous êtes vous aïez bien voulu vous abaisser jusques à moi ? Cependant rien n'est si vrai, & je ne puis pas dire que ce soit une illusion dont l'amour propre m'ait ébloüi. Je viens de lire en termes exprés, que V. A. m'a fait du bien, & qu'elle a dessein de m'en faire encore ; mais, MONSEIGNEUR, permettez-moi de vous dire que je suis indigne de vos bien-faits, & même incapable d'accepter vos offres. Ce n'est ni la modestie, ni le mépris des richesses que peut donner la Philosophie qui me fait parler ainsi ; c'est la sincérité d'un homme de bien qui ne se

veut pas donner pour plus qu'il ne
vaut , & qui n'a pas deſſein de tromper
ſes Maîtres. Je craindrois de ne pouvoir
rendre à V. A. une reconnoiſſance qui
fût proportionnée aux graces qu'elle
me fait , & que mon âge qui n'eſt déja que trop avancé, ne m'empéchât de
vos témoigner avec quel zele & quelle ſoumiſſion je ſuis ,

MONSEIGNEUR,

De V. A.

Le tres – humble , tres-
obeïſſant , & tres-
obligé ſerviteur.

Remerciment pour un cachet.

BILLET.

Le cachet que vous m'avez donné
eſt bien la plus jolie choſe que je vis
jamais , & j'ai le chagrin de n'en pouvoir faire l'éloge comme je voudrois.
Je me contenterai de vous dire que le
Poëte qui vouloit cacheter la bouche
de ſa Maitreſſe , parce qu'elle n'étoit

pas secrete, devoit avoir un aussi agréable cachet pour être digne d'une application si délicate. Les plus excellens Graveurs sont des Ravaudeurs en comparaison du vôtre, & les lignes que tiroit Apelle n'étoient ni si pures, ni si déliées que vos chiffres. Ainsi, mon cher Monsieur, je ne regarde pas moins vôtre present comme un chef-d'œuvre de l'art, que comme un gage de vôtre amitié; je ne vous en saurois assez remercier, ni vous dire combien je suis à vous.

Remerciment pour des vers.

Je vous remercie de vos vers, & je vous avoüe que je les regarde comme ces esprits séducteurs qui tentent les Solitaires dans leur desert. Ils m'ont donné envie de retourner dans un monde qui produit de si belles choses, mais il faut que je résiste à cette tentation, & que la consideration de mon honneur me retienne encore à la campagne. Je vous irois donner un moien de vous désabuser; car, à vous parler franchement, je ne me regarde que comme une perspective qui doit

toute

toute ſa beauté à la diſtance des lieux.
Il vaut mieux, mon cher Monſieur,
que je conſerve par mon éloignement
la bonne opinion que vous avez de
moi, que de l'aller détruire par ma
préſence. Je croi que vous ne me re-
connoîtriez plus, & qu'aprés m'avoir
trouvé, vous me chercheriez encore.
Le tems eſt un étrange faiſeur de mé-
tamorphoſes, on a mis autrefois iuſ-
que ſur les Autels certaines Belles qui
n'ont plus de place qu'au coin d'une
cheminée. Je ne veux pas être traité
de la ſorte, & j'aime bien mieux vous
proteſter de mon Hermitage que de
vous aller dire à Paris qu'il n'y a perſonne au monde qui ſoit plus abſolument à vous que je ſuis.

Remerciment à un Ami pour un bon office qu'il avoit voulu rendre.

MONSIEUR,

Vous eſtes le plus obligeant Ami qui
fut jamais, & quoi que je ne ſois pas
en état d'accepter vos offres, je ne
laiſſe pas d'en avoir toute la recon-

P.

noissance que je dois. Je demeure d'a-
cord avec vous que l'affaire de l'Evê-
ché pourroit reüssir , & que les moïens
que vous proposez ne sont pas extra-
ordinairement difficiles ; mais , mon
cher Monsieur , je suis resolu de ne
m'en point servir. Je connois trop mon
indignité pour être capable de la haute
pensée que vous me voulez mettre
dans l'esprit. J'ai lû avec trop d'attention les Livres que saint Chrysostome
a écrit du Sacerdoce , pour ne pas
craindre un fardeau qui est redoutable
aux forces des Anges. C'est pourtant
un fardeau que les plus foibles dési-
rent porter. Il n'y a point de petit
Docteur qui ne veüille qu'on l'en ac-
cable. Tous les Prédicateurs y courent , & la plûpart des Sermons y vi-
sent. Laissons courir les autres & demeurons en repos. N'emploïons l'E-
vangile ni les Peres à solliciter nôtre
fortune. Ils méritent un plus digne emploi. Servons Dieu au lieu de nous servir de lui. Il vaut mieux être Cathe-
cumene toute sa vie , & mourir à la
porte de l'Eglise que d'entrer dans le
Sanctuaire par la porte qu'y fait l'ambition. Que je me trouve bien de la

retraite, & que j'ai pitié de l'inquiétude des pretendans ! Si je n'avois d'autre maladie que celle-là, je me porte-
rois mieux qu'homme du monde : vôtre bonne volonté ne laisse pas de m'o-
bliger sensiblement, mais je vous proteste que je suis sans interest,

MONSIEUR,

Vôtre, &c.

*Remerciment pour un paiement que
l'on fit faire avant qu'on le
demandât.*

Monsieur,

Vous croïez ne m'avoir fait qu'une
faveur, & je vous puis assurer que
j'en ai reçû deux. C'est un second bien
de n'avoir pas voulu que j'aie demandé le premier, & je n'estime guere
davantage ce que vous m'avez fait
donner que ce que vous m'avez épargné. Un homme qui prie en tremblant,
& qui se rend au moindre refus, vous
est bien obligé de lui avoir fait grace

de tant de craintes. La plus-part des
gens forment un art de difficulté pour
faire valoir les bons offices qu'ils rendent. Ils veulent des assiduitez & des soumissions. Mais ., MONSIEUR . vous
agissez par un principe plus humain &
plus noble. L'obligation que je vous
ai , ne vient que de vous seul. Je n'y
ai pas même contribué mes desirs,
puisque vous avez bien voulu les prévenir. Cependant je ne puis avoir
pour vous qu'une reconnoissance inutile , & vous protester seulement que
je suis avec tout le zele d'une ame sensiblement obligée.

MONSIEUR,

Vôtre , &c.

Autre remerciment à un Ami.

Vous ne vous lassez jamais de m'o-
bliger. Mes Lettres ne vous donnent
jamais que de la peine, & les vôtres
me font toûjours quelque bien. C'est
un commerce où je gagne continuellement, & où vous perdez toûjours.
Vous pourriez emploïer vôtre tems à

de meilleures occupations, & conſiderer que mes petits intereſts ne ſont
pas dignes des ſoins que vous en prenez. Mais quel moïen d'arréter la généroſité de vôtre ame ? Vous voulez
toûjours ajoûter les bons offices aux
bons conſeils. Tout ce que je vous
puis dire eſt que j'en ai une reconnoiſſance parfaite, & que perſonne ne
ſera jamais plus abſolument à vous
que je ſuis.

Autre remèrciment.

Je vous remercie des remedes que
vous m'envoïez pour mon chagrin.
C'eſt ainſi, mon cher Monſieur, que
j'appelle les Lettres que vous m'écrivez. Celle que je viens de recevoir a
fait le meilleur effet du monde, & il
me ſemble que vôtre cœur y parle
dans toutes les lignes. Quel plaiſir
d'avoir un Ami comme vous ! le mal
eſt que j'en ſuis toûjours éloigné, &
que je ne joüis de ce bien que par
la force de mon imagination. Faites
que de tems en tems vos billets ſi obli-
geans & ſi agréables viennent à mon
ſecours, ſi vous voulez que je reſiſte

à une indifpofition que je fens depuis un mois ; autrement je ne vous répons pas que vous ne perdiez bien-tôt l'homme du monde qui eft le plus ab-folument à vous.

Autre billet de remerciment.

Je vous rends mille graces, MON-SIEUR, de toutes les bontez dont je voi des marques dans vos Lettres. Vous me témoignez de la maniere du monde la plus obligeante, la part que vous prenez en mes pertes. Mais, MONSIEUR, à vous dire vrai, ce font des pertes qui me touchent peu, & que j'aurois oubliées fi vous ne m'en aviez fait fouvenir. J'ai, Dieu merci, peu de tentation d'avarice, & c'eft fans peine & fans étude que je méprife ce que la plufpart des hommes adorent. Je vous avouë que je n'ai point de mérite en cela, & que n'aiant point à combattre, je ne dois rem-porter aucune gloire. J'ai bien plus de chagrin du procés que l'on vient de vous faire. Je plains vos pauvres Mu-fes, & je me les reprefente effarou-chées par des écritures de chicane. Je

m'entens si peu en pareilles choses
que je n'ai jamais recommandé de procés sans faire des fautes, & prendre
toûjours l'un pour l'autre. Vous ne
faites pas de même, vous, mon cher
Monsieur, qui estes capable de tout.
Je vous souhaite pourtant uu exercice
plus digne de l'élévation de vôtre esprit, & je suis tres-absolument à vous.

De la maniere de blâmer.

Comme on blâme aussi par le genre De-
monstratif, il semble que je devrois
donner des preceptes pour le faire. Mais
nous y avons tant de penchant, & nous
témoignons un si grand plaisir à écou-
ter ce qui tient de la Satyre, qu'il
n'est pas fort nécessaire que l'art mêle
ses maximes pour des matieres où nous
ne sommes que trop portés. D'ailleurs
les regles que l'on se prescrit pour loüer
ne servent pas moins à un usage con-
traire. En effet, l'on peut décrier un
homme par l'obscurité de sa naissance,
par son mauvais air, par son avarice
& sa lâcheté, comme l'on feroit entrer
dans son panégyrique l'éclat de sa mai-
son, de sa mine, de sa libéralité, &

P iiij

de sa valeur. J'ajoûterai seulement que s'il faut des expressions délicates pour un éloge, la Satyre demande un tour encore plus fin. Si pour y réüssir il n'y avoit qu'à dire des injures, les gens les plus grossiers des Halles l'emporteroient hautement sur les personnes les plus polies de la Cour. Ainsi ce ne seroit pas être d'un goût fort exquis, que de ne pas preferer de petites plaintes assaisonnées d'une raillerie ingénieuse, aux reproches violens qui tiennent de l'invective : Cependant encore que je n'aime point les manieres de parler qui desobligent ouvertement, je ne laisserai pas de donner des exemples de l'une & l'autre façon de blâmer, afin que ceux qui jetteront les yeux sur cet Ouvrage, aient à choisir ce qui leur sera le plus agréable.

L'Auteur de cette premiere Lettre se plaint à un de ses Amis de ce qu'il ne l'avoit pas été voir, quoi qu'il l'eût promis, & il fait comme pour se vanger une petite raillerie des occupations qui ont empêché son Ami de le visiter.

MONSIEUR,

A ce que j'apprens vous, êtes arbitre général , négociateur perpetuel , Jurisconsulte de Robe-courte , qui ne parle que clauses , que testament & substitutions. N'avez-vous point peur que les Consultans de vôtre Province ne vous demandent vôtre vocation comme les Prestres faisoient aux Ministres ? Qu'ils ne vous pressent de dire en quelle qualité vous agissez , comme les Medecins font aux Saltinbanques ? Ils devroient se plaindre des entreprises que vous faites sur leur profession. Pour moi bien que vous m'aïez protesté que l'on vous engage contre vôtre gré dans les affaires d'autrui , je commence à m'imaginer que vous y prenez goût , & que vous trouvez que c'est une belle chose de vous faire un Tribunal tantôt d'une chaise , tantôt d'un tabouret. Mais encore y a-t-il des festes au Palais , & des Vacations pour les Parlemens. C'est à dire que si vous me manquez encore de parole , & que vous ne me veniez point voir , je dirai que vous faites par inclination ce que vous assurez que vous ne faites que par contrainte. Vous avez beau m'alleguer saint Yves, je ne vous mettrai pas au nombre des Juges incorruptibles. Au contraire, je vous conterai parmi ces Plaideurs incurables qui ont la chicane enracinée dans le corps, en un mot, je dirai que le Maine ni la Normandie n'en ont jamais porté de si terribles. Que vous êtes la foudre & la tempête de vôtre païs, que vos songes même vont au Palais, que vous demandez un sac & des pieces en vous éveillant. Je prirai nos beaux esprits de vous traiter de profane, si vous osez vous presenter devant eux, & de vous chasser comme un rebelle des Muses. Je méditerai encore quelque nouvelle vangeance, & ne vous donnerai ni paix ni tréve. Enfin, je serai vôtre ennemi, du moins en apparence, ne pouvant m'empêcher d'être dans le cœur,

MONSIEUR,

Vôtre, &c.

Satyre contre un Chicaneur à outrance. Il y a moins de malignité que d'enjoûment dans cette Lettre, l'Auteur n'y parle qu'en général des chicanes du grand Plaideur, sans l'accuser d'aucun crime particulier.

MONSIEUR,

La Demoiselle qui vous rendra ce billet m'a assuré que je suis bien dans vôtre esprit, & se promet vôtre protection si je vous recommande ses interests. Pour moi je croi volontiers ce que je desire, & il ne faut pas beaucoup d'éloquence à me persuader que vous me faites l'honneur de m'aimer. Si cela est, je vous supplie tres-humblement de témoigner à cette pauvre Plaideuse que vôtre amitié n'est pas un bien inutile, & que mes prieres ne gâtent pas une bonne cause. Elle est tourmentée par le plus fameux chicaneur que l'on vit jamais, par un homme dont le nom seul fait trembler les veuves, & met en fuite les Orphelins. Il n'y a piece de pré ni de vigne à trois lieuës de lui qui foit aſſurée à celui qui la poſſéde. Il penſe faire grace aux enfans quand il ſe contente de vouloir partager avec eux la ſucceſſion de leurs peres. Il habite les Parquets & les autres lieux deſtinez à l'éxercice de la diſcorde, & s'il vous plaît que j'acheve ſon éloge ou ſon portrait en peu de mots, c'eſt le fleau de Dieu de ſon voiſinage. Vous ferez une action de charité héroïque ſi vous contribuez quelque choſe au châtiment de cet ennemi public. En une ſeule perſonne vous en obligerez mille autres qui ont les mêmes intereſts, & je ne laiſſerai pas de vous en avoir autant d'obligation que ſi vous ne conſideriez que moi qui ſuis parfaitement,

MONSIEUR,

Vôtre, &c.

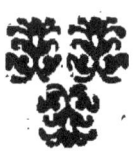

Raillerie de quelques Docteurs qui parlent trop hardiment, & d'un ton trop affirmatif des sciences dont la sublimité est au dessus de l'esprit humain.

MONSIEUR,

Je vous l'avois toûjours bien dit que vôtre ami parleroit un peu trop de la grace. Le voila bien loin de vous. Avoüez que la plûpart de Messieurs vos Docteurs sont d'étranges gens de parler des affaires du Ciel comme s'ils avoient des Charges de Conseillers d'Etat en ce païs-là. Ils en disent des nouvelles d'un ton aussi assuré que s'ils avoient dormi dans le sein du Fils de Dieu comme a fait saint Jean. A vôtre avis, ne se mocque t'on pas là haut de leurs empressemens & de leurs disputes ? Pour moi il me semble que l'humilité que doit donner l'ignorance, plairoit bien davantage à Dieu que la vanité de nôtre Doctrine. Il aimeroit bien mieux un silence paisible & plein de douceur, qu'une guerre de paroles aigres, où il est difficile de sauver la charité. La discrétion que vous gardez dans cette conjoncture, est à mon avis le meilleur parti que vous puissiez prendre, mais je voudrois bien qu'il vous prît envie de rendre raison au public de vôtre conduite. Nous verrions de fort belles choses dans ce manifeste, & personne n'en auroit plus de joie que moi qui suis parfaitement,

MONSIEUR,

Vôtre, &c.

Autre.

N'êtes vous point désabusé, mon cher Monsieur, de l'homme dont vous m'avez parlé? Pour moi je ne le connois que pour un grand fanfaron d'esprit. Il ne parle que galimathias; mais je lui pardonnerois ses expressions guindées s'il étoit moins ennemi de la verité. Croïez moy, mon cher Monsieur, ce grand personnage que vous m'avez tant loüé n'est qu'un de ces faux honnêtes-gens qui peuvent quelquefois excroquer une amitié , mais qui ne font jamais capables de la con- ferver. Je le tiens tres-indigne de la vôtre, à moins que vous n'aïez dé- couvert en lui des vertus qui ne font pas venuës à ma connoiffance. Souf- frez cette franchife , je vous prie , & profitez-en. Ne foïez plus la duppe de vôtre Docteur , & ne tâchez point de me prévenir de fon pretendu mérite, puifque je fuis véritablement à vous.

Satyre dont quelques expreffions blâ- ment trop à découvert un Pedant défagréable.

Il paroît bien que vous n'avez pas choifi l'homme que l'on m'envoïe pour Secretaire. Il n'eft pas fi purifié que la Lettre de recommandation me le vouloit perfuader. Il fort de fon nez certaines vapeurs qui gâtent les plus belles converfations. Outre, qu'à vous parler franchement , c'eft le plus fauvage de tous les mortels , & beau- coup moins capable de difcipline que les rats & les hirondelles que l'on n'a- privoife jamais , quelque domeftiques qu'ils foient. Je n'ai pas laiffé de le traiter honnêtement, avec promeſſe neanmoins à nos Dames de ne leur mettre plus devant les yeux un animal de ſi mauvaiſe rencontre, un Pedant de cette humeur, & de cette odeur. Malheur à ceux qui s'approcheroient de lui ſans préſervatif. Avoüez que ſon infirmité eſt redoutable, & qu'encore qu'il ne ſoit pas vaillant, il feroit capable de faire füir tout le monde devant lui. Je ſuis,

MONSIEUR,

Vôtre, &c.

Petite Satyre contre un homme qui donnoit trop à connoître l'avidité qu'il avoit à s'avancer.

MON CHER MONSIEUR,

Je ſuis ſatisfait de tout ce que m'a écrit vôtre Abbé. Quoi que ſon ame ſoit affamée de Bénefices, & malade d'ambition, il a du mérite d'ailleurs & des qualitez aſſez aimables. N'éxigeons des pauvres mortels que ce qu'ils peuvent

vent donner. Ce n'eſt pas un crime
de n'eſtre pas Philoſophe ; tous les
Philoſophes même n'ont pas été égal-
lement deſintereſſez. Nous en connoiſ-
ſons qui ont demandé juſques à im-
portuner. Mais venons à la Lettre que
l'on m'a écrite. J'ai pris plaiſir à la
lire, & j'en aurois pris davantage, ſi
on ne m'obligeoit à une réponſe. Cependant j'ai affaire à un homme qui
preſſe, & qui ne ſait ce que c'eſt que de
donner quartier. Il prête à uſure, & tra-
fique en vers & en proſe. Délivrez-
moi, je vous prie, mon cher Monſieur, de ces honneurs incommodes
que l'on me veut faire malgré moi.
Je ſuis tout à vous,

MONSIEUR,

L'homme que vous tuez dans vôtre
Lettre ſe porte bien. Si vous avez
quelque curioſité de le voir vous le
trouverez au Mont ſaint Hilaire où il
demeure depuis trente ans. Il n'en
eſt deſcendu que deux fois pour paſſer
les Ponts, c'eſt bien le plus violent diſ-
puteur du païs Latin. Il combat à ou-

Q

trance fur une vetille. Il voudroit exciter des tempêtes dans une goute
d'eau , & fe jette d'abord dans la derniere extrémité du blâme ou de la
loüange. Il s'emporte toûjours au delà
des bornes , & juge de tout fans jugement & fans autorité. Ainfi, mon
cher Monfieur , vous n'avez à
écouter ce qu'il prononce , que comme
une chanfon ; c'est le meilleur avis,
que vous puiffe donner ,

MONSIEUR,

Vôtre , &c.

Satyre forte , & où il y a plus d'in-
jures que de fineffe de tour.

MONSIEUR,

Puifqu'il s'agit de la bonne ou mauvaife fortune de vôtre aimable parente,
je vous parlerai fans déguifement de
l'homme dont vous me demandez un
portrait fidele. Sa taille eft fi engon-
fée qu'il faut être boffu effectivement
pour l'avoir plus contrefaite. Sa mine

est basse, & l'on voit même je ne sai
quoi de mauvais augure sur son visage.
Ses yeux sont si petits, & si enfoncez
que l'on ne peut discerner s'ils sont
noirs ou blancs. Ses sourcis lui tombent sur les paupieres, & s'il avoit les
cheveux aussi longs il ne seroit pas
obligé de porter la perruque. Il a le
front étroit, le nez plat, les levres
grosses, les joües creuses, le teint ba-
sané. Pour les dents je n'en dis rien, il
en a si peu que ce n'est pas la peine
d'en parler. Voilà ce qui regarde le
dehors ; vous allez voir au dedans que
les qualitez de l'ame répondent asséz
à celles du corps. Vôtre pretendu allié
est d'humeur chagrine, inquiete & con-
trariante. Rien ne lui plaît que ce qui
déplaît aux autres, & il ne trouve rien
de bien que ce que tout le monde dé-
saprouve. L'ambition de s'établir par
des voïes permises ou défenduës, la
haine & la jalousie sont ses passions do-
minantes. Quand il trouve l'occasion
de nuire, il l'embrasse, & s'y porte
avec tant de satisfaction & si peu de
repugnance, qu'il n'y a pas d'homme
au monde qui ait moins de scrupule en
ces rencontres. La pensée de tromper

Q ij

l'occupe agréablement. La joie d'y réüffir
eft la plus grande paffion dont il foit capable, & il s'imagine que les tromperies
que l'on fait., marquent une fuperiorité
d'efprit. qu'il prend pour le plus bel
avantage qu'un homme puiffe avoir
fur un autre.. Sa converfation ne fauroit être que défagréable & incommode.. Il eft begue , & ne peut dire diftin-
Ctement quatre mots de fuite.. La peine
qu'il a à parler lui feroit fuïr les compagnies s'il n'y alloit pour critiquer,
pour rompre en vifiere & pour faire
enrager. Cependant on dit qu'il eft
amoureux de vôtre belle parente ; le
peut-on croire fufceptible de cette
paffion , à moins que ce ne foit pour
faire dépit à un Rival , ou pour incommoder une Maîtreffe ? Pour fon bien
il n'eft pas fi confiderable que l'on vous
a dit. Au lieu de douze mille livres de
rente , on ne peut conter fûrement
que fur huit. Aprés cela prenez vos
mefures , & croïez moi tout à vous..

Je propoferois un parti qui convien-
droit mieux à une perfonne fi aimable ;
mais vous me permettrez de ne me pas
expliquer prefentement. Je ne veux
point que vous preniez pour fufpecte

la peinture que je viens de faire.

Satyre contre une femme.

MONSIEUR,

Il faut que vôtre imagination soit assez heureuse pour embellir les objets qu'elle vous represente, ou que mes yeux aient le malheur de défigurer ce que je regarde. J'ai vû la Dame dont vous m'avez fait un grand éloge ; & je vous assure que je n'en suis pas aussi charmé que vous pourriez croire. En cherchant le visage que vous m'avez tant loüé, j'ai trouvé un front serré, de grosses joües, & un menton pointu.: vous m'avoüierez d'ailleurs que les yeux de vôtre Belle ne sont ni grands, ni fendus, & je tomberai d'accord de mon côté que son teint peut plaire, parce qu'elle se le fait comme elle veut. Son esprit n'est pas moins admirable que sa personne, à ce que je remarquai dans une conversation où je me trouvai. Elle ne contesta jamais rien, elle n'interrompit personne, mais c'est parce qu'elle ne parla jamais, & qu'elle témoigna par une froide indolence qu'elle ne prenoit aucun interest dans tout ce que l'on pouvoit dire. La curiosité qui est si naturelle à son sexe n'a point de pouvoir sur elle. Elle ne sait rien, & depuis qu'elle a oüi lire dans une Comedie de Moliere

> *Que femme qui compose en sait plus*
> *qu'il ne faut.*

Elle est fortement resoluë à ne rien apprendre. Vous pouvez l'aimer avec toutes les bonnes qualitez que je viens de dire sans craindre que je devienne vôtre Rival. La jalousie ne m'empêchera jamais d'être au point que je suis,

MONSIEUR,

Vôtre, &c.

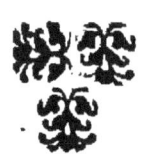

AVANT QUE DE PASSER

aux matieres qui regardent le genre Deliberatif, donnons quelques billets de proteſta-tion d'amitié, ou de ces Let-tres qu'on peut appeller fa-miliéres.

Proteſtation d'amitié.

Vous offenſez mon amitié, mon cher Monſieur, de me dire que vous ne la cultivez pas comme vous de-vriez. Elle a de trop bonnes racines pour avoir beſoin d'être entretenuë avec tant de ſoin. Penſez-vous qu'el-le ſoit de ces plantes délicates qui ſe flétriſſent ſi on manque un jour à les arroſer? Les choſes fortes ſubſiſtent d'elles-mêmes, & leur propre fermeté les aſſure. Je ne veux point vous don-ner de peine à me garder. Laiſſez-moi ſur ma foi vous ne me perdrez ja-mais. Il ſuffit que je ſache que vous m'aimez, j'ai des preuves ſi ſolides de cette vérité qu'il ne m'eſt pas permis d'en douter. Le reſte n'eſt point eſſen-

tiel, & les paroles n'y font plus né-
cessaires. Les Lettres font quelquefois
un commerce de fumée & de forfante-
rie aussi bien que la conversation, &
je vous avoüe qu'ordinairement je
m'empresse peu à décacheter la plus-
part des Lettres de compliment que
je reçois. C'est connoître le prix des
bagatelles, & les estimer ce qu'elles
valent. C'est rendre justice à ces protestations inutiles que de ne les pas lire
quand on les reçoit, puis qu'on n'y
songe point quand on les écrit. Je fais
si peu d'état de ces affections en peinture, que s'il étoit possible de rien
ajoûter à la bonne opinion que j'ai de
vôtre générosité, j'y aurois pris plus
de confiance depuis qu'elle me traite
avec moins de cérémonie. Il est honteux d'avoir vieilli dans une parfaite
union, & d'être encore aux premiers
élemens de l'amitié. Laissons-les à ceux
qui prennent plaisir à redire les mêmes
choses, ou qui ont affaire à des Amis
difficiles à persuader. Il y a long-tems
que cela est fait entre-nous, croïez-
moi, & nous nous en trouverons bien.
Posons deux principes une fois pour
toutes. Le premier, que vos affaires
auroient

auroient befoin de plus de vingt-quatre heures par jour, & que mon oifiveté en voudroit encore davantage. L'autre que vous êtes & ferez mon ami dans vôtre cœur fans en prendre acte par des civilitez incommodes, comme je fuis & ferai toute ma vie à vous de la même forte.

Autre.

A quoi bon, mon cher Monfieur, une fi grande profufion de belles paroles pour une perfonne comme moi. Il n'en faudroit pas davantage pour tromper une Maîtreffe défiante. Il paroît bien que vous avez refpiré l'air d'Italie, & que vous venez du païs des complimens. Ces civilitez qui obligeroient un autre que moi, me font en quelque façon injurieufes, & vous faites tort à ma paffion, fi vous croïez que vôtre éloquence foit néceffaire pour l'entretenir dans fon ardeur. Je fuis un fort bon homme, & vous êtes extrémement généreux. Ainfi nôtre amitié n'eft point en danger par nôtre filence, & ne depend point d'une douzaine de lignes par mois. Bien que je

R

puissle accuser ma paresse & vos affaires de la discontinuation de nôtre commerce, j'aime mieux la rapporter à la
confiance d'une parfaite affection qui
nous assure l'un de l'autre, & qui nous
dispense des petites loix que se fait le
monde. Soyez donc persuadé que je
suis à vous autant que je le puis, &
que je le dois.

Autre sur le même sujet.

Quand je n'aurois pas reçû vôtre
Lettre, mon cher Monsieur, je ne
serois pas moins persuadé de vôtre amitié. On peut se taire sans oublier. On
savoit aimer avant que l'écriture fût
en usage, & depuis qu'on a sçû écrire
on a menti plus souvent qu'on n'a dit
la vérité. Aprés cela s'amusera-t-on à
des signes si douteux ? N'est-ce pas nôtre cœur qui nous doit rendre témoignage de nôtre affection, & nous assurer l'un de l'autre. Je veux croire que
lorsque vous ne me parliez point, vous
pensiez à moi ; c'est ainsi que j'inter-
prete vôtre silence, & que je rends
justice à vôtre amitié. Traitez la mienne
de même façon, & croïez que personne

n'eſt à vous plus abſolument que moi.

Autre.

Il eſt certain, MONSIEUR, que je dois des réponſes à pluſieurs perſonnes de grande qualité; mais quoi que les grands Seigneurs exigent leurs dettes à la rigueur, & que nos Amis nous faſſent grace, il faut que l'amitié paſſe la premiere, & que j'aille où m'appelle mon inclination. C'eſt droit à vous, mon tres-cher, que j'irai, vous qui étes ſi avant dans mon ame, & qui vous en étes ſaiſi par tant de bontez. Vous y faites entrer avec vos belles & obligeantes paroles toute la conſolation dont elle eſt capable. C'eſt un ſecours qui me fortifie contre une infinité de diſgraces dont je ſerois accablé ſi vous ne me ſouteniez. Mais, mon cher Monſieur, vous me ſoutenez d'une main, qui bien loin d'être rude, m'appuie ſans m'ébranler. Vôtre tendreſſe toûjours fleurie & toûjours parfumée adoucit les maux que la raiſon toute ſeche irriteroit; car je vous avoüe qu'en l'état où je ſuis je ne la puis ſouffrir quand elle eſt auſtére & épineuſe. Je redoute les Amis qui font les Docteurs en amitié , & qui débitent sans cesse des dogmes & des maximes. Leur autorité magistrale me porte à la revolte plutôt qu'à l'obéissance , continuez donc à m'aimer de la même sorte que vous avez fait , puisque je suis toûjours aussi tres-absolument à vous.

Apostille.

On m'a dit que vous ne vous conservez pas assez. Cependant , mon cher Monsieur , vous devez être persuadé qu'en l'état où je suis , ce sont les bonnes ou les mauvaises nouvelles qui me viennent de vous, qui font mes bons ou mes mauvais jours. Redoublez vos soins pour la conservation d'une santé qui ne s'arreste pas en vôtre personne; enfin, mon cher Monsieur , soïez heureux pour vous & pour moi,

Autre.

Vôtre colique me fait crier miséricorde , je suis moins patient que vous dans des maux que je ne souffre que par communication. Ceux qui me touchent de plus prés, me font moins senfibles, & l'amitié me rend propre ce qui n'eſt que repreſentation & que peinture à qui n'aime point. Je vous ſouhaite, mon cher Monſieur, une promte & entiere guériſon, & je ſuis plus à vous que vous ne ſauriez vous l'imaginer.

Autre.

De quoi s'aviſe vôtre rûme, de vous venir attaquer au mois de Juillet, & de ne ſe contenter pas de vous faire la guerre en plein Hiver ? Vous pouvez l'ajouter aux prodiges que nous voïons cette année, & puiſque vôtre pituite s'eſt débordée de la ſorte, il vous eſt permis de vous plaindre de l'économie de la nature. Pour moi, que les rivie-res ſortent de leur lit, que la canicule meure de froid, & qu'il gêle ſur nos moiſſons, le plus grand mal eſt fait, & les derniers déſordres me ſeront plus ſupportables que les premiers. Mais, mon cher Monſieur, il faut avoüer que vous êtes de bonne compagnie pour un malade, & que le nuage de vôtre rûme ne trouble guere la ſéréni-té de vôtre eſprit. Peut-on mieux par-

ler des affaires d'Angleterre & de celles
de Cologne ? mêle-t-on le férieux &
l'agréable avec plus d'adreffe ? En vérité vous êtes tout ce qu'il vous plait,
& l'on peut dire que le Sage fait tout
également bien. Auffi perfonne n'eft fi
abfolument à vous que je fuis.

Apoftille.

Le Gentil-homme dont vous me
demandez des nouvelles , vous a toûjours dans le cœur & dans la bouche,
l'acquifition que vous en avez faite
eft tres-affurée. Il ne faut pour la con-
ferver ni foin ni travail. L'amitié des
gens dont vous me parlez n'eft pas de
cette nature , elle vaut fort peu &
donne beaucoup de peine. Je m'eftime
heureux d'en être éloigné , & je penfe
que c'eft à cet éloignement que je dois
une partie de mon repos.

Autre.

J'ai honte , mon cher Monfieur , de
vous dire que mon indifpofition m'empêcha de vous écrire par le dernier ordinaire. Il me femble que je ne vous

parle jamais d'autre chose. Cependant comme il n'y a que cette seule cause qui m'ait pû faire manquer à ce devoir; il faut bien que je m'en serve pour me justifier. Je vous dirai même que je suis encore malade pour tout le reste du monde ; mais il faut vous épargner les inquiétudes que vous donneroit mon silence , si je laissois partir deux Courriers sans vous porter des nouvelles de ma santé. J'ai reçû vôtre dépêche avec la Lettre de nôtre Ami , je vous assure que dans le triste état où je suis , il ne me pouvoit rien arriver de plus agréable. Envoïez-moi souvent de ces remedes si vous voulez que je me porte bien. Je vous donne le bon jour , & je suis tout à vous.

Autre.

Vôtre procés dure trop , mon cher Monsieur , & vos Muses sont trop long-temps suppliantes & solliciteuses. Je serois mort s'il m'en étoit arrivé autant , & quoi que je sois homme de paix , il n'y a point d'expédition militaire que j'aprehendasse plus que les terribles corvées d'un Plaideur. Vôtre Philosophie néanmoins aura trouvé place par tout, & Zenon couronnera vôtre modération au même tems que Justinien vous fera gagner vôtre cause. Les vers que vous m'avez envoïez, sont tels que vous dites. La part que vous m'en avez faite, mériteroit un remerciment en forme, mais il y a long-temps que vous m'avez ordonné de ne vous rien dire de vos faveurs, sinon que je les ai reçûës. Pour le mot dont je vous ai demandé vôtre avis, c'est se mocquer que de me renvoïer à moi-même. Prononcez, c'est la Cour qui doit regler la campagne. Je suis à vous, mon tres-cher Monsieur, plus que vous ne sauriez vous l'imaginer.

Autre.

Vous ne sauriez croire, MONSIEUR, mon tres-cher cousin, combien je suis indigné contre vos persécuteurs, & la pitié que me fait la vertu que la fraude traîne devant les Juges. Il ne devroit y avoir pour vous que des recompenses & des couronnes ; & une probité comme la vôtre mériteroit d'être respectée par tout. Je viens d'é-

crire à vôtre Raporteur comme je devois. Je le conjure par la parenté, &
par l'amitié qui est quelque chose de
plus, d'avoir soin de vos interests
comme de ma propre vie. Je m'assure que
vous connoîtrez que je ne lui suis pas
indifferent ; mais je me trompe de m'i-
maginer que l'on me considerera quand
il s'agira de vous servir. Vôtre nom est
revêré de toute la terre, & Monsieur
de *** qui est un parfaitement honnête homme, ne regardera que vous dans
la bonne justice qu'il vous rendra. Je
suis tres-absolument à vous, mon cher
cousin.

Autre.

Que vous êtes heureux d'être moderé, & que je suis malheureux de ne
l'être pas ! c'est de là que viennent la
plûpart de mes maux. Pour me bien
porter j'aurois besoin de vôtre sagef-
se. Depuis quinze jours j'ai un chagrin qui me tuë. Rien ne se presente
à mes yeux qui n'offense mon esprit.
Il en faut excepter vos dernieres Lettres, mon cher Monsieur, j'y ai trouvé du soulagement & de quoi dissiper

les nuages de mon humeur sombre : Je
les ai reçûës avec la plus grande joie
du monde , & je n'ai pas reçû les avis
que vous me faites la faveur de me
donner avec moins de déferance. J'en
aurai toûjours pour tout ce qui me
vient de vôtre part. Vous verrez dans
un billet separé ce que je répons à ce
qui me vient d'ailleurs. Mon esprit
se rend à la raison , mais il se défend
contre les subtilitez mal fondées. Je
suis tout à vous , mon cher Monsieur.

Faites savoir , je vous prie , à nôtre
admirable Comtesse que je n'attends
que le retour de mon esprit pour rendre à son mérite l'hommage que je lui
dois. Je ne suis digne ni du bien qu'elle dit de moi , ni de celui qu'elle me
fait. Mais elle est assez généreuse pour
vouloir perdre dans ma solitude des
faveurs que la politique mettroit à profit dans le grand monde. En un mot,
mon cher Monsieur , cette excellente
personne n'est pas de l'humeur de celles dont toutes les mines sont interessées , dont les clins d'œil ont toûjours
quelques desseins , & qui trafiquent en
civilitez.

Autre.

J'avoüe, que je ne connoiſſois point le mérite extraordinaire de vôtre Monſieur le Conſeiller, vous êtes le premier qui me l'avez élevé ſi haut. Monſieur le Comte de * * * m'en avoit parlé ſeulement comme d'un homme curieux, amateur de nouvelles, & grand chercheur de Medailles. Je ſai d'ailleurs qu'il ſe picque de remplir heureuſement des bouts rimez, de ſe connoître en tableaux, & d'avoir beaucoup de connoiſſance dans les Païs étrangers. Il me ſemble que tout cela ne fait pas un grand perſonnage. Je veux croire même qu'il eſt ami fidele & officieux, mais demeurez d'accord auſſi qu'il y a de la difference entre ces bonnes qualitez d'un particulier, & les vertus heroïques que vous loüez en lui, entre la reputation qu'il peut avoir, & la gloire que vous lui donnez. Faites-moi part, je vous prie, de vôtre humeur bienfaiſante, je n'en demande pas tant que le Conſeiller, quoi que je ſois à vous plus qu'homme du monde.

Autre.

Il faut demeurer d'accord, mon cher Monsieur, que vous savez bien exercer la patience des gens, ou pour mieux dire les faire enrager d'impatience. Il est arrivé bien des Couriers sans que pas un m'ait apporté un seul mot de vos nouvelles. J'en suis en peine, & je sens naître en mon esprit quelques-unes de ces craintes dont les vraïes amitiez sont si fertiles. Vôtre fluxion ne seroit-elle point plus diligente qu'à l'ordinaire, auroit-elle pris Juillet pour Decembre? Ne vous seroit-il point arrivé quelqu'autre accident? vous auroit-il pris envie d'aller faire la campagne avec un Prince que vous n'abandonnez qu'à regret? Je sai qu'il y a eu des Philosophes vaillans, & que vôtre predecesseur Socrate s'est signalé à la guerre. Je ne voudrois pas néanmoins qu'il vous prît fantaisie d'acquérir de la gloire par cette voïe. Nos ennemis seroient trop vains s'il falloit que des personnes comme vous prissent les armes. Vivez en paix, je vous prie, & ne m'apparoissez jamais

en collet de buffle, vous me feriez peur,
mon cher Monſieur, & ſongez que je
ſuis tout à vous.

Autre.

Je ſuis dans les remedes, j'ai été
chercuté par des ſaignées, & empoi-
ſonné par des medecines. Outre cela
il m'eſt ſurvenu des affaires qui m'ont
obligé de differer mon voiage. Mais
faut-il que je ſouffre continuellement
chez moi & chez vous ? Ne voulez
vous point guérir, mon tres-cher Monſieur, afin que mes maux aient une
conſolation qui les adouciſſe ? vôtre
bile m'a épouvanté. Les cruelles douleurs dont vous parlez m'ont fait fremir à cinquante lieuës de celui qui les
a ſenties ; mais vous êtes peut-être en
meilleur état. Dieu le veüille. Vôtre
repos eſt une piece neceſſaire au mien,
je le dis ſincerement. Car je ſuis tres-
abſolument à vous.

Autre.

Je ne vous écris que pour vous faire
des reproches. Quoi vous donner la

peine de m'écrire sans nécessité , & dans une langueur que je sai qui vous reste de vos derniers maux. Au nom de Dieu , mon tres-cher , que nôtre amitié ne vous incommode plus. Usons plûtôt vous & moi de liberté qu'elle nous donne en attendant que le commerce se puisse reprendre agréablement pour l'un & pour l'autre. Je ne sai de quelle maniere vous envisagez la mort. J'avoüe que pour moi je la regarde en poltron, & que je suis si acoquiné à la vie , que malgré les miseres que j'y souffre , j'aurois bien de la peine à déménager. Je suis tout à vous.

Autre.

Ma fluxion continuë sans relâche, & cette humeur acre tombe toûjours du cerveau dans la poitrine. Je conterois néanmoins la douleur pour rien , si je n'en aprehendois pas la consequence, mais je vois tous les jours de mes propres yeux que les goutes d'eau creusent les rochers. D'ailleurs ma fiévre ne s'étoit point retirée de bonne foi. Je le connois aux surprises qu'elle me fait depuis que ses attaques ne sont point

reglées. Ma foiblesse & ma maigreur me
font voir l'état douteux où je me trouve : ainsi, mon cher Monsieur, il est
tems que je songe aux affaires de l'autre monde, & que je travaille à la chose
qui est appellée seule nécessaire dans
l'Evangile. Je vous donne le bon jour,
& je suis à vous.

Autre.

Je me console, Monsieur de ce que
l'on a dit de l'Ouvrage de Monsieur de
*** que je vous ai envoié, & je vois
bien qu'en ce siécle, plaire & déplaire
n'est qu'un pur effet du hasard & de la
fortune. La prudence & le bon sens y
ont peu de part, & selon qu'un Lecteur
se trouve en bonne ou mauvaise humeur, selon qu'il a bien ou mal dormi, il juge bien ou mal des choses qu'on
lui presente. Cela me fait haïr quelquefois tout le genre humain, & si vous
n'étiez juste au milieu de la corruption,
je ferois vœu de ne voir personne. Ai-
mez-moi si vous voulez dissiper mon
chagrin, & croiez-moi tout à vous.

J'ai lû la Comedie de nôtre Ami, je la

trouve bonne , mais avoüez que Mo-
liére en a fait de meilleures. Il y a beaucoup de moralité , mais peu de plaiſanterie. Le Valet ne m'y divertit pas comme je voudrois.

Autre.

J'ai aſſez éprouvé , mon cher Monſieur , qu'il ſe mêle toûjours de l'envie
parmi les amitiez de la Cour. On n'y
rend jamais d'office tout pur & où il
n'entre du venin caché. Je n'ai garde
de vivre de cette façon. Mon procedé
eſt bien éloigné de celui de ces Meſſieurs
du grand monde. Je les loüe ſouvent
des qualitez qu'ils n'ont pas , & je les
remercie des faveurs qu'ils ne m'ont pas
faites. Demeurez d'accord que ma bonté eſt maltraitée , & que ſachant ſi bien
aimer , je devois être plus heureux en
amitié. J'ai toûjours tâché d'obliger &
de ſervir , & l'on ne m'a rendu la pareille que rarement. Pendant la violence de la plus injuſte perſécution qui ait
été ſuſcitée contre un innocent , quelques-uns ont fait leur plaiſir de ma diſgrace , d'autres ont fait ſemblant de me
plaindre,& perſonne ne m'a ſecouru. Je
vous

vous excepte, mon cher Monsieur, mes reproches n'ont garde d'aller où je n'adresserai jamais que des marques d'une parfaite reconnoissance.

Autre.

On ne me trompe guere qu'une fois, & je ne me fie pas toûjours à l'estime des grands, ni à l'applaudissement du Peuple. Vous ne m'éblouïrez pas non plus par la dignité de deux hommes dont je connois le fort & le foible. Le premier est tout memoire, & tout imagination. Pour le jugement il le faut chercher ailleurs. Il est grand personnage en Grec, en Hebreu, & en Arabe, mais ridicule en François, & le joüet des Dames & des Cavaliers. L'autre est beaucoup plus incommode. On ne peut ni s'en mocquer si familierement, ni prendre congé de lui quand on veut. Il vint m'assassiner l'autre jour avec trois gros manuscrits pleins de pedanterie & de galimatias qu'il faloit que j'écoutasse, & que je fisse semblant d'approuver. Jugez si durant ce tems-là j'étois à mon aise, & si je n'eusse pas eu meilleur marché d'un accés de siévre de vingt-quatre

S

Contraste insuffisant

NF Z 43-120-14

heures. Il ne laiſſe pas néanmoins de
faire bien ſa charge, d'être emploié aux
négociations & d'y reüſſir. Il à la mémoire heureuſe, l'imagination vive, &
le don d'impudence au ſuprême degré.
Il me ſemble que je vous puis parler
avec cette franchiſe, puiſque je ſuis tout
à vous.

Autre.

Vôtre Lettre m'a fait ſouffrir vos
peines, & je ne puis être en repos depuis que je ſai que vous êtes dans le
trouble. Si le mal paſſe plus avant je ne
doute point que vous n'aïez des aziles
à choiſir. Le lieu qui vous recevra ſe
pourra glorifier de cet honneur, mais
ſouvenez-vous, mon cher Monſieur,
qu'en ce cas-là vous ne pouvez obliger
un autre que moi ſans me faire tort.
S'il y a un raïon de paix au deça de nôtre Province, vous le trouverez plus
beau prés d'Avignon que par tout ailleurs. Je vous conjure de me vouloir
accorder la grace que je vous demande,
& de venir prendre poſſeſſion au plûtôt d'une maiſon dont vous êtes le maître depuis long-tems. Je ſuis prêt à par-

tir pour aller au devant de vous jusques
à Cavaillon, si vous n'aimez mieux que
je vous envoie seulement mon carosse,
afin d'être moins embarassé. J'attens de
vos nouvelles, & je suis entierement à
vous.

Autre.

Je vois bien, mon cher Monsieur,
que je me devois mieux connoître, &
ne me croire pas assez heureux pour
pouvoir esperer de vous voir ici. J'a-
voüe que ç'a été une grande presom-
ption que de m'être flatté de cette pensée, mais vous savez que les passions
sont hardies & crédules. Ceux qui dé-
sirent, font des songes encore qu'ils ne
dorment pas. Pardonnez-moi celui que
j'ai fait. Vivez à Paris avec plus de repos & de douceur que la disposition du
temps & la face des affaires me semblent vous en promettre. Pour la Ma-
rotte dont vous me parlez, c'est ainsi
qu'il vous plait d'appeller le dessein de
vôtre Ouvrage, je pense que je l'estimerois autant qu'un sceptre. Ainsi, mon
cher Monsieur, je n'ai garde de vous
conseiller d'abandonner un projet que

S ij

vous n'avez entrepris qu'avec les vœux
& les applaudiſſemens des plus beaux
eſprits de France. Ce ſeroit un parrici-
de que d'étouffer des Héros & des Hé-
roïnes dans le berceau. Il n'y a que vôtre mauvais Ange qui vous en puiſſe inſpirer la penſée. Je vous donne le bon
jour, mon cher Monſieur, & je ſuis
tout à vous.

Autre.

Souvenez-vous, que je ſuis déja parti pour ma Province où je dois demeurer trois ou quatre ans. Vous ſavez
que je veux reſpirer, & me mettre en
repos. Je ne laiſſerai pas durant ce
temps-là de vous écrire, à mon ordinaire, de la ſolitude que j'aurai choi-
ſie; mais, mon cher Monſieur, êtes-
vous équitable d'appeller pareſſe le deſſein que j'ai de commencer à vivre
aprés avoir été plus de quarante ans au
monde ſans avoir vécû? Quoi je ſerois
en but à toutes les Lettres que l'on me
voudroit écrire, & je me verrois obligé
de faire des réponſes de bel eſprit?
Cent jeunes Auteurs m'apporteroient
des manuſcrits, & je donnerois tout

mon tems à les revoir ? Il vaut mieux
que je faſſe quelque tréve avec les honnêtes gens pour ne point donner ſujet
de plainte à ceux qui ne le ſont pas.
Je ſuis contraint de rompre un commerce qui m'étoit agréable , & avantageux ; mais que je ne pouvois continuer ſans tomber ſouvent entre les
mains des Pirates , & faire de mauvai-
ſes rencontres. Vous êtes le ſeul , mon
cher Monſieur , avec qui j'entretien-
drai correſpondance , & je vous en-
voierai bien-tôt des remarques ſur l'Ouvrage de vôtre Ami. Vous jugez bien
que je le vois avec application , puiſque vous me l'avez ordonné. Je lui dirai
même par avance que l'on peut réjoüir
la Philoſophie ſans lui faire perdre ſa
gravité. Il ne faut pas lui mettre de
fard ſur le viſage ; mais il n'eſt pas défendu de la décraſſer.

Autre.

Je ne ſuis aujourd'hui, mon cher Monſieur, que le tres-humble Secretaire de
vôtre belle Ecoliere. Elle eſt charmée
de vôtre converſation. Vous ſavez
qu'elle eſt d'un air à ne faire pas des-

honneur à son maître , & je crois que
vous ne serez pas fâché de prendre
quelque soin d'une personne dont la nature en a déja tant pris. Vous dites , il
y a quinze jours que vous aviez vû vô-
ler l'Amour autour d'elle, & faire grand
bruit avec ses aîles. Si le mot d'amour
l'effarouchoit , il faudroit lui expliquer
vôtre vision, & lui dire que vous n'enten-
dez parler que d'un amour sage , fils de
cette Vénus Uranie, dont nous avons
parlé quelquefois. J'ai charge expresse
de vous assurer , qu'elle veut recevoir
vos instructions , & qu'elle vous hono-
re parfaitement. Pour moi , mon cher
Monsieur, je ne vous dis rien des sentimens que j'ai pour vous , je pense
que vous les connoissez, assez sans que
je vous aille encore protester que je
suis à vous de tout mon cœur.

Autre.

Vôtre Breton s'acquite admirablement des commissions que vous lui
donnez. Il m'a fait de grands & magnifiques complimens de vôtre part , mais
comme il n'y a rien de parfait dans le
monde , je ne l'ai pas trouvé si fort dans

ſes réponſes que dans ſes complimens ;
je lui ai demandé ſi vous eſtiez encore
incommodé de vôtre fluxion. Il m'a répondu que vous étiez le meilleur maître
du monde, que vous paiez bien vos
gens, & qu'il n'y avoit perſonne chez
vous qui ne pût boire quelquefois avec
ſes camarades. Aprés ces mots ſon éloquence a pris encore l'eſſor, & a battu
bien du païs ſans revenir au point où je
la voulois. De ſorte, mon cher Monſieur, que tout ce que j'ai pû comprendre, eſt qu'il n'étoit pas à jeun quand
il me faiſoit ces beaux diſcours, mais
je n'ai jamais pû ſavoir ſi vous vous
portez mieux, ou ſi vous êtes encore
tourmenté de vôtre rume. J'envoie mon
petit officier pour l'apprendre. Si vôtre ſanté vous permet de prendre l'air,
nous irons cette aprés-diſnée à Vincen-
nes en bonne compagnie, & ſi vous étes
encore obligé de garder la chambre,
nous changerons cette promenade en
partie d'ombre, pour vous aller divertir prés de vôtre feu. Je vous donne le
bon jour, & je ſuis tout à vous.

Autre.

J'ai appris, M o n s i e u r, que vous avez touché vôtre penfion, vous favez ce que cela veut dire, fans que je m'explique davantage. Mes paroles feroient inutiles, fi vous avez refolu de ne me point tenir celles que vous m'avez données, & que vous ne veüilliez pas éxécuter ce que vous manquâtes de faire il y a prés d'un an. Lifez mon billet avec quelque reflexion, & fouvenezvous que fi vous ne me paiez prefentement, vous vous ferez plus de tort qu'à moi. Je fuis, &c.

Autre.

Vôtre Lettre m'a agréablement furpris, & je l'ai reçüe comme fi elle m'étoit tombée du Ciel. Les biens de ce monde durent fi peu que j'apprehendois que vous ne m'euffiez oublié. Vôtre filence me donnoit cette crainte, j'écrivois, & je ne recevois point de réponfe ; ainfi, mon cher Monfieur „ vous voïez que je vous pourrois faire les plaintes que vous me faites, vous reprocher vôtre indifference, & même

vous

vous accuser de cruauté; mais j'aime mieux m'en prendre à des causes étrangeres, aux Courriers, aux saisons, à la fortune; enfin à tout autre plûtôt qu'à vous, aussi ai-je appris depuis peu de jours qu'il y a un pacquet pour moi à Lyon, & que vos Lettres avec un present ont vieilli chez un Marchand qui a négligé de me les faire tenir. Il faut qu'il y ait un Demon envieux de mon bonheur, qui soit occupé à mettre des barrieres entre vous & moi, & qui fasse tous ses efforts pour rompre nôtre commerce. Cependant je le défie de me faire perdre vôtre amitié. Il pourra surprendre les témoignages que vous m'en donnez, & les arréter en chemin pour retarder ma joie, mais j'espere que vous m'aimerez toûjours malgré ses malices, comme il est certain que je serai toûjours tout à vous, &c.

LETTRES

DU GENRE

DELIBERATIF.

*Il est certain que l'on ne peut apporter trop
de soin pour les Ouvrages qui regardent les Déliberations. On y doit emploier ce que l'on trouve de plus solide
dans le raisonnement, & ce qu'il y a
de plus insinuant dans les expressions.
Aussi y traite t on de ce qu'il y a de
plus important dans la vie, soit qu'il
s'agisse des affaires des particuliers ou
des interests d'un Etat. Ne voit-on pas
tous les jours que les mesures que l'on
prend dans le Cabinet des Souverains,
contribuent, selon qu'elles sont justes
ou fausses, à la félicité ou à la ruine
des Peuples? Ne remarque t on pas aussi
que le succés d'un Siege ou d'une Bataille que l'on resoudra dans le conseil de
guerre, pourra changer la face d'une
Monarchie? Ce n'est pourtant pas de*

ces grands interests que nous entrepre-
nons de parler. Les perfonnes qui font
choifies pour en dire leur fentiment, ne
confulteroient pas le nôtre. Nous ne
donnons ces avis que pour des gens qui
aiant moins d'expérience & de péné-
tration, feront peut-être bien-aifes d'y
chercher quelque fecours. Voïons s'ils
le trouveront, examinons les moïens
qui peuvent porter à une refolution
ou à en détourner, & difons en peu
de mots que pour perfuader il eft néceffaire de bien connoître l'humeur de
la perfonne à qui on s'adreffe. Il lui faut
repréfenter que ce qu'on propofe eft
honnête, utile, ou agréable felon que
nous jugeons qu'on le goûtera.

Pour diffuader on n'a qu'à fe fervir de
moïens contraires, faire voir des difficultez dans l'éxécution d'une entreprife,
& montrer même que les fuites n'en
peuvent être que fâcheufes & nuifibles.
Donnons en des exemples pour les occafions les plus confiderables, où l'on puiffe
avoir befoin de confeil.

Si je veux porter un de mes Amis à
fe marier, je lui ferai voir les avantages qu'il aura dans l'établiffement qu'on
lui propofe, & je tâcherai de luy don-

nier une espece d'avant-goût de la satisfaction qu'il peut esperer. C'est à peu
prés en ces termes que je lui écrirai.

Lettre pour porter un Ami à se marier.

Je prens tant de part en tout ce qui
vous regarde, que je n'ai seu qu'avec
une joie sensible que vous êtes sur le
point de vous marier. Je ne doute pas
que la chose ne se fasse promtement,
& que vous n'acceptiez avec plaisir
un parti que l'on vous a choisi avec tant
de soin. Vous savez que les personnes
qui se mêlent de cette affaire, ont de
trop bons yeux, & sont trop dans vos
interests pour ne païer leurs peines que
par une réponse qui marqueroit vôtre
irresolution. Leur entremise vous fait
trouver ce que l'on ne rencontre que
rarement, c'est-à-dire de la beauté, du
bien, & une alliance qui ne vous sera
pas d'un appui médiocre à la Cour & à
l'armée. La Demoiselle a des charmes
capables de fixer vôtre humeur qui est
assez honnêtement coquette. Vous pas-
serez agréablement vos jours dans un
si doux & si legitime attachement, &

vous aurez pitié de ces gens qui vont
de ruelle en ruelle dire des douceurs à
la Blonde & à la Brune, & qui, pour
parler comme un des plus beaux esprits
de ce tems,

Courent les mers d'Amour de rivage
en rivage.

Avoüez, mon cher Monsieur, que
c'est une étrange vie que d'être galant
de profession. Ne vaut-il pas mieux
songer à un établissement solide, emploïer ses revenus à de bons usages,
mettre au monde des enfans, qui par
une bonne éducation puissent devenir
bons soldats, ou bons Citoïens ? Faites reflexion, je vous prie, sur une affaire si considérable, & regardez-la
comme la plus importante de vôtre vie.
Pour ne vous pas tromper résistez au
penchant où peut entraîner une amou-
rette, suivez le conseil de vôtre famille. Elle examine les choses sans passion, & ne travaille que pour vôtre
avantage. Je ne pense pas, mon cher
Monsieur, que vous condamniez la liberté que je prens, je parle avec la
franchise qu'autorise nôtre amitié, &

vous favez à quel point je fuis , &c.

Il n'eſt pas difficile de perſuader le mariage quand nous avons lieu de le repre-
ſenter auſſi utile, que nous venons de
dire, mais ſi ces avantages-là manquent, il eſt bon de perſuader qu'il ne
laiſſe pas de contribuer plus qu'on ne
croit au bonheur des perſonnes qui s'uniſ-
ſent pour toute leur vie. Si j'eſtois perſuadé qu'il fût avantageux à un de mes
Amis d'entrer dans une alliance que
j'aurois à lui propoſer, il me ſemble que
je lui écrirois de cette maniere.

Lettre pour perſuader un Ami d'épou-ſer une perſonne qui n'eſt point belle.

MONSIEUR,

Quand j'ai cherché un parti qui vous
pût convenir, j'ai voulu trouver dequoi reparer les pertes de vôtre maiſon,
& vous donner une femme qui fût un
bon Intendant. En un mot, mon cher
Monſieur, j'ai ſongé à vous mettre en

repos, & à rétablir dans vôtre domeſtique un ordre qui en eſt banni depuis
long-tems. Mais eſt-il poſſible que vous
n'approuviez pas ce que je propoſe, &
que vous vous contentiez de moins de
bien, pourveu que vous trouviez plus
de beauté ? Croïez-vous qu'il s'agiſſe
d'une galanterie paſſagere, au lieu d'une
affaire ſolide, & qu'il vous faille une
Maîtreſſe au lieu d'une femme ? Renon-
cez ſi vous voulez à tout ce que peut
inſpirer la prudence. Choiſiſſez une coquette qui n'ait pas un ſol, prenez-la
pour ſes beaux yeux, & faites-vous un
plaiſir de voir emploier vôtre revenu
en jeu, en juppes & en équipage. Souffrez même qu'elle attire chez-vous tous
les faineans du quartier, & qu'elle vous
faſſe enrager vingt fois le jour. C'eſt
juſtement ce qu'il vous faut, au lieu
d'une honnête perſonne que la reconnoiſſance rendroit auſſi complaiſante
que la fierté porte ordinairement les
belles à être impérieuſes & inſuporta-
bles. Liſez avec quelque attention ce
que je vous écris, conſultez moins vôtre cœur que vôtre raiſon, & ſouve-
nez vous qu'en vous donnant ce conſeil je ſuis plus véritablement à vous que
jamais, &c.   T iiij

Lettre pour perſuader à un jeune Gen-
til-homme d'aller à l'Armée.

Monsieur,

Pouvez-vous balancer un moment à
vous déterminer ſur le parti que vous
devez prendre ? Demeurerez-vous paiſible chez vous , quand tout le monde
ira à la guerre ? Eſt-ce aſſez pour vôtre
honneur que Monſieur vôtre frere ait
pris de l'employ ? Tout vôtre voiſinage
va chercher de la gloire vers le Rhin,&
vous croirez trouver la vôtre à prendre
ſoin d'une baſſe-cour , ou d'une Garen-
ne ? Vous vous portez bien , vous avez
prés de vingt ans , & vous êtes Gentil-
homme , en faut-il davantage pour vous
faire entrer dans le ſervice ? Je vous
offre de l'argent ſi vous en manquez,
venez dés que vous aurez reçû ma Lettre. Il y auroit de la honte pour vous à
ne pas faire cette campagne. Vous
m'avez dit mille fois qu'il eſt bon de
s'accommoder aux modes des païs où
l'on eſt , & vous ne ſuivriez pas la plus

loüable coûtume de nôtre Nation ? Elle
veut que les armes fassent la profession
de la Noblesse , & je ne saurois m'imaginer que c'est seulement pour aller à la
chasse que vous voulez vivre en Noble.
Croïez-moi , mon cher Monsieur, vingt-
cinq ou trente liévres que vous tuerez
de plus dans un an , ne vous éleveront
pas dans de grands emplois. Occupez-
vous mieux , je vous conjure , & par le
conseil que je vous donne , considerez
que je suis entierement à vous , &c.

Lettre pour porter un Ami à s'adonner au Commerce.

Dispensez-moi , s'il vous plaît, Monsieur , de m'expliquer sur la resolution que vous voulez prendre. Vous
avez dans vôtre Ville d'habiles gens
que vous pouvez consulter , & vous savez la repugnance que j'ai à dire mes
sentimens quand il s'agit de choisir une
profession. Ceux qui sont assez hardis
pour conseiller dans ces rencontres, sont
regardez comme les garants du succés.
On s'en prend à eux si l'événement ne
répond pas à l'espérance que l'on avoit.

Ce n'eſt pas qu'il ne ſoit moins difficile
à vous déterminer qu'il ne paroît d'a-
bord. Vous avez été élevé dans le commerce. Monſieur vôtre pere vous a
laiſſé beaucoup de bien , & de bonnes
inſtructions pour le continuer. D'ailleurs une nouvelle occupation que vous
vous feriez,vous donneroit plus de peine & moins de profit. On me pourroit
dire qu'il y a des tempêtes & des Pyra-
tes à craindre ſur mer, je l'avoüe, mais
que l'on me trouve d'autres moïens de
s'établir une fortune plus prompte , &
plus conſidérable. Ne croïez pas néanmoins , MONSIEUR , que je me dé-
clare tout-à-fait pour un élement dont
on ne ſe peut rien promettre d'aſſuré. Je
ſai qu'il n'eſt pas moins célebre par des
naufrages que par d'heureuſes naviga-
tions , mais je ne doute pas que vous ne
ſoïez bien aiſe que je vous rapporte le
ſentiment d'un des plus beaux eſprits
de nôtre ſiécle. C'eſt vôtre Ville de
Marſeille qui nous l'avoit donné , il
parle de la navigation en ces termes :

La Mer qui nous donne tant de ſujets
de plainte , a de ſi beaux intervalles , &
pour ainſi dire , des caprices ſi heureux,
que l'on ne doute pas qu'elle ne ſoit

plus utile que dommageable. Pour perfuader en fa faveur, on dit qu'elle eft le
lien de la focieté des hommes, & la ligne de communication qui les attache
avantageufement les uns aux autres.
Que cette liaifon a perfectionné tous les
Arts & toutes les Sciences; que fans elle
tout nous paroîtroit incroïable, parce
que nous ignorerions ce qu'il y a de
plus beau & de plus curieux dans la nature. Qu'il n'y a que la Mer qui nous
puifle donner les chofes néceffaires en
abondance, & avec commodité. Que
nous ne tenons les fuperfluës que de fa
profufion, & que fans elle nous ne con-
noîtrions, ni la pompe, ni la magnificence. Qu'elle verfe les richeffes à des
Peuples qui par tout ailleurs fuëroient
& travailleroient beaucoup pour acquerir peu de chofe. Qu'enfin la navigation eft le plus noble effet de l'indu-
ftrie des hommes, & la plus illuftre
marque de la fermeté de leur courage.

Mais c'eft un principe indubitable,
que rien ne peut contribuer fi puiffam-
ment à la grandeur d'un Etat, que la
Mer & les forces navales. Il me feroit
aifé de le prouver par le progrés & par
la décadence de toutes les Monarchies.

Mais sans aller chercher des exemples dans celles des Assyriens & des Perses, qui sont comme les terres inconnuës de l'Histoire, je remarquerai seulement en celle des Grecs que dix-huit Peuples du Continent de la Grece & de l'Asie, ou des Isles voisines gagnerent les uns sur les autres l'Empire d'Orient durant huit cens ans. Qu'ils en furent les Maîtres ou les Vaincus à mesure qu'ils se trouverent forts ou foibles sur la Mer. Ce jeu de la fortune commença par les Insulaires de Crete sous Minos, & finit par les Atheniens qui recueillirent cette puissance des mains des Eginetes. Si la légereté qui étoit naturelle aux Grecs, & si le commerce des Asiatiques qui corrompit leurs mœurs, n'avoient empéché les Athéniens de se prevaloir de leur situtation. S'ils n'avoient eu en teste la vertu de Sparte qui fut toûjours un contrepoids à leur puissance, il est certain que les Grecs n'auroient pas laissé aux Romains l'avantage qu'ils eurent ensuite de se rendre Maîtres de toute la Terre.

Je trouve ce que je viens de citer si beau & si curieux, que je pense que je n'y dois rien ajoûter si ce n'est que je suis de tout mon cœur,

MONSIEUR,

Vôtre , &c.

Quand on veut persuader une chose qui re-
garde plutôt le divertissement que la
gloire ou l'utilité ; il me semble qu'il
faut moins de solidité que d'agrément
dans les expressions. Au lieu de cher-
cher des raisons pour convaincre , on
peut inserer des descriptions qui fassent
comme goûter par avance les plaisirs
que l'on promet. Je rapporterai sur ce
sujet deux Lettres de ma façon. J'é-
crivis la premiere à Monsieur de
Mart . . . celebre par plusieurs beaux
Ouvrages , je le priois de venir passer
quelques jours à la campagne chez un
homme de qualité que j'étois allé voir.
La seconde Lettre est sur un sujet fort
different , je l'adressois à un Gentil-
homme pour le faire revenir de la cam-
pagne.

Est-il possible , mon cher MONSIEUR,
que l'on ne vous puisse arracher de Paris , & que vous refusiez de venir res-

pirer l'air de la campagne, quand le
prin-tems l'embellit, & qu'il invite à
fortir des Villes, les perfonnes qui y
font les plus attachées ? Si vous avez
peur des mots de defert de Beauffe,
dont Monfieur le M. de M. qualifie les
terres qu'il a dans cette Province, rien
n'eft plus facile que de vous raffurer.
Sachez que nous avons des prez, des
bois, de belles allées, & de grandes
palliffades : Qu'une Riviere claire &
poiffonneufe n'augmente pas moins les
agrémens du païfage, que le revenu du
Maître. Après avoir coulé en ferpen-
tant dans nôtre délicieufe vallée, comme pour y demeurer plus long-tems,
elle entre dans un parc, qu'elle coupe
en deux parties égales. Elle y fait des
canaux, de grands carrez, & de petites
Ifles, qui attirent par la verdure de
leurs arbres, & par celle de leurs cabi-
nets. On trouve pour y paffer de petits
batteaux, ou de petits ponts. La beauté de ces lieux eft relevée par l'aridité
des plaines, dont ils font environnez,
& le contrafte que fait cette fituation,
n'eft pas le feul que nous regardons
avec plaifir. Nous en voïons un autre
dans les bâtimens, entre le Château

qui eſt un amas de tours & de pavillons,
& deux grandes aîles que l'on a bâties
depuis peu pour les remiſes & les écu-
ries. Cet édifice moderne a quelque
choſe de riant ; & mêle de l'agrément à
je ne ſai quel air de magnificence que
l'on remarque dans l'irrégularité de la
maiſon. Pour la bonne chere, je ne
vous en dis rien, vous ſavez de quelle
maniere Monſieur le M. de M. ſe plaît
à regaler ſes amis. Il le fait trop bien
dans ce païs, & je le luy reprochai d'a-
bord ; mais comme je le trouve incor-
rigible là-deſſus, je le laiſſe faire, pourvû
que la converſation ſoit longue aprés le
repas. Vous fûtes ſurpris de la ſienne,
lorſque vous trouvâtes que l'agrément
de la jeuneſſe, & de la bonne mine,
étoit accompagné de tant de litterature.
Aprés cela pouvez-vous balancer, quand
je vous prie de le venir voir ? Venez,
que rien ne vous retienne, les belles
traductions que vous donnez, ne s'en
trouveront pas mal, & je ne ſaurois
croire qu'un ſi beau lieu, & un ſi galant homme puiſſent inſpirer des penſées qui ne ſoient agréables.

Pour perfuader à un Ami de revenir
de la campagne à Paris.

A quoi penfez-vous, mon cher Monfieur, de demeurer à la campagne quand
l'Hyver la rend affreufe, & que vous
ne pouvez vous y promener que fur la
neige. Faites-moi favoir, je vous conjure, les charmes qui vous y peuvent retenir. Eft-ce pour profiter de la converfation de Monfieur *** qui eft le bel
efprit de la contrée. J'avoüe qu'on ne
le peut affez admirer, foit qu'en parlant des affaires d'Allemagne, il tranf-
plante une Ville d'Italie fur le bord du
Rhin, ou qu'il veüille que Ciceron ait
étudié fous les Jefuites, parce qu'il parle admirablement Latin. Il eft certain
que dans les compagnies où vous
eftes attendu, on ne vous dira pas
des chofes fi merveilleufes fur la Chro-
nologie, ni fur la Carte, mais vous
verrez en échange que cette faifon
a raffemblé tous les plaifirs & tous
les honnêtes gens. Madame la Com-
teffe de S. eft arrivée, je la voi fouvent, & je trouve en elle une belle
femme, & un habile homme. On ne
parle que de bonne chere, & que de nouveautez

veautez pour les trois theatres, je veux néanmoins que cela ne soit rien; mais que vous ne veniez pas dans une Ville où Mademoiselle * * * est de retour depuis quinze jours, voilà ce que je ne vous puis pardonner. Il me prend envie de vous écrire un couplet qui courut il y a quelque-tems; c'est sur une matiere que l'on n'emploie point trop souvent pour des chansons. Voici à peu près de la maniere qu'on le chantoit.

Le Prin-tems, il est vrai, ramene la
*   verdure,*
L'Eté nous redonne des fleurs;
L'Automne de ses fruits enrichit la na-
*   ture;*
L'Hiver seul n'a que des rigueurs.
Mais puisque je ne voi Climene,
Que quand le froid nous la ramene,
Neges, glaçons, frimats, hâtez vôtre
*   retour,*
L'Hiver sera pour moi la saison de
*   l'Amour.*

Le froid a fait son devoir, faites le vôtre au plutôt, Climene est de retour, vous êtes encore à la campagne. Vous meriteriez qu'on vous y renvoiât quand

V

vous reviendrez ; mais comme vous ne vous plaifez que trop chez-vous, il vaut mieux vous punir d'une autre forte. Appaifez-nous pourtant, nous le fouhaitons, profitez de l'avis que vous donne

Vôtre, &c.

Lettre qu'un de mes Amis tres-con-nu & tres-eftimé écrit à une perfonne de grande confideration, pour la porter à confentir à la traduction d'un Livre qui porte pour titre Comes Theologus.

A MONSIEUR L. Pel. C. G. D. F.

MONSIEUR,

Monfieur Dugong Secretaire du Roi.

J'ai trop manié le *Comes Theologus* de Pierre Pithou, pour ne pas connoître ce qu'il vaut, & je l'ai trop bien connu pour ne pas fouhaiter qu'il fût d'ufage à plus de monde. Tous ceux qui pouroient s'en fervir, fans conter le fexe,

que l'Eglise appelle devot , & qui n'en
feroit peut-être pas moins touché que
le nôtre , n'entendent pas affez le Latin
pour entrer dans les beaux fentimens,
qu'il nous offre de la fainte & favante
antiquité. D'ailleurs cet Ouvrage doit
bien des chofes aux Peres Grecs , &
ceux d'entre nous qui font le plus verfez
dans le Latin, aimeroient encore mieux
y lire en nôtre langue , ce qu'ils ne
trouvent en celle des Originaux. Outre que les extraits dont il eft composé, étant de differens Auteurs qui vi-
voient en differens fiecles , ne fauroient
avoir cette uniformité de ftyle qu'on y
pourroit donner en François. Enfin ceux
même qui ne voudroient le lire qu'en
la langue où il eft , ne feroient pas fâchez de pouvoir confulter quelquefois
une verfion Françoife. C'eft le goût du
fiecle ; on eft fi accoutumé à ne voir de
Prieres Latines , que le François à côté,
qu'on n'en imprime prefque plus autrement. Il étoit difficile de faire ces reflexions fans avoir envie de voir cet Ouvrage en nôtre Langue mais il n'étoit
pas fi facile de le faire. Il ne fuffit pas,
pour y réüffir, de bien entendre le Latin , & de bien expliquer en Fran-

çois, il faut du goût pour les sentimens de la vie spituelle, & de l'habitude à les exprimer. Il y a quelque tems qu'un de mes Amis qui sortoit de traduire Denis le Chartreux, des quatre fins de l'homme, & Lessius des perfections de Dieu, me pria de voir la version qu'il va donner de ces deux Ouvrages. Je conclus par les endroits que j'en vis, qu'il avoit de grands avantages pour faire la nôtre. Je la lui proposai ; il en fut touché & l'entreprit. Il m'aporta la chose faite, que je ne la croiois pas commencée. Mais il me parut encore plus exact que diligent. Il avoit conferé la derniere édition avec les trois autres que je lui avois données. Il avoit traduit les morceaux Grecs qu'on a retranchez des deux dernieres, & qui ne sont pas moins beaux que beaucoup d'autres qu'on a laissez. Il avoit verifié tous les passages dont ce recueil est composé, & rectifié quantité de citations où l'on s'étoit trompé. Enfin il avoit restitué quelques textes qu'on avoit mal pris dans leurs Auteurs, & sur cet article vous serez étonné, MONSIEUR, qu'on eut laissé dans trois éditions une faute qu'on avoit

faite dans la premiere. C'eſt au ſecond
verſet de la cinquiéme page de la nouvelle , où l'on fait penſer à la plus inno-
cente de toutes les beſtes , ce qui ne
pourroit pas tomber, ſelon le Prophete , dans l'eſprit du plus habile de tous
les hommes. (*Ovis cogitavit hoc* ,) y dit-
on , *ſuper quondam coronatam* , au lieu
de *quis cogitavit hoc* , comme avoit dit
Iſaïe. Cette exactitude pour les leçons
me fit bien croire, que nôtre homme
n'en auroit pas manqué pour ſa traduction; je voulus pourtant en juger
par moi-même. Je ne m'en tins ni à ce
préjugé , ni à ce que j'avois vû de lui
par ſon Denis le Chartreux , & par ſon
Leſſius. Je lus avec lui ce que j'avois
tant ſouhaité , & je connûs qu'il étoit
auſſi fidele dans la verſion , qu'exact
dans ſa critique. Je conferai la traduction
de quelques paſſages avec celle qu'en
a faite en quelques endroits M. de ⁂,
& je demeurai convaincu qu'il avoit
ſouvent mieux rencontré , que cet Auteur , dont le nom a fait tant de bruit
dans le monde. Enfin je parlai de cette
entrepriſe à Monſieur Pirot. Il connoiſ-
ſoit l'Auteur par les deux autres pieces,
dont j'ai eu l'honneur de vous parler. Il

voulut voir celle-ci. Il lui donna sept heures le Vendredy saint, & aprés en avoir lû la moitié avec lui sur le Latin, il n'en jugea pas moins favorablement que moi, exhortant l'Auteur à le donner au Public. Cependant, mon Ami, qui ne s'est engagé dans cet Ouvrage que par mon inspiration, n'en veut rien faire que par mon conseil. Vous jugez bien, MONSIEUR, que je n'ai garde de le lui donner sans vôtre ordre. Quelque attachement que j'aie pour cet Ouvrage, je sai qu'il est à vous par plus d'un titre, & je prens le parti de vous envoïer ce que Monsieur Pirot en a vû pour vous envoïer le reste, quand il sera mis au net. Vous nous prescrirez ce qu'il vous plaira, & vous serez obeï. Les corrections que vous trouverez dans cette premiere partie, sont de Monsieur Pirot. J'y joins un exemplaire de la derniere édition, où nôtre homme a marqué une partie de ses notes. Le livre eût été trop barboüillé s'il les eût mis toutes, il les reserve pour une autre édition, si vous le jugez à propos. Je suis avec tout le respect possible,

MONSIEUR,

Vôtre, &c.

*Lettre à Mademoiselle de * * * pour la détourner d'un mariage qu'on lui proposoit.*

MADEMOISELLE,

Je ne puis souffrir le bruit que l'on fait courir à vôtre défavantage. On dit que le M. de * * * est sur le point de vous épouser, & qu'un homme si désagréable va posseder la plus charmante personne que nous aïons. Je ne saurois entendre parler du sacrifice que l'on en veut faire sans m'emporter contre l'aveuglement des personnes dont vous dépendez. Tous les honnêtes gens ont les mêmes sentimens que moi, ils s'étonnent que l'on vous précipite, au lieu de vous laisser marcher dans la carriere où vous venez d'entrer. Vous n'êtes dans le monde que depuis cinq ou six mois, vous n'avez pas encore dix-sept ans, vous êtes l'admiration de toutes les compagnies où vous paroissez, & cependant on se presse de prendre pour vous le premier parti qui se presente. On en use comme si la fleur de jeunesse qui commence d'animer vôtre beauté, étoit sur le point de se flétrir, comme si vous n'étiez pas en état d'aspirer à tout, ou que vôtre Monsieur le M… fût le seul qui vous pût rendre heureuse. Tout le monde vous plaint de la proposition que l'on vous a faite, mais je ne doute pas que l'on ne vous regarde avec indignation, si vous donnez vôtre consentement, & qu'aïant tant à choisir vous veniez à faire un si mauvais choix. Quel merite peut assez enfler le cœur de vôtre Amant pour prétendre à vous? Vous savez qu'il n'a qu'un genie médiocre, on n'a pas oüi dire qu'il se soit signalé dans les armées, & si la succession d'un oncle le rend agréable à Monsieur vôtre pere, je ne voi pas qu'elle le puisse rendre digne de vous. Connoissez-le bien, je vous prie, & connoissez-vous aussi pour ne pas tomber dans une faute que toute la terre vous reprocheroit éternellement. Pour moi, je vous avoüe que la seule pensée m'en fait fremir, parce que personne n'est plus dans vos interests, ni plus absolument à vous que je suis.   Vôtre, &c.

Lettre

---

*Lettre à Monsieur le Marquis de B***,
pour le porter à s'appliquer à lire
l'Histoire.*

MONSIEUR,

J'ai appris avec beaucoup de plaisir
que vous avez résolu de vous faire une
étude reglée à la campagne, & de la
continuer même à Paris & à l'Armée
selon que vous en aurez le tems. Mais
vous me faites trop d'honneur de me
consulter sur la lecture que vous devez
choisir, étant si capable de faire ce choix.
Cependant puisque vous voulez absolument que je m'explique là-dessus, je
ne balancerai point à vous dire que je
prefererois la lecture de l'Histoire à
toute autre. C'est un sentiment dont
j'ai donné un témoignage public, & que
je ne changerai jamais. Au lieu de vous
citer l'endroit où je parle à l'avantage
de l'Histoire, j'aime mieux l'écrire dans
cette Lettre pour vôtre soulagement,
& pour le mien. Vous n'aurez pas la
peine de chercher le Livre, & je n'au-

X

rai pas celle de chercher des raisons
que je trouvai lorsque la matiere me
le demanda. Je disois donc, que l'Histoire nous instruit d'une maniere insi-
nuante & agréable. Que la plupart des
autres sciences donnent des preceptes
que nôtre cœur rejette ordinairement,
parce qu'il aime la liberté, & qu'il se
revolte avec plaisir contre tout ce qui
sent le commandement. J'ajoutai qu'au
lieu de ces maximes impérieuses l'Histoire ne nous donne que des reflexions
à faire sur les événemens qu'elle étalle
à nos yeux, & que ces événemens sont
autant d'exemples que nous avons à
suivre ou à éviter. Elle nous fait assister
aux conseils des Souverains, & nous
en fait démêler les flateries des bons
avis. Elle nous décrit des Sieges & des
batailles, & y fait remarquer les fautes
ou la bonne conduite des Généraux.
En un mot, elle nous donne en peu
d'années une expérience que plusieurs
siécles ne sauroient donner sans son secours. Voulez vous, MONSIEUR,
que j'encherisse sur tout ce que je viens
de dire, & que je puise dans un fonds
M. l'E- meilleur que le mien ? Un Prélat tres-
vêque de
Meaux. éloquent me fournira deux ou trois pé-

riodes que vous ſerez bien-aiſe de ſavoir. Il parle d'une grande & ſpirituel-
le Princeſſe que l'on venoit de perdre,
& dit que le deſſein d'avancer dans l'é-
tude de la ſageſſe la tenoit attachée à la
leƈture dont nous parlons. Que l'Hiſtoire eſt appellée avec raiſon la ſage
Conſeillere des Princes. C'eſt-là , pour-
ſuit-il , que les plus grands Rois n'ont
plus de rang que par leurs vertus , &
que dégradez à jamais par les mains de
la mort, ils viennent ſubir ſans Cour &
ſans ſuite le jugement de tous les peuples & de tous les ſiecles. C'eſt-là que
l'on découvre que le luſtre qui vient
de la flaterie eſt ſuperficiel , & que les
fauſſes couleurs ne tiennent pas, quelque induſtrieuſement qu'on les applique. Là nôtre admirable Princeſſe ,
étudioit les devoirs de ceux dont la vie
compoſe l'Hiſtoire , &c. Vous voïez,
MONSIEUR , que je vous ai tenu parole , que ce que j'ai emprunté vaut
mieux que ce qui venoit de moi , &
que je n'ai ſongé qu'à vous ſatisfaire,
ſans conſiderer que j'allois détruire la
bonne opinion que vous pouvez avoir
de mes écrits. Je veux même vous dire
quel Hiſtorien je prefererois pour l'a-

grément & pour l'instruction. C'est Plutarque que des Critiques trop rigides ont de la peine à reconnoître pour Historien. J'avouë qu'il n'a pas fait de corps d'Histoire, & qu'il n'a laissé que des vies particulieres & détachées. Mais quelles Histoires trouve-t-on qui puissent plaire & instruire comme ces vies? A moins que d'être d'humeur chagrine le peut-on lire sans y goûter mille charmes, & y remarquer à tout moment des maximes de morale & de politique? Plutarque les y fait entrer naturellement, il n'amasse que les fleurs qui naissent sous ses pas, & ne se détourne point de son chemin pour en aller cüeillir d'autres. Il peint l'homme dont il raconte la vie, il le fait connoître tel qu'il étoit à la tête d'une Armée, dans le gouvernement des peuples, dans son domestique & dans ses plaisirs. Enfin, Monsieur, je serois du sentiment d'un Auteur qui dit que s'il étoit contraint de jetter tous les Livres des Anciens dans la mer, Plutarque seroit le dernier noyé. Nous en dirons bien davantage quand nous irons à Vil... avec Monsieur le M. de M *** Si vous traitiez vos amis avec moins de

cérémonies, nous vous aurions déja rendu cette viſite , mais vous regalez chez
vous auſſi magnifiquement que ſi la Sur-
intendance étoit encore en vôtre maiſon. Je ſuis tres-abſolument ,

MONSIEUR,

Vôtre , &c.

Lettre pour détourner un Ami de pre-
tendre à une perſonne qu'il aimoit.

Croïez moi , mon cher Monſieur,
ne me faites plus l'éloge de Mademoiſelle de * * * J'avoüe qu'elle eſt belle,
qu'elle eſt de bonne maiſon , & qu'elle
a du bien , mais j'ai remarqué qu'elle
n'a point de penchant à vous aimer, &
ce ſeul défaut doit ternir dans vôtre eſprit toutes les belles qualitez qu'elle a.
Devez-vous conter pour quelque choſe, des richeſſes & des agrémens qui ne
font pas pour vous ? Je voi bien , mon
cher Monſieur, que les véritez que je
vous dis ne vous plairont pas , mais
l'amitié veut que je vous parle à cœur
ouvert pour vos intereſts. Vous ſa-

X iij.

vez que Dieu merci, je ne suis pas
Mysantrope , que j'aime le monde,
& que j'ai toûjours dit que les Dames en faisoient la plus aimable partie. Cependant je ne voi que celles
que ma conversation n'incommode pas.
Je serois bien fâché d'aller chez des personnes qui étant prevenües d'inclination pour quelqu'un, ne peuvent souffrir les visites qui n'ont aucun rapport
aux sentimens de leur cœur. Je pense
que celui de vôtre Belle est engagé,
que vous feriez fort bien de la laisser
en repos, & de lui dire avec Sarasin :

Si mes rivaux sont tes favoris ,
J'aimerai tes Rivales Cloris.

Enfin , mon tres-cher , c'est joüer un
rôle désagreable que de soupirer pour
une personne qui est importunée de nos
soupirs , & qui ne daigne pas regarder
la complaisance que nous avons pour
tout ce qui la regarde. Je souhaite que
vous songiez à mieux emploïer vôtre
tems , & à ne me pas faire perdre le
mien quand je vous conseille. Il est vrai
qu'un bel Esprit que j'ai connu répondit en ces termes à une Dame qui le
consultoit.

Mais pourquoi vous donner des conseils Feu M,
   superflus? Henaut.
Dés que vôtre raison ne vous servira
   plus,
Vous vous servirez mal de la raison
   d'un autre.

Servez-vous de celle qui vous plaira, tout ira bien , pourveu que vous vous en serviez. Que la resolution vienne de vous ou de moi, elle produira l'effet que j'attends, faites que je ne me trompe point dans mon esperance , & considerez à quel point je suis à vous.

Lettre pour persuader à Mademoiselle de * * * d'épouser un homme de qualité qui la recherchoit.

Vous savez sans doute, MADEMOI-SELLE , que Monsieur le Comte de *** est pourveu du Gouvernement de * * * & je vous assure de sa part que c'est plutôt par un sentiment d'amour qu'il travaille à s'avancer que pour satisfaire son ambition. Il tâche de se rendre digne de vous , & si la fortune prend soin
X iiij

de son élévation, il n'y a que vous qui puissiez faire son bonheur. Mais, MA-DEMOISELLE, pourquoi ne consen-tez-vous pas à le faire ? Pouvez-vous craindre d'être mal-heureuse avec un homme qui vous aime tendrement, qui a de la naissance, du bien, du mérite, & de quoi plaire ? Il reviendra de l'Ar-mée dans peu de jours, & vous jugez bien que ce sera chez vous qu'il ira d'a-bord. Ne vous avisez point de 'faire paroître de la sévérité sur vôtre visage, & de vous imaginer que la pudeur veut que vous en usiez ainsi. Ne vous y trom-pez pas, MADEMOISELLE, la per-sonne dont vous dépendez s'est decla-rée en faveur du Cavalier. Ce seroit une terrible injustice de vous opposer à ses volontez. Vous les avez toûjours sui-vies, commencerez-vous à resister à Monsieur vôtre pere, parce qu'il cher-che à vous établir avantageusement, & à recompenser une passion tendre & respectueuse que l'on a pour vous ? Je vous demande pardon de la liberté que je prends. Mais je sai que vous avez quelque confiance en moi, & vous connoissez à quel point je suis

Vôtre, &c.

Lettre d'un Gentil-homme Catholique pour porter un Protestant de ses Amis à se convertir.

Je ne doute pas, MONSIEUR, que vous ne soïez dans de grandes peines d'esprit, & je vous proteste que j'y prends toute la part que peut demander nôtre amitié. Je fais continuellement des vœux afin que le Ciel vous ouvre les yeux pour vous faire voir une vérité que vous refusez de suivre. C'est pourtant le seul parti que vous devez prendre, si vous voulez vous établir un repos solide. Vous m'avez dit autrefois que s'il n'y avoit que vous & moi à terminer le differend des deux Religions, l'accommodement seroit bien-tôt fait. J'avoüe de bonne foi que je ne suis pas assez habile pour raisonner sur une matiere de cette importance. Je sai qu'elle me passe, & entre nous, elle en passe bien d'autres qui l'ont plus étudiée que moi. Les Mystéres de la Religion ne sont pas fondez sur la raison des hommes, cette raison n'est rien quand il s'agit d'une affaire si considerable. Pour

moi j'ai toûjours mieux aimé croire que
favoir, & je n'ai pas oublié les paroles
de faint Auguftin qui dit : *Melius fcitur
Deus nefciendo.* Le plus fûr pour un
particulier eft de voguer avec confiance dans le Navire dont la conduite regarde nos Superieurs, & que
le Fils de Dieu a promis de n'abandonner jamais. Après cette promeſſe
dequoi s'aviſoient vos Docteurs de
prêcher, de leur chef, une pretendüe
reforme ? Pour parler de bonne foi ils
n'eurent qu'un feul pretexte. Les richeſſes & l'ignorance du Clergé, la
conduite déreglée de la plûpart de fes
membres, & le mauvais ufage qui fe
faifoit de ces grands biens, lui avoient
attiré des envieux. Les peuples fe trouverent difpofez à écouter ceux qui
l'attaquerent & qui décrierent fes dé-
réglemens ; mais demeurez d'accord que
cela ne pouvoit regarder que les mœurs,
& que la doctrine devoit être toûjours
révérée. Ils tâcherent néanmoins de perfuader qu'elle étoit pleine d'erreurs, &
prêcherent qu'il s'en falloit féparer. Ils
contredirent avec audace, ils voulurent,
de leur autorité privée, abroger des
conftitutions qui étoient autoriſées &

sanctifiées par une pratique générale de
plusieurs siecles. Ils défavoüerent la Religion de leurs peres , & traiterent nos
plus grands personnages d'ignorans à
leur égard. Ils supposerent que l'Eglise
étoit corrompüe presque dés sa naissance , & voulurent renfermer sa pureté
dans son seul commencement. L'aigreur
qui s'empara des esprits des deux par-
tis jointe à la consideration de plusieurs
interests temporels empécha d'en venir
à une véritable reconciliation. Mais regardons presentement que nous ne sommes plus agitez de troubles , si on se
doit croire plus en sureté dans le schis-
me que dans l'Eglise. Je vous ai déja
protesté que je n'étois pas assez savant
pour entrer dans les questions de controverse ; mais permettez-moi de raisonner sur la séparation où se porte-
rent vos premiers Docteurs. Peut-on
croire que des gens mécontens , témé-
raires , & qui ne font pas d'accord entre eux , aient été en droit d'attaquer
l'Eglise universelle , & que sans titre &
sans mission ils aient presché une nouvelle doctrine ? Qu'ils aient renoncé à
l'ancienne , sous pretexte d'abus , &
qu'ils aient fait des reformes à leur fan-

taifie ? C'eft être bien hardi que de fe
mettre à la tête d'un parti de cette importance. Le Sage, dit Seneque, ne
s'avife point de vouloir renverfer les
coûtumes généralement receües, ni d'a-
tirer le peuple par des nouveautez. Enfin, mon cher Monfieur, je vous le redis, ce n'eft pas d'aujourd'hui qu'il y a
de l'abus dans les mœurs, mais ces abus
ne doivent pas empêcher que la doctrine ne fubfifte, & qu'on ne la doive
fuivre. Ainfi rien ne vous doit empêcher de rentrer dans le fein de nôtre
mere commune. Nous fommes tous
Chrétiens, nous fommes tous fes enfans, nous prions de la même maniere
felon le modele que le Fils de Dieu
nous a donné dans l'Oraifon que nous
appellons Dominicale, & nous loüons
Dieu auffi felon l'expreffion que nous
fournit le Roi Prophete. Vous favez
que nous n'avons point de differend fur
ce qui eft rapporté dans le Symbole des
Apôtres touchant nôtre foi, & fi le
Myftere de l'Euchariftie fait le grand
point de nôtre querelle, confiderez que
nous difons, *Ceci eft mon Corps,* comme
nous le voïons écrit, & que vous ex-
pliquez ces paroles d'une maniere diffe-

rente & détournée. Encore une fois, MONSIEUR, revenez à nous , vous le devez par toutes fortes de confidérations.Le changement que vous voïez, n'eſt pas moins un coup de la main de Dieu qu'un effet des ordres du Roi. Si parmi nous il y a quelque pratique de pieté qui ne vous plaiſe pas , parce qu'elle n'eſt point d'une ancienne inſtitution , vous ne ſerez pas obligé de vous y ſoumettre , pourvû que vous ſuiviez celles qui ſont eſſentielles , & que l'Egliſe commande. Je ne trouve pas qu'il y ait de la contradiction entre vôtre Religion & la nôtre, ſi ce n'eſt que nous croïons plus , & pratiquons auſſi davantage. Ainſi nous accompliſſons plus parfaitement le ſacrifice d'eſprit dont le Fils de Dieu nous ordonne de lui rendre hommage. Les Auteurs de vôtre ſchiſme ont affecté de déguiſer toutes choſes pour vous rendre differents de nous ; ils ſe ſont même aviſez de changer les noms que l'on donne dans l'Egliſe quand on baptiſe. Ils ont rappellé ceux des Hebreux , & ont appellé leurs enfans Abraham, Iſaac , David,& Salomon,plûtôt que Pierre, Jean, Eſtienne & Loüis. J'ai oüi dire que vos

Miniſtres déguiſent auſſi une verité qu'ils avoüerent autrefois devant Henry le Grand ; c'eſt que l'on ſe peut ſauver dans nôtre Religion. Aprés cela ne vous rangerez-vous pas dans le parti le plus ſûr ? Je ſai que vous vous picquez de fermeté ; mais vous voulez bien que j'appelle obſtination la pretendüe conſtance dont vous vous applaudiſſez. Vous avez vû parmi vous des perſonnes de grand mérite & de grand courage renoncer à des emplois conſidérables, & à des biens qui l'étoient encore plus. Ils vouloient aller vivre hors Roiaume dans l'erreur qu'ils profeſſoient; cependant la grace les a éclairez, & les a portez à donner des marques touchantes d'une véritable converſion. Enfin, mon cher MONSIEUR, de quelque opinion que vous ſoiez, je ne laiſſerai pas d'être vôtre intime ami , & vôtre ſerviteur tres-humble ; mais je vous avoüe ſincerement que je ſouhaite de tout mon cœur que nous ſoïons bien-tôt du même troupeau, & que vous ne balanciez plus à vous jetter dans le bon parti lorſque l'Egliſe vous y appelle , & vous tend les mains.

*Lettre d'un Protestant qui se fait in-
struire pour persuader à un de ses
Amis de même Religion à faire
la même chose.*

M ONSIEUR,

Il est temps que je vous parle à cœur
ouvert sur la plus importante chose qui
vous puisse regarder. Vous jugez bien
que c'est sur la Religion , & que l'on
ne peut examiner trop tôt , ni trop sé-
rieusement l'état où l'on se trouve quand
il s'agit du salut. Ne croïez pas neanmoins , que le mouvement général où
nous voïons les affaires qui touchent
nôtre parti, m'ait porté à faire les reflexions dont je suis bien-aise de vous entretenir. Je m'y suis appliqué avant que
les ordres du Roi eussent contribué
aux conversions qui se font faites depuis un mois. Je m'étois appliqué auparavant à des pensées si necessaires,
sans m'attacher à considerer ce que l'on
preparoit contre nous. Ce n'est pas que
la plûpart des nouveaux convertis ne

le puissent être de bonne foi , & que la nécessité où ils ont été mis de se faire instruire n'ait pû leur faire découvrir des véritez , que leur obstination les empéchoit de connoître. Mais ce n'est pas ce qui nous doit faire réver le plus à ce qui regarde nôtre conscience. Nous devons prendre garde que depuis sept ou huit ans plusieurs Ministres habiles se sont convertis aprés avoir étudié la vérité à loisir , & s'être rendus à ses lumieres. Ils ont écrit ensuite les motifs de leur changement & abregé par là le chemin à ceux qui ont voulu suivre leur exemple. J'ai vû ces ouvrages-là , j'en ai été touché , & je vous conjure de les lire avec application. Vous verrez les raisons de tant de personnes d'un esprit distingué , que vous en serez convaincu comme je le suis,& je vous puis dire par avance que l'on est déja Catholique , quand on se met dans l'esprit de chercher la verité. De mille qui la veulent connoître , il n'y en a pas un qui lui puisse resister , s'il agit de bonne foi. Agissez de la sorte. Je ne vous conseille de faire que ce que j'ai fait , si vous suivez mon exemple , nous serons bien-tôt tous deux en repos de

plusieurs

plusieurs manieres. C'est l'avis d'un homme qui est tout à vous.

Lettre d'un Nouveau Converti pour exhorter son frere à renoncer au Calvinisme.

Je suis Catholique, mon cher frere, ne soïez point surpris d'un aveu si brusque & si à découvert. La Religion que je viens d'embrasser ne veut point que l'on se cache. Ceux qui la professent font gloire d'en être, & prennent plaisir à le publier. Vous savez que c'est la Religion de nos Ancestres, & que nous ne pouvons voir l'ancienneté de nôtre famille sans trouver que nous sommes sortis de Catholiques. Rentrez donc dans le parti qu'ont suivi nos peres, & que je viens de prendre, & ne montrez point par vôtre obstination que vous les croïez damnez. Dans deux ou trois siecles on ne parlera peut-être plus de la Religion que vous professez encore ; il y a eu plus de trois cens hérésies, & il n'y a que le seul nom de la plufpart qui ait été conservé dans l'Histoire. L'Eglise Catho-

Y

lique a toûjours été feule univerfelle,
feule qui n'a jamais eu d'interruption,
faites reflexion fur fon ancienneté, confiderez les tours de Nôtre-Dame, &
rappellez dans vôtre mémoire, fi nos
Temples qui étoient d'une architecture
fi moderne infpiroient la même vénération par des marques d'antiquité. Ce
ne'ft qu'une comparaifon que fait ordinairement le peuple, & qu'il femble que
je ne devois pas emploïer dans une
Lettre comme celle-ci. Mais comme
les chofes communes frappent plus les
fens, je n'ai pas négligé de me fervir
des mêmes paroles qu'emploïa un des
plus beaux efprits de Paris pour porter
fa femme à fe convertir. Si vous étiez
dans une Religion auffi ancienne &
auffi univerfelle que la Catholique, je
ferois moins hardi à condamner vôtre
opiniâtreté, mais vous voïez que toutes les autres Religions fe détruifent
entre elles, & qu'elles ne font véritablement d'accord que lorfqu'il s'agit
d'attaquer la Catholique, parce qu'elle
eft plus ancienne, plus connuë & plus
révérée. Si vous voulez que je me fer-
ve encore d'une comparaifon, je repre-
fenterai toutes les fectes comme des vo-

leurs qui fe battroient entre eux , & qui ne s'uniroient que contre les Officiers de Juſtice , qui viendroient pour les faiſir. Vous voïez que la maniere aiſée de vivre dans la Religion Proteſtante contribüe à y faire demeurer la pluſpart de ceux qui ont le mal-heur d'y naître. Voudriez-vous être de ce nombre-là , & vous damner en l'autre monde pour avoir vécu plus commodément en celui-ci ? Conſiderez combien un changement de Religion en produit d'autres. Dés qu'on s'écarte du grand chemin, on s'égare dans mille détours. Revenez dans la route la plus ſûre , que l'amour du parti , que la gloire de ne point paroître vaincu , & qu'aucune bienſéance humaine ne vous empéche d'oúvrir les yeux. Tout vous parle pour vôtre ſalut, ne vous imaginez point qu'il y ait de l'honneur à differer de ſe rendre. Ce n'eſt pas à un ennemi que vous cederez, c'eſt à la raiſon, c'eſt à la vérité , c'eſt à Dieu. Ne vous aviſez point de vous diſtinguer par vôtre opiniâtreté. Convertiſſez-vous de bonne-foi ſans qu'aucune conſideration humaine entre dans une auſſi grande affaire que celle de vôtre ſalut. C'eſt un

frere qui vous en conjure, & qui est
tout à vous.

Lettre pour perſuader à un Ami de ſortir de ſon païs, qui étoit troublé par des guerres civiles.

Je vous proteſte, mon tres-cher Monſieur, que je ſouffre vos peines, &
que je ne goûte plus de repos depuis
que je ſens que vous étes dans l'agitation. Croïez-moi, éloignez-vous de ce
trouble ſans attendre que le mal paſſe
plus avant. Je ne doute point que vous
n'aïez pluſieurs aziles à choiſir, & que
le lieu qui vous recevra ne ſe glorifie
de cet honneur ; mais, MONSIEUR,
ſouvenez-vous que vous ne pouvez
obliger un autre que moi ſans me faire
tort. S'il y a un raïon de paix au deçà
de vôtre Province, vous le trouverez
plus beau prés d'Avignon que par tout
ailleurs, je vous conjure de m'accorder
la grace que je vous demande, & de
venir prendre poſſeſſion au plutôt d'une
maiſon dont vous étes le maître depuis long-tems, je partirai quand vous
le trouverez à propos pour aller au de-

vant de vous , ou fi vous croïez qu'il
y ait moins d'embaras à ne vous envoïer que mon caroffe, j'en uferai comme il vous plaira , j'attends de vos nouvelles , & je fuis.

Lettre pour détourner un Ami d'un
mariage qu'il pretendoit faire.

MONSIEUR,

J'eftime vôtre perfonne autant que
je le dois , & je fouhaiterois vôtre alliance de tout mon cœur , mais à vous
parler franchement , je doute que les
chofes fe puiffent ajufter de la maniere que vous voudriez , la Demoifelle
eft enteftée de fa Nobleffe , & fait in-
juftice à la Robe. Elle traite de Bour-
geois , & méprife même ceux qui la
portent, quelqu'affis qu'ils puiffent être
fur les fleurs de Lys. Sa mere a des
penfées moins élevées & plus raifon-
nables , cependant j'ai connu qu'à fon
gré un Confeiller de vôtre Parlement
ne feroit pas affez pour fa fille , comme vingt mille écus qu'elle veut don-

ner feroient trop peu fans doute pour
un Confeiller de vôtre Parlement. Je
fai que l'on n'eft pas trop riche à Paris
avec dix mille livres de rente , & je
voi qu'à beaucoup moins on eft dans
l'abondance dans nos Provinces. Prenez, s'il vous plaît, vos mefures là-
deffus , pour éviter le chagrin que vous
auriez fi vous vous engagiez trop avant,
& que le fuccés ne répondît pas à vôtre efperance , je vous donne un avis
que vous ne devez pas négliger , puifqu'il vient,

MONSIEUR,

De vôtre tres-hum-
ble , &c.

Lettre pour raffurer un Ami , dont le protecteur étoit fur le point de donner une bataille.

MONSIEUR,

Je vous puis affurer que vos craintes ne me font gueres moins de

peine qu'à vous même ; mais j'espere que le Dieu des Armées sera de nôtre côté. D'ailleurs les batailles ne se donnent pas toutes les fois qu'elles se devroient donner selon les apparences. J'ai remarqué assez souvent dans l'Histoire que les grands évenemens qui décident des affaires les plus importantes arrivent moins par dessein prémédité que par des occasions que le hasard fait trouver. Il y a quelque chose au dessus de nous qui se mocque des entreprises que nous formons. Nous ne sommes que les Acteurs des pieces qui sont composées dans le Ciel. Dieu est l'Auteur souverain qui nous donne des rôles à joüer, il ne nous est pas permis de les refuser. Il faut trouver bon tout ce qu'il veut faire de nous, & se soumettre à ses ordres. Je pense néanmoins que vous n'aurez pas besoin de toute vôtre fermeté cette campagne. Le cœur me dit que vos Muses feront occupées à chanter le triomphe de vôtre Prince, ce sont les vœux que je fais pour lui & pour vous, & je suis

MONSIEUR,

Vôtre tres-humble, &c.

Une Dame de mes Amies me pria d'écrire à Monsieur son fils pour tâcher de le tirer a'un mauvais commerce. Ma Lettre étoit conceüe en ces termes.

MONSIEUR,

Vous avez toûjours pris mes avis en si bonne part, & vous m'avez prié si souvent de vous les donner dans toutes les occasions où je le trouverois necessaire, que je n'ai pas lieu de croire que vous désaprouviez la liberté que je vas prendre. Vous savez, MONSIEUR, ce que je vous conseillai lorsque vous entrâtes dans le monde. Je vous representai combien il vous seroit utile de frequenter les Dames d'un mérite distingué. Je vous fis connoître que rien ne contribuoit tant à nous polir l'esprit que leur conversation, que rien ne faisoit tant valoir les jeunes gens, que le bien qu'elles en disoient; & qu'enfin leur estime étoit d'ordinaire le premier fondement de nôtre reputation. Vous n'avez pas oublié un autre

avantage

avantage que l'on peut tirer de leur focieté. C'eft que la pudeur & la générofité que l'on remarque dans toutes
leurs manieres de parler & d'agir , ne
peut infpirer que des fentimens honnêtes , & que du mépris pour le commerce des femmes d'un caractere opposé. Vous ne m'avez pas crû , M o n-
s i e u r , vous avez pris une autre route , & vôtre mal-heur vous a fait tomber entre les mains de la plus dangereufe coquette que nous euffions à Paris. Vous me direz qu'elle eft belle,
qu'elle a de la naiffance , & que fon
efprit eft encore plus charmant que
fon vifage. Tant pis pour elle , & pour
vous. Outre qu'elle fait un mauvais
ufage de ces bonnes qualitez , fon dé-
réglement fait plus d'éclat , fa reputation &la vôtre en eft plus ternie,& vous
aurez plus de peine à vous dégager.
Cependant , M o n s i e u r , il faut
abfolument que vous rompiez avec
cette perfonne. Vôtre Confeffeur vous
parleroit du mauvais état où vous met
une liaifon fi pernicieufe , & pour moi
je vous ferai voir que rien ne peut nuire fi confiderablement à vôtre fortune.
Le Roi n'aime point que l'on vive dans

Z

ce défordre. Il le témoigne aſſez dans
les occaſions qu'il en a, & ſi l'on veut
parler de vous marier, quelle Demoi-
ſelle voudra vous donner ſon cœur ſi
vous avez diſposé du vôtre ? Je vous
pourrois dire auſſi que le bien & la
ſanté ſe trouvent fort mal de pareils
engagemens, & vous pouvez voir tous
les jours ce que font ſouffrir les mala-
dies & l'indigence. Faites tous vos efforts, je vous prie, pour éviter ces
maux-là. Briſez vos chaînes, mettez-
vous en liberté. Je ſai qu'à vingt-deux
ans on a de la peine à rompre une ſemblable liaiſon. Mais, MONSIEUR,
me pourriez-vous enſeigner le ſecret
d'acquerir du merite ſans vaincre quelque difficulté ? Ne vous flatez pas, faites tous vos efforts pour éxécuter la
généreuſe reſolution que vous devez
prendre. Excitez en vôtre ame les
mouvemens de pitié dont vous pouvez avoir beſoin, rappellez dans vôtre
cœur les ſentimens de gloire qui vous
ſeront neceſſaires. En agiſſant de la
ſorte vous redeviendrez maître de vous-
même, vous rétablirez vôtre reputation, & vous verrez qu'en vous donnant un avis dont vous pouvez ſi bien

profiter, je suis veritablement,

MONSIEUR,

Vôtre, &c.

Lettre écrite à Monsieur de Montf. pour lui persuader de s'appliquer à écrire quelque bel Ouvrage.

Le Gentil. homme à qui j'adresse cette Lettre, étant fort de mes Amis, & d'un âge beaucoup moins avancé que le mien m'appelle ordinairement son pere, comme je lui donne le nom de fils.

Je serois bien trompé, mon cher fils, si cette Lettre vous paroissoit aussi divertissante que vous faites semblant de trouver les autres que je vous écris. Ne vous attendez pas, s'il vous plaît, que je vous rende conte du bien que l'on dit de vôtre esprit & de toutes vos manieres. J'avoüe que c'est un grand plaisir à un pere d'entendre dire que l'on estime la conversation de son fils, mais croïez-vous que l'on ne me donne pas souvent du chagrin pour l'amour

Z ij

de vous ? Hier mes voisins me firent
de grandes plaintes de ce que j'allois
quiter mon petit logis. Je veux croire
qu'ils ne seroient pas fâchez que je de-
meurasse encore dans leur quartier, &
que mes voisines en seroient encore
plus aises, mais vous jugez bien que ce
n'est pas pour mes beaux yeux. Les
plus aimables d'entre elles me que-
rellerent & se montrerent comme
prêtes à m'étrangler. S'emporteroient-
elles avec cette violence, si je n'a-
vois un fils qu'elles craignent de voir
moins souvent ? Elles sont injustes, &
je suis assûré que je les pourrois remercier d'une partie des visites que
vous me rendez. Vous avez fort la mine de ne venir que rarement dans la
maison que je prendrai, si elle n'est
aussi environnée de fontanges que celle
que je quitte ; cependant si de ces badineries que je viens de dire, vous voulez que je passe à quelque chose de
plus sérieux, je vous parlerai véritablement en pere, & je déchargerai mon
cœur d'une chose qui l'incommode depuis long-tems. Vous voïez une infinité d'agréables femmes, & quoi que
vous n'aïez aucun attachement parti-

culier , vous vous faites une espece de
bien-seance , & même de nécessité de
les voir regulierement. Vous les menez
à la promenade les unes aprés les autres , & vous les regalez assez souvent. Je vous plains de vous être fait
cette loi , & je regrette une partie du
tems que vous donnez à ces sortes de
divertissemens. Je regarde tout cela
comme une courvée continuelle , & si
je ne dis rien de la dépence , je ne puis
m'empécher de plaindre vos pauvres
chevaux. Mais , mon cher fils , croïez
un pere qui vous aime trop pour ne
vous pas donner des conseils avantageux. Retranchez une partie de ces
plaisirs , & faites-vous une occupation
qui vous puisse moins couter, & vous
donner une satisfaction plus solide. En-
treprenez un Ouvrage qui soit digne
de la beauté de vôtre genie , & ne me
répondez plus , *je veux vivre,* comme
vous me le dîtes dernierement quand
je vous proposai la même chose. N'est-
ce pas vivre que de s'appliquer d'une
maniere loüable durant certains momens du jour qui ne peuvent être
qu'ennuieux,parce qu'on n'a rien à faire,& puis apellez-vous ne pas vivre que

de travailler à s'immortalifer? Les écrits
de galanterie dont vous avez fait part
au Public ont été agréablement reçûs,
mais perfonne n'en a été furpris, on ne
les pouvoit attendre de vous que de ce
caractere-là. Il eft tems que vous donniez quelque chofe d'un plus grand
prix. Vous le pouvez, ce que j'ay vû
de vous en répond. Peut-être trou-
verez-vous d'abord cette entreprife un
peu pénible, parce que vous n'avez
fongé qu'à vous divertir depuis trois ou
quatre ans, mais entre nous que pouvez-vous faire de mieux durant ce
Printems, fi vous le devez paffer à
la Campagne? Encore une fois, mon
cher fils, faites reflexion fur ce que je
viens de dire, & recevez le confeil que
je vous donne comme l'ordre d'un bon
pere, ou comme la priere d'un tres-
humble ferviteur.

*On ne doute pas, je penfe, que les Lettres
qui prient & qui tendent à obtenir quelque faveur, ne foient du genre dont nous
traitons, & qu'on ne les puiffe confiderer comme une efpece de Requefte & de
Placet.*

Voici de quelle maniere la Ville de Marſeille ſupplia le Roi de lui permettre d'élever en bronze la Statüe Equeſtre de Sa Majeſté. C'eſt en ces termes qu'elle écrivit ſelon la copie que j'en ai veüe.

A U R O Y.

S IRE,

Marſeille proſternée à vos pieds, ne vient pas demander à VÔTRE MAJESTE' des graces qui regardent la fortune de ſes Citoyens ; le bon-heur qu'ils ont d'être au rang de vos Sujets leur tient lieu de toutes choſes.

Elle penſe à ſa gloire, SIRE, parce que cette gloire vous a pour objet. Ce n'eſt pas aſſez que vôtre Portrait ſoit imprimé dans nos cœurs, & qu'il doive paſſer avec nôtre ſang juſqu'à nos derniers neveux. Nous oſons nous

propofer de faire le principal ornement de cette Ville. d'une Statüe
Equeftre de VÔTRE MAJESTE',
s'il lui plaift de nous permettre de laiffer à la Poftérité cette preuve éternelle
de l'amour & de la vénération que nous
vous devons.

Si nôtre éloignement nous prive de
la fatisfaction de contempler vôtre Perfonne facrée ; ce monument, SIRE,
y fera fucceder pour nous la confolation de pouvoir du moins reverer vôtre
Augufte Image. L'avenir le plus éloigné
y verra une marque de nôtre bon-heur,
& de nos refpects, dont il n'y aura
que la durée qui puiffe avoir quelque
rapport avec vos Vertus immortelles.
Et à l'égard de tant de Nations de l'ancien & du nouveau Monde qui abordent à Marfeille, cette Statüe renou-
vellera dans leurs efprits l'idée des merveilles de vôtre vie dont elles ont fenti
ou admiré les effets.

Nous demandons, SIRE, avec une
foumiffion tres-profonde cette permiffion fi ardemment & fi juftement dé-
firée. Nous l'efperons comme une des
plus grandes faveurs que nous puiffions
recevoir ; & nous tâcherons de l'éxé-

cuter comme une chose qui doit rendre témoignage à tous les Peuples , &
à tous les siecles du zele avec lequel
nous sommes ,

SIRE ,

De V. Majesté' , &c.

Lettre d'un Gentil-homme attaché au
service d'un grand Prince.
Il demande la permission de se
retirer.

Monseigneur,

J'ai vû par la Lettre qu'il a plû à Vôtre Altesse Serenissime me faire l'honneur de m'écrire , qu'elle croit que ma
présence est encore nécessaire en ce
païs , & comme je n'ai jamais reglé ce
que j'avois à faire que par les ordres
que vous m'avez donnez , je n'aurois
garde de m'éloigner d'un lieu où je
pourrois m'imaginer que mon service
ne seroit pas inutile. Mais , Mon-

S E I G N E U R , tout le monde est soû-
mis ici à l'obeïssance que l'on doit à Vôtre Altesse Sérénissime , & les mutins
sont punis ou en fuite. Ainsi il me semble que je puis demander la permission
de me retirer. Je ne doute pas que cette
faveur que je voudrois obtenir ne soit
regardée par bien des gens comme une
disgrace que je me serai attirée. Je suis
assuré que l'on donne toûjours une interpretation désavantageuse à tout ce
que je fais. Il est vrai que je n'ai jamais prétendu me mettre à couvert de
la calomnie , je connois trop ses artifices
& sa malignité pour croire que les précautions que l'on prend, en puissent ga-
rantir. Mais je puis dire à Vôtre Altesse
Sérénissime , que l'on m'auroit laissé en
repos si j'avois eu moins d'attachement & moins de zéle pour son service. Je ne saurois m'imaginer que l'on
eût cherché avec tant de soin les o c-
casions de me nuire, si l'on n'avoit pas
crû que Vôtre Altesse Sérénissime me
feroit du bien. Voilà , je pense , d'où
me sont venus les ennemis ou les envieux qui m'ont persécuté; mais ils n'ont
qu'à continuer à me haïr , je serai jusqu'à la fin de ma vie avec tout le res-

pect , & toute la foumiffion que je
dois ,

MONSEIGNEUR,

De Vôtre Alteffe , &c.

Le tres-humble , &c.

Lettre pour perfuader à un Ami de
s'adonner au commerce.

MONSIEUR,

J'ai vû par vôtre réponfe que vous
balancez encore fur le parti que vous
devez prendre , & que ma Lettre n'a
pû vous déterminer , quoi qu'elle loüât
fi noblement la navigation par les penfées & les paroles que feu Monfieur
Mafcaron m'avoit prêtées. Voïons fi ce
que j'emprunterai d'un autre aura plus
de force. Vous m'allez reprocher la fté-
rilité de mon efprit qui ne me fournit
pas les raifons que j'emploie à vous
perfuader; mais je vous dirai franchement que je ne fuis pas plus favant en

matiere de commerce que l'étoit en
matiere de guerre l'Orateur Grec,
dont Annibal se mocqua. Ainsi, mon
cher Monsieur, j'aime mieux me servir de ce qu'ont dit des gens habiles, que
si je vous allois faire un grand discours
dont vous ne seriez pas touché, parce
qu'il ne seroit pas autorisé par mon expérience. Voici donc en quels termes
a parlé du commerce un des principaux de la Compagnie des Indes Orientales.

S'il est de la grandeur d'un Etat, que
ses peuples s'appliquent aux exercices
militaires pour resister aux entreprises
des Etrangers ; il n'est pas moins de
son utilité, qu'ils s'adonnent au commerce pour aller chercher dans les parties du Monde les plus éloignées, ce qui
peut contribuer au bon-heur ou à l'ornement de leur Païs. Cette occupation
accomplit seule les deux choses que la
politique desire le plus. Elle retire les
hommes de l'oisiveté, & les comble
d'honneur & de biens. Tellement qu'il
manque quelque chose à la prosperité
d'un grand Roiaume, quand le commerce n'y fleurit pas, à l'égard des autres professions, & quand par une mo-

leſſe blâmable les particuliers negligent la plus noble maniere de s'éxercer, & les plus nobles moiens de s'enrichir. Mais le commerce eſt de la nature des Arts liberaux, qui demandent le repos de celui qui les cultive ; deſorte qu'il ne ſauroit être en vigueur que durant la paix qui eſt pour un état ce que le repos d'eſprit eſt à l'égard d'un particulier. Ainſi on ne doit pas s'étonner ſi les François qui ont eu tant d'occupations chez eux, n'ont point tourné leurs penſées vers la navigation, & ſi nos voiſins qui durant ce tems-là s'y ſont appliquez avec ſoin, en ont remporté tant d'honneur, & y ont amaſſé tant de richeſſes. Mais preſentement que la France eſt ſi puiſſante, qui refuſera de s'adonner au trafic qui ſe fait dans les Indes Orientales, le plus riche ſans doute, & le plus conſidérable de tous ? C'eſt de ces païs feconds que le Soleil regarde de plus prés que les nôtres, qu'on rapporte ce qu'il y a de plus précieux parmi les hommes, & ce qui contribüe le plus à la douceur de la vie, à l'éclat & à la magnificence. C'eſt delà qu'on tire l'or & les pierreries ; que nous viennent ces marchan-

difes fi renommées , & d'un débit fi
affuré, la foie, la canelle, le poivre , le
gingembre , la mufcade , les toiles de
coton , la oüate, la pourcelaine , les
bois qui fervent à toutes les teintures,
l'ivoire , l'encens , les befoars, & mille
autres commoditez dont les hommes ne
fe peuvent plus paffer. Pourquoi les
voudrions-nous toûjours recevoir de la
main d'autrui , & ne pas faire gagner à
nos Citoïens ce que les Etrangers ga-
gnent fur eux depuis fi long-tems ?

Que l'on ne m'aille pas dire qu'il y a
de la peine à s'engager dans une entreprife nouvelle , que chacun apprehende de faire la premiere démarche, & de
ne pas rencontrer ce que l'on efpere.
On pouvoit pardonner ces craintes aux
Portugais lorfqu'ils voioient devant
eux une mer immenfe, qu'ils vouloient
paffer fous un autre Ciel , & fous d'autres étoiles fans connoître la route
qu'ils devoient tenir. Ces penfées-là
étoient pardonnables auffi aux Hollandois quand ils entreprirent d'aller dans
des contrées où leurs ennemis étoient
les Maîtres , & où ils avoient plus à
craindre les Portugais , que les orages &
les Barbares. Mais préfentement que

l'on nous a fraïé le chemin de ces terres fortunées, il y auroit de l'aveuglement à ne pas aller chercher des biens
qui nous font affurez, & que nous pouvons acquerir facilement. Nous poffe-
dons déja au de-là du Cap de bonne Efperance la plus grande Ifle de toute
cette mer. C'eft celle de faint Laurent
ou de Madagafcar. Elle n'a pas moins
de fept cens lieües de tour, & il eft certain qu'elle eft dans le climat le plus
doux de toutes les Indes. L'air y eft fi
tempéré qu'on y peut être toûjours vétu
des mêmes habits que nous portons au
Primtems, & l'expérience a fait connoître qu'il fait ici des chaleurs plus
incommodes que les plus grandes de ce
païs-là. La terre y eft admirable pour
toutes fortes de grains & d'arbres, elle
ne demande qu'à être cultivée pour être
d'un merveilleux rapport. Il n'eft point
neceffaire d'y porter comme aux autres
Ifles des vivres pour faire fubfifter les
Colonies, on y en trouve de toutes
fortes en abondance, & le païs en
produit affez pour nourrir fes Habitans, & pour en faire part à d'autres
Peuples. Les eaux y font excellentes,
les fruits délicieux, & l'on peut dire

sans exagerer que l'on en pouroit faire une espece de Paradis Terrestre. Elle a des mines d'or si abondantes que durant les grandes pluïes les veines de ce riche métal se découvrent d'elles-mêmes le long des costes,& sur les montagnes. Elle est peuplée de gens d'humeur traitable , & on pourroit les emploïer en toutes sortes de services pourvû qu'on les gouvernât doucement. Ce sont des hommes humbles & soumis. Ils ne ressemblent pas aux peuples des Isles plus avancées dans les Indes qui ne veulent jamais s'assujettir au travail. Ceux-ci s'y plaisent , & prennent plaisir à voir travailler les Chrétiens. Le Païs est partagé entre plusieurs petits Rois qui se font la guerre les uns aux autres. Leur division nous donneroit un moien facile de nous établir dans une puissance absoluë.

De cette Isle on peut trafiquer sans peine dans toutes les Indes , à la Chine, au Japon , & encore plus commodément sur les côtes d'Ethiopie , & dans les terres de l'Empereur des Abyssins, dont le commerce est presque inconnu. A Sofola où sont les mines d'or les plus riches de toute la terre ; à Quama, à Molinde, à Molinde, dans la mer rouge, & dans tout le Golfe Perſique. En un mot, il n'y a pas de lieu plus propre à faire un Magazin général des marchandiſes que l'on feroit venir de tous côtez pour être apportées en Europe.

Je ne vous en dirai pas davantage, mon cher Monſieur, & je ne citerai point les richeſſes dont le commerce a comblé les Anglois & les Hollandois. Il ſuffit que vous conſideriez qu'il a valû quatre cens mille livres à vôtre maiſon, & que ſi vous avez aſſez de bien pour vivre en repos, vous n'en n'avez pas aſſez pour éviter le reproche quel'on vous pourroit faire un jour d'avoir negligé les moiens de laiſſer vos enfans auſſi à leur aiſe que vous y pouvez être preſentement. Profitez enfin du ſecond avis que je vous donne, & conſiderez que je ſuis veritablement tout à vous.

Lettre à Monſieur le Comte de Cl.*** pour le détourner de ſe trop expoſer aux dangers.

En vérité, MONSIEUR, je trem-

ble pour vous depuis plus d'un mois.
On m'a dit que vous vous exposez
comme si vous aviez une douzaine de
vies à perdre tous les matins, & que
vous êtes dans une extrême impatience de vous faire tuer. Je sai qu'étant
jeune & fils de Maître, il faut que vous
commenciez le métier avec distinction,
mais que vous demandiez à tout moment d'aller au danger, & que vous
vous déguisiez pour y courir quand
vous n'en obtenez pas la permission,
c'est vous exposer trop souvent en simple soldat, & vouloir sans nécessité
perdre une vie qui pourroit être un
jour fort utile, si vous la conserviez pour
des occasions plus dignes de vous. J'ai
seû que Monsieur le Maréchal de Cr ***
prend de vous les mêmes soins que feu
Monsieur le Maréchal vôtre pere avoit
pris de lui, & qu'aiant vû que vous
alliez encore plus loin qu'il n'avoit crû,
il a été obligé de vous donner en garde
à des Officiers qui ont ordre d'arréter
l'impétuosité de vôtre courage quand
elle vous emporte un peu trop. J'avoüe
que cette ardeur a quelque chose de
brillant qui plaît d'abord, mais croïez-
vous, MONISEUR, qu'elle vous

puisse acquerir une reputation fort solide ? Confiderez , s'il vous plaît, que la
valeur a des bornes qu'il ne nous est pas
permis de passer. C'est une vertu qui
doit être accompagnée de plusieurs autres , & quand la prudence l'abandonne
elle dégénere en témérité. Elle devient
fureur , elle est regardée comme une
espece de folie , & en cet état là on se
fait tuer sans se faire regretter ; songez-
y serieusement , vous n'avez pas moins
d'esprit que de courage , & je n'oserois
vous donner des avis sur vôtre conduite , si l'interêt que je prens en tout ce
qui vous touche me permettoit de me
taire quand il s'agit de vôtre confer-
vation. Car enfin , MONSIEUR, l'on
ne peut être à vous plus absolument que
je suis.

Lettre à Monsieur de * * * pour lui conseiller de parler un peu moins.

Vous voulez donc , MONSIEUR,
que je vous rende conte sans déguise-
ment de ce que l'on jugea hier de vôtre
conversation chez Madame la Marqui-
se de * * *. J'y consens & au hasard de
ne vous plaire pas tout à fait , je vous

dirai avec la sincérité que vous demandez, que l'on demeura d'accord que vous
avez beaucoup d'esprit, & que vous
savez beaucoup. Mais entre-nous pourriez-vous dire que les personnes que
vous vîtes ont de l'esprit, ou qu'elles
en manquent? Ne parlâtes vous pas
continuellement, & y eût-il quelqu'un
qui pût prendre la parole? Croïez-
vous, mon cher Monsieur, que l'on
soit obligé de garder le silence par tout
où vous êtes? Si on avoit ce mal-heur,
vous auriez celui de voir que vos visites seroient désagréables, & que vôtre
conversation passeroit pour le fleau
des compagnies où vous entreriez. Qu'a-
viez-vous à faire de vos Huns, de vôtre Pannonie & de vôtre Attila en nous
contant des nouvelles de Hongrie?
Vous demandoit-on le long recit que
vous fîtes de toutes les Nations qui s'é-
tablirent presque en même-tems dans
les meilleures Provinces de l'Empire Romain sous les enfans du grand Theo-
dose? Il y eut de jeunes personnes qui
apparemment furent fort effraiées de
vous entendre parler de vos Goths,
de vos Vandales, de vos Gepides, de
vos Herules & de vos Alains; il n'y

eut je penfe que les mots de François &
de Bourguignon qu'elles pûrent oüir
fans trembler. Quel befoin de rappeller
la revolte des Hollandois, les Guerres
du Duc d'Albe, la Confédération faite à Utrec, & de déduire la Généalogie
de la Maifon de Naffau, quand il ne s'a-
git que de raifonner fur l'entreprife du
Prince d'Orange, & fur les refolutions
que l'on a prifes dans les conventions
de Londres & d'Edimbourg ? Ne trou-
veriez-vous pas plus de douceur à
vous donner le tems de refpirer & d'é-
couter les autres ? Et puis êtes-vous affuré qu'ils ne foient pas las de vous entendre, ou qu'ils n'aïent rien à dire
qui puiffe regarder leur interêt particulier ? Croïez-moi, mon cher Monfieur,
n'étalez pas tous vos lieux communs
dans toutes fortes de compagnies. Parlez moins, & fouffrez que les autres
puiffent parler. Vôtre converfation en
fera plus aifée, elle vous donnera moins
de peine, & on la trouvera plus agréable. Vous vous imaginez, peut-être,
que je vous donne un mauvais confeil, que tout ce que vous ne direz
point fera autant de bien perdu, &
que je vous veux mettre au danger de

paſſer pour moins ſavant que vous n'é-
tes; mais déſabuſez-vous , je vous
prie , on verra que vous ſaurez le monde , & à vous parler franchement cette
ſeule ſience vaut mieux que toutes celles que vous avez apportées de l'Uni-
verſité. Recevez donc , s'il vous plaît,
en bonne part les conſeils que je vous
donne , vous vous en trouverez bien
infailliblement , & vous connoîtrez
que je ſuis de la maniere que je dois
vôtre véritable Ami , & vôtre tres-
humble ſerviteur.

Lettre à un Ami pour le détourner de vivre dans le Celibat qu'il avoit reſolu d'embraſſer.

Monsieur,

Je vois bien que vous ne voulez renoncer au mariage , que parce que
vous n'en connoiſſez pas les douceurs.
Si vous conſidériez qu'il n'y a pas d'autre moïen permis de peupler le monde,
& d'y établir une eſpece d'immortalité
en produiſant des hommes qui ſe ſuc-

cedent les uns aux autres , peut-être
changeriez vous de fentiment , mais
fans nous arrêter à des réfléxions générales qui touchent moins que les particulieres qui nous peuvent regarder,
voïons s'il vous plaît , fi vous ne vivrez
pas plus agréablement avec une femme
que dans la folitude que vous avez deffein de choifir ? Pour moi je vous foû-
tiens que fi vous vous fentez capable
de regler une famille , de bien vivre
avec une honnête perfonne , & de donner une bonne éducation à des enfans,
vous trouverez qu'il n'y a rien de plus
doux que de vivre avec une femme qui
s'eft donnée à nous , & qui s'acquite
de tous les devoirs que peut demander
cette union. En effet , MONSIEUR ,
fi vous examinez ce qui fe paffe dans
un ménage bien ordonné , vous verrez
qu'une honnéte femme partage avec
fon mari tout ce qui lui peut arriver de
bien & de mal. Qu'elle tâche d'augmenter fa joie par la fatisfaction qu'elle témoigne , comme elle diminüe fes dé-
plaifirs quand elle en prend la moitié.Si
les premiers tranfports d'amour viennent à fe moderer , une femme ne laiffe pas de tenir lieu du meilleur ami de

son mari. Ils prennent enfemble les précautions & les mefures qu'ils jugent
conformes aux entreprifes qu'ils veulent éxécuter. Ils n'agiffent jamais que
de concert, ils fe font une confidence
mutuelle de leurs penfées & de leurs
fentimens, & la bonne intelligence
qu'ils confervent ajoûte mille agrémens à leur union. Un mari peut goûter un veritable repos en laiffant le foin
de fon Domeftique à une femme adroi-
te, & bonne économe. Quelle douceur
pour lui d'avoir des enfans qui font les
effets de fon amour, & qui doivent
être dans la fuite l'appui de fa vieilleffe.
Mais c'eft avec une joie bien plus fenfible de voir que ces enfans profitent
de l'éducation qu'on leur donne. Je
n'ajoûte pas que dans vôtre folitude
vous ne pouvez trouver la confolation
ni le fecours que nous pouvons tirer
d'une femme, vous favez que c'eft
comme une aide que Dieu a donné une
fi aimable moitié à l'homme, & que
dans un autre endroit de l'Ecriture, il
a dit mal-heur à celui qui mene une vie
folitaire. Vous avez même pû voir dans
l'Hiftoire que les Romains chaffoient
de leur Ville les perfonnes qui gardoient

doient le celibat comme étant inutiles à la Republique, & je ne fai même fi on ne les traiteroit pas de la forte dans les Etats qui ne feroient pas auffi peuplez que le nôtre. Mais il vaut mieux que vous vous impofiez vous même la loi d'entrer dans une douce union qui vous fera fans doute plus agréable que vous n'avez crû jufqu'à prefent, vous me faurez gré de l'avis que je vous donne, & vous ne douterez pas que je ne fois à vous de tout mon cœur.

Lettre contraire à la précedente, c'eſt pour détourner un ami de ſonger à ſe marier.

Monsieur,

J'ai de la peine à m'imaginer que vous m'aïez écrit férieufement, & qu'un homme que j'ai toûjours crû fi fage foit fur le point de faire une folie dont il ne fauroit manquer de fe repentir. C'eft ainfi que j'appelle la réfolution que vous avez prife de vous marier. Ce

B b

n'est pas que je sois ennemi du mariage,
& que je n'aie porté quelques-uns de
mes Amis à s'y engager ; mais leur santé étoit beaucoup meilleure que la
vôtre , & leurs affaires incomparablement mieux établies. Avez-vous examiné ce qu'un homme se doit préparer
à souffrir quand il renonce à sa liberté
pour toute sa vie ? C'est un terrible
sacrifice qu'il fait , & toute la recompense qu'il en reçoit est d'essuïer continuellement les caprices de sa femme. Si
elle est belle, vous voïez ordinairement
qu'elle est coquette ou fiere , & l'un ou
l'autre n'est pas trop agréable pour un
mari. Si elle est de naissance illustre, elle
parle à tout moment de ses Ancestres,
& vous rompt la tête par le recit de
leurs grands emplois & de leurs belles
actions. Si elle est plus riche que vous,
elle vous méprise & vous regarde comme un miserable qui ne subsiste que
du bien qu'elle a apporté. Si vous êtes
vieux , il est bien difficile qu'elle dissi-
mule le dégoût qu'elle a de vôtre âge;
& si elle est honnête femme , elle est
encore plus insupportable par cette vertu que par les autres qualitez que nous
venons de dire. Aprés cela jugez de ce

qu'une femme doit faire fouffrir par fes défauts, fi les avantages qu'elle a, donnent de fi fâcheux momens. Cet Ancien avoit raifon de dire qu'un homme ne manque pas d'embarras quand il a un navire ou une femme à gouverner. Mais croïez-vous que l'on ait moins de peine à élever des enfans qu'à gouverner une femme? Quand ils font petits ils ont des fantaifies qu'un pere ne fauroit voir fans chagrin, & quand ils font d'un âge plus avancé ils paroiffent tous les matins devant lui comme des creanciers importuns à qui il faut donner de l'argent pour les dépenfes neceffaires, & bien fouvent même pour d'autres dont ils n'oferoient rendre compte. Enfin fi vous me confultez fur ce que vous avez à faire, je vous répondrai comme ce fage Grec, qui dit qu'il n'étoit pas encore tems de fe marier quand on étoit jeune, & qu'il n'étoit plus tems quand on étoit vieux. Je ferois fâché neanmoins que mon confeil vous déplût, & mon déplaifir feroit encore plus fenfible fi vous refufiez de le fuivre. Examinez-le, je vous prie, & confiderez qu'il vous vient d'un homme qui eft entierement dans vos interefts, & vôtre tres – humble ferviteur autant qu'il lui eft poffible.

Lettre pour détourner une Amie d'un mariage où elle étoit fur le point de s'engager.

Seroit-il poffible, MADEMOISELLE, qu'une auffi charmante perfonne que vous fongeât fitôt à fe marier, c'eft-à-dire, à prendre un Maître, & peut-être même fe foumettre à un Tyran? c'eft le nom que donne aux maris un de nos Poëtes.

Ces Tyrans par Contract qu'on appelle Maris.

Ils ufent de leur pouvoir d'une maniere bien tyrannique. Je ne vous dirai point qu'ils tirent leurs femmes d'entre les bras de leurs peres & de leurs meres, & qu'ils leur ôtent jufqu'au nom de leur famille. La coutume le veut ainfi, on le fouffre fans fe plaindre On n'a pas la même patience de voir une belle perfonne traitée comme une fervante par un brutal. On veut qu'elle rende conte de toutes fes ac-

tions , & même de ses pensées , & l'on
fait quelquefois un crime de ce qu'il y
a de plus innocent dans sa conduite.
Quelquefois même elle a le mal-heur
de rencontrer un mal-honnête homme
dont les déreglemens la font rougir , &
lui font même craindre de fâcheuses suites de ses débauches. Cet homme dis-
sipera son bien pour fournir à ses plaisirs , & maltraitera sa femme si on refuse de contribuer à ses dépenses. Si
elle n'a point d'enfans , on regardera sa
stérilité avec chagrin , & si elle est feconde , quelle peine n'aura-t-elle pas ?
Elle sera incommodée durant neuf mois
qu'elle portera ses enfans , & ne les
mettra au monde qu'avec de grandes
douleurs. Si dans la suite ils deviennent mal honnêtes gens , elle en aura
une sensible affliction. J'avoüe qu'une
femme a beaucoup moins à souffrir
quand elle a le bon-heur de tomber
entre les mains d'un honnête homme ;
mais, MADEMOISELLE, la pouvez-vous croire heureuse pour cela ?
Ne faut-il pas qu'elle obeïsse à ce mari qui ne sera peut-être pas toûjours
d'humeur égale , ni toûjours disposé à
rendre justice au mérite de sa femme ?

S'il est galant, il donnera des inquiétudes fâcheuses, s'il aime la solitude, il
ne pourra souffrir que l'on prenne aucun divertissement, & si par malheur
il se met la jalousie en tête, quel supplice ne fera-t-il pas souffrir à sa femme, quelque fidelle qu'elle lui soit? Enfin, MADEMOISELLE, le mariage
est une affaire d'une terrible suite. On
ne peut examiner trop exactement ce
que l'on peut & ce que l'on doit, ni apporter trop de précautions. J'ajouterai,
s'il vous plaît, qu'après les mesures que
l'on aura prises, le succés ne laissera
pas d'être incertain. Voïez si après cela
vous vous embarquerez sur une mer
où il y a tant à craindre, si vous quit-
terez un port où vous marchez sûrement, & d'où vous pouvez voir tous
les jours tant de naufrages? Voilà,
MADEMOISELLE, ce que j'ai crû
être obligé de vous dire pour vôtre
repos. Je ne sai si ma franchise ne vous
déplaira pas, mais quand vous n'en
voudriez point profiter, je vous supplie de la regarder comme un témoigne de mon zele. Je suis, &c.

Lettre contraire à la precedente. C'est
  pour porter Mademoiselle de * * * *à*
  confentir à un mariage qu'on lui
  propofoit.

M ADEMOISELLE,

J'ai lû avec des fentimens bien differens la Lettre que vous m'avez fait
l'honneur de m'écrire. J'ai remarqué
avec plaifir la confiance que vous avez
en moi dans une occafion importante ;
mais je vous avoüe que je ne faurois
voir fans chagrin que vous voulez être
trop fage à dix-huit ans. Vous favez
qu'on nous recommande dans l'Ecriture de ne l'être qu'avec fobrieté , & l'on
pourroit ajoûter pour l'affaire dont il
s'agit que vous travaillez, par un excés
de fagefle, à vous rendre mal-heureufe.
Vous ne cherchez dans l'avenir que
les maux dont vous pouvez être menacée , & je penfe que vous feriez fâchée
d'y pouvoir découvrir le bon-heur que
vous avez lieu d'efperer. J'avoüe que
la crainte fert fouvent à la prudence , &
B b iiij

qu'elle en fait une partie ; mais, MADE-
MOISELLE, croïez-moi, ne confultez pas
toûjours une paffion qui ne manque jamais de troubler le repos de nôtre vie.
Si tout le monde étoit de vôtre humeur,
on n'oferoit rien entreprendre. Tout
demeureroit dans l'incertitude & dans
l'irrefolution , c'eft-à-dire, dans le plus
miferable état où l'on puiffe être. Parlons fincerement, MADEMOISELLE,
trouvez-vous dans la naiffance , dans la
perfonne , ou dans les mœurs du Gentil-homme qui vous recherche quelque
défaut qui puiffe attirer vôtre averfion ?
Il eft de bonne maifon, il eft bien fait;
il a de la douceur & de la complaifance,
& ce qui vous doit encore plus toucher
que tout ce que je viens de dire, c'eft
qu'il n'a jamais eu d'inclination que pour
vous. Quel plaifir n'aurez-vous pas
d'être unie pour le refte de vos jours à
un galant homme , qui vous prefere
hautement à toutes vos compagnes ?
Soïez plus hardie , & déterminez-vous.
N'attendez pas qu'une Rivale vous enleve un cœur qui me femble néceffaire
à vous rendre heureufe. Il ne vous feroit pas aifé de réparer cette perte.
Vous êtes préfentement dans une fleur

de jeunefle propre à faire des conquêtes, profitez-en fans attendre que l'É-
clat de vôtre tein vienne à fe ternir. Si
vous tombiez dans une faute fi confi-
dérable, vous pafleriez de fâcheux momens, & peut-être vous laifferoit-
on feule plus fouvent que vous ne voudriez. C'eft une trifte vie que celle
d'une fille qui fe voit contrainte d'aller
cherchet du monde fi elle en veut voir,
& je ne fai même fi elle eft tout-à-fait
contente pendant le tems le plus florif-
fant de fa beauté ; c'eft alors que chacun examine fes paroles & fes actions,
& que l'on critique jufques aux plus fe-
crettes de fes penfées. Prenez, s'il vous
plaît, vos mefures là-deflus, & croïez
que je fuis avec tout le zele & tout le
refpect poffible,

MADEMOISELLE,

Vôtre tres-humble, &c.

Lettre à Monfieur le Marquis de Mart...
Je le prie de donner moins de tems aux affaires de fes Amis, pour en avoir plus à donner aux fiennes.

Il n'y eut jamais d'ami moins fanfa-ron ni plus effectif que vous, M o n-s i e u r. Vous ne promettez jamais rien, & vous faites tout ce que les au-tres permettent comme fi vous n'étiez au monde que pour tenir les paroles qu'ils donnent. Vous avez follicité pour moi d'une maniere ardente & affidüe. Vous n'avez épargné ni vos chevaux, ni vôtre bourfe, ni vôtre fanté, & je vous ai vû faire des chofes que je n'o-ferois entreprendre pour mes propres interefts. Un mois aprés Monfieur ie Comte de L... eut une affaire, où il ne s'agiffoit que de treize ou quatorze cens Piftoles, pendant que l'on travail-loit à un partage de vingt mille écus de meubles qui fe devoit faire entre Ma-dame vôtre mere & vous. Heureufe-

ment pour vôtre génerofité le jour que
vous deviez avoir vôtre lot, on devoit
auffi rapporter l'affaire de Monfieur de
L... Vous eûtes le plaifir de renoncer
à vos meubles, de laiffer partir Madame vôtre mere pour un voiage de trois
ou quatre ans, & d'aller voir les Juges
de Monfieur vôtre Ami. Avoüez que
vous paffâtes ce jour-là felon vôtre
cœur. Mais ceux que vous aviez emploié pour moi avoient encore quelque
chofe de plus furprenant, car enfin
Monfieur le Comte de L... eft d'une
illuftre Maifon qui nous a donné des
Connétables. Il eft Officier Général, il
vous a regalé fouvent en Flandre magnifiquement, & en bon ami. Vous
avez pû fervir en même armée, ou vous
le pourrez ; mais que peut-on dire de
l'amitié que vous avez pour moi, &
de toutes les honnêtetez que vous me
faites, fi ce n'eft que c'eft une génerofité toute pure qui ne vient que de vous
fans que j'y contribüe de mon côté ?
Vous ne fongez pas feulement que je
fuis d'un âge fort avancé, & ferviteur
tres-inutile. Car qu'on me veüille perfuader que je ne manque pas tout-à-fait
d'efprit, & que c'eft par-là que je

puisne vous pas déplaire entiérement, ce
feroit ne vous connoître qu'à demi.
Vôtre converfation eft fi au deffus de
la mienne que c'eft plutôt pour la chercher que je vas chez vous que pour la
bonne chere que vous me faites. Je
vous affure que les agréables chofes que
vous dites font rajeuniffantes pour
moi. Monfieur de Martig.. n'en eft pas
moins charmé & le publie avec une ardeur qu'il n'a pas fouvent. Vous favez
qu'il ne prodigue pas les loüanges, &
que bien loin de les porter jufques à la
flatterie il ne les donne jamais qu'au
véritable mérite. Je vous le menerai demain dîner dans vôtre lieu enchanté, &
Monfieur Dugo.. fera de cette partie
avec le plus grand plaifir du monde s'il
peut n'avoir que mille affaires à re-
commander ; mais comme il fe charge
ordinairement de toutes celles du genre
humain, on ne peut rien affurer de lui
fi ce n'eft qu'il ne refufe jamais ce qu'on
lui demande. Je fouhaiterois avec Madame Dugo... qu'il fongeât un peu
moins aux affaires des autres pour avoir
plus de tems à donner aux fiennes, &
deuffiez-vous me battre ou me manger,
je fais pour vous les mêmes fouhaits que

pour Monſieur Dugo . . . parce que l'on
ne ſauroit être à vous avec plus de zele
ni plus de reconnoiſſance que je ſuis.

A Monſieur le Marquis de *** pour
le porter à pardonner une offenſe.

MONSIEUR,

J'avoüe qu'un homme de rien que
vous n'avez jamais déſobligé vous a
mélé dans ſes médiſances , & j'ai appris
que vous êtes tenté de vous ſervir d'u-
ne occaſion que vous avez de le faire
repentir & de vous vanger. Mais ,
MONSIEUR , où eſt cette ame généreuſe , & ce cœur ſi maître de ſes paſſions qui vous ont acquis tant d'eſtime ?
Ne ſavez-vous pas qu'il y a des gens
paîtris d'envie & de malignité qu'il
faut regarder comme des inſectes mal-
faiſans , ou comme Richel. On peut
écraſer les inſectes , mais il faut épargner les hommes , ſe contenter de les mépriſer & les abandonner à leurs remords.
Vous voïez qu'une infinité d'honnêtes gens laiſſent Richel. en paix , quoi
qu'il ne s'applique gueres moins à mé-

dire qu'à montrer des Langues. Ces deux occupations lui font trouver de quoi vivre, & de quoi satisfaire son inclination naturelle. C'est un homme qui est encore plus obscur que le vôtre, & qui répand son venin d'une maniere plus dangereuse, il fait imprimer ses médisances, & ses ouvrages ne sont qu'un amas d'injures. S'il s'éforce quelquefois de loüer des personnes de mérite, c'est moins par aucun penchant qu'il ait à dire du bien que pour rendre croiable aux étrangers le mal qu'il invente contre les personnes qu'il veut offenser. Ainsi, MONSIEUR, méprisez vôtre misérable comme l'on méprise l'autre. Tâchez de vous vaincre, c'est la plus belle victoire que vous puissiez remporter. Vous serez plus content de vous-même, & plus estimé de vos amis, de pardonner que de reduire un faquin à vous faire des reparations. Vous avez admiré si souvent cet Ancien qui se contenta de dire ces belles paroles à un de ses esclaves qui avoit fait une faute considérable; retirez-vous, je vous châtirois si je n'étois en colere. Il parloit en Chrétien avant l'établissement du Christianisme, voudriez-vous agir en Païen vindicatif, en profeſſant une Religion dont la morale eſt la plus douce & la plus humaine qui fut jamais. Elle nous enſeigne que Dieu ſe reſerve la vangeance, parce qu'il peut ſeul punir avec juſtice & ſans paſſion. Je penſe, Monsieur, que vous n'entreprendrez pas ſur ſes droits, & que vous verrez que même ſelon les maximes du monde vous ferez une action plus loüable de pardonner que de vous vanger. On ſait que vous êtes en pouvoir de nuire à vôtre médiſant, & l'on ne dira jamais que la foibleſſe ait part dans les ſentimens que la ſeule généroſité vous aura inſpirez. Que ne pourrois-je pas ajouter encore ſur une matiere ſi ample, ſi je ne parlois à un Maître qui m'en pourroit faire des leçons, je me contenterai de vous proteſter que je ſuis, &c.

A Monſieur le Marquis de B *** je le prie de s'entremettre pour faire reüſſir un mariage.

Je vous rends graces, Monsieur, de ce que vous avez embarqué l'affaire que je vous avois recommandée. Je voi bien que je ne m'étois pas trompé quand

je croiois que je la mettois en bonnes
mains. J'ai appris que vous avez con-
fulté d'abord la perfonne dont les interefts me font les plus chers , mais encore que par un fentiment de pudeur elle
vous ait répondu que les chofes n'é-
toient pas dans une difpofition favorable pour la propofition que vous vouliez faire , je ne laiffe pas de vous fup-
plier tres-humblement de pouffer vôtre
pointe , & de parler à Monfieur l'Archevêque. Je ne doute pas que vous ne
lui perfuadiez qu'il fera une chofe dont
beaucoup de monde lui faura gré , s'il
confent que l'on travaille fous fon autorité à unir Mr le G...& Mademoifelle
le C... Ce mariage ne peut que plaire à
toute la Ville.Je fai qu'elle le fouhaite,&
qu'elle le regarde comme le feul moien
de retenir deux familles qui en parti-
ront infailliblement, fi on ne prend foin
de les y établir. Outre qu'il me femble
que c'eft une bonne œuvre que de travailler pour une affaire fi agréable &
fi utile. Monfieur l'Archevêque tirera
Monfieur le G... qu'il eftime, de certaines galanteries qui peuvent renverfer le commencement de fa fortune.On
m'a dit que fes amourettes le jettent
dans

dans des dépenſes un peu trop fortes
pour lui, & qu'elles pourroient bien le
broüiller dans des maiſons où il va un
peu trop aſſidûment pour cajoler. S'il
ſe marie, le ſoin qu'il ſera obligé de
prendre de ſon Domeſtique le fera vivre
avec plus d'ordre & de retenüe, ſur tout
aïant une femme dont la jeuneſſe & la
beauté ſeront capables de rompre ſes
autres attachemens. Voilà, MONSIEUR,
la tres-humble priere que j'avois à vous
faire, ſi vous trouvés que j'aie raiſon,
vous agirez, s'il vous plaît, de bonne
ſorte, puiſqu'il s'agit de l'établiſſement
d'une fort aimable fille qui n'a guere
moins de confiance en moi qu'en ſon
propre pere, & preſqu'autant que j'ai
de paſſion de vous témoigner par mes
ſervices que je ſuis à vous de tout
mon cœur.

A Monſieur de ✳✳✳
On veut le porter à tenir exacte-
ment les paroles qu'il donne.

Seroit-il poſſible, MONSIEUR,
que les plaintes que l'on vient de me
faire fuſſent bien fondées, & que vous
euſſiez manqué à la parole que vous

aviez donnée pour vôtre accommodement? Vous savez de quelle maniere nous avons toûjours blâmé la fourbe & detesté la perfidie. Vous devez demeurer d'accord avec moi qu'il n'y a rien de plus pernicieux pour le commerce de la vie que de ne pas tenir ce qu'on promet. Quelle sûreté y auroit-il dans la societé des hommes, & que pourroit-on esperer de solide si tout rouloit sur le changement & l'incertitude? C'est sur les promesses que tout est fondé, que les Artisans travaillent, que les Matelots se vont exposer aux périls de la mer, & que le Soldat s'enrôle pour aller combattre. C'est sur des paroles données que l'on jette les fondemens des ligues ou de la paix. Enfin, tout reüssiroit heureusement si la bonne foi regnoit parmi les hommes, comme tout se tourne en confusion & en désordre quand elle vient à manquer. Les Chefs abusent leurs Soldats, & les Soldats abandonnent leurs chefs. Que ne pourroit-on pas dire sur un sujet qui fourniroit une infinité de raisons? Mais vous savez du moins aussi-bien que moi qu'il n'y a pas de plus grand bien que l'observation des promesses, & qu'il est im-

possible que les hommes s'en passent
sans devenir mal-heureux ; vous voulez-
bien néanmoins que j'ajoûte une pensée qui me vient dans l'esprit, c'est que
l'homme est d'autant plus obligé à tenir
sa parole, que de tous les animaux , il n'y
a que lui seul qui soit capable de pratiquer une si loüable maxime. Les autres
qualitez se peuvent rencontrer par in-
stinct ou par temperamment dans les
animaux. La fidelité se trouve aux
chiens , les Tourterelles ont de la constance dans leur amour ; & nous remarquons parmi toutes les especes de bêtes que les peres & les meres aiment
leurs petits. Si vous me permettez d'a-
joûter encore quelques mots , je dirai
que le Lion est généreux , que le ser-
pent a de la prudence , que l'Eléphant à
de l'esprit ,& la fourmi de la prévoiance
& de l'économie. Mais il n'y a que
l'homme seul qui puisse donner des paroles & s'en acquitter. Il se prescrit à
lui-même ce qu'il veut faire , & s'impose en même-tems une nécessité indis-
pensable de tenir ce qu'il a promis.
Enfin, MONSIEUR, je n'aurois jamais fait si je voulois entrer dans le détail de tout ce qui nous doit porter à

être exact dans nos paroles ; je me contenterai de vous conjurer de garder fidellement celles que vous donnerez , &
fur tout dans une occafion où il s'agit de
vous tirer d'inquiétude & de rétablir
vôtre repos. Confiderez, je vous prie,
que les procés rüinent les familles, comme la guerre peut défoler des Etats , fi
vous pourfuivez la maudite affaire que
vous avez commencée , il faudra que
vous quittiez tous les foins que demande vôtre Domeftique , & que vous renonciez à l'affiduité qui eft fi néceflaire
à la Cour. Je ne vous parle point des
inimitiez , des médifances & des que-
relles , où la chicane nous peut entraîner , mais je vous dirai que l'événement eft toûjours incertain , & la ruine
des parties tres-infaillible. Leurs biens
paffent bien-tôt de leurs mains dans
d'autres qui les favent mieux garder , &
l'on ne voit pas que le conte de l'hui-
tre à l'écaille les rende fages. Je pourrois ajoûter ce qui eft arrivé à un Gentil-homme de ma connoiffance qui avoit
prés de trente mille livres de rente , &
des prétentions bien fondées fur des
terres qui étoient à fa bien-féance. Le
droit qu'il avoit le jetta dans quatre

procés. Il les pourſuivit avec tant de vigueur, & avec ſi peu de relâche qu'il les
fit juger tous quatre en moins de trente ans. Il les gagna & demeura vieux,
& rüiné aprés ce gain-là. Si cet exemple, ni mes raiſons ne peuvent rien
ſur vôtre eſprit, je vous laiſſerai dans
vôtre obſtination, & je vous plaindrai,
mais je ne laiſſerai pas d'être.

Lettre à Madame de R * * *
Pour lui perſuader de garder plus
fidellement les ſecrets qu'on luy
confie.

M Adame, ma chere couſine,

J'ai bien du déplaiſir que la déman-
geaiſon de parler vous ait fait trahir le
ſecret que vous avoit confié Monſieur
vôtre Epoux. Si vous aviez été un peu
moins femme vôtre conduite auroit été
meilleure & l'affaire de Monſieur vôtre
mari auroit tourné plus heureuſement.
Il ne ſe verroit aucun concurrent pour
ſa Charge, & ne ſeroit pas obligé d'a-
cheter fort cher ce qu'on lui auroit ven-

du à un prix fort raifonnable; mais vous voulûtes vous réjoüir d'une acquifition que vous n'aviez pas encore faite, & vous trouvâtes que c'étoit une peine & infuportable que de renfermer dans vôtre cœur un fecret & un fujet de joie. Cependant j'avois fi bonne opinion de vôtre difcretion que je vous regardois comme celle de toutes mes parentes à qui j'aurois parlé avec plus de confiance. Vous favez tout ce que nous difmes il y a environ un mois fur le fecret; après avoir lû les entretiens d'Arifte & d'Eugéne. Nous demeurâmes d'accord qu'un grand deffein qui n'eft pas conduit fecrettement n'a non plus de fuccés qu'une mine que l'on laiffe éventer. Je croi même que nous raifonnâmes fur la fageffe que la nature fait remarquer en formant fes ouvrages. Elle nous accorde deux oreilles afin que nous écoutions beaucoup, & de peur que nous ne parlions trop, elle ne nous donne qu'une langue, encore l'enferme-t-elle d'une double barriere de dents. Enfin, ma chere coufine, tenez pour certain que rien ne doit être ménagé avec tant de foin que la parole, & que rien ne contribüe tant au bonheur ou au mal-heur de la vie, qu'une langue bien ou mal conduite ; faites-y réflexion, je vous prie, de peur que mon coufin ne me fasse des reproches une seconde fois ; *fiez-vous à vôtre parente,* me dit-il hier, vous verrez si vous vous trouverez bien de fa discretion. Il me parla en fuite de ceux qui prétendent à la même Charge & à ne vous rien déguifer, ce fut avec beaucoup de chagrin. J'efpere que vous y mettrez bon ordre, & qu'en dépit du penchant que donne vôtre fexe, vous parlerez moins que vôtre Epoux & que moi, je le fouhaite, & je fuis de tout mon cœur,

M A D A M E.

Vôtre, &c.

A Monfieur de Valerois…
pour le porter à m'aimer plus tendrement qu'il ne fait.

Vous ne fauriez croire, Monsieur, mon tres-cher neveu, le plaifir que j'ai d'apprendre les honnêtetez que vous faites aux perfonnes que je vous adreffe & que je vous recomman-

de. Ceux qui me viennent remercier me
difent que vous les avez fervis en tout
ce qui a dépendu de vous, que vous
avez agi promtement, & de la meilleure grace du monde. Il y en a même qui
avoüent de bonne foi que fans vous,
ils auroient été fort embaraffez à Verfailles, parce qu'ils n'y avoient aucune
connoiffance. Aprés cela ne croiroit-
on point qu'il faut que vous aïez bien
de l'amitié pour moi? Vous ne vous laf-
fez jamais de vous donner de la peine à
ma confideration, & je vois que je vous
charge bien fouvent de commiffions
que les gens du païs que vous habitez
ne trouvent pas fort agréables. Pour
vous, mon cher neveu, vous en ufez
toûjours d'une maniere tres-obligeante,
mais s'il m'eft permis de vous parler
avec la franchife que vous connoiffez
en moi, je vous declare iqu'il me faut
encore quelque chofe pour me fatisfaire entierement. Je demande que vous
m'aimiez, & que je puiffe tenir de vôtre tendreffe, ce que je ne dois apparemment qu'à la maxime que vous gardez depuis long-tems, de faire vôtre
devoir dans toutes fortes d'occafions.
Je me fouviens qu'encore que vous
n'euffiez

n'euffiez pas feize ans quand vous entrâtes dans les Moufquetaires , vous
vous diftinguâtes de telle forte par vôtre
diligence , & par vôtre exactitude, que
vous vous artirâtes des recompenfes du
Roi , & un affez bel emploi pour fortir
agréablement de la Compagnie. Que
n'avez-vous pas fait enfuite ? Il fuffit
de dire que l'on vous a choifi parmi une
infinité d'Officiers pour vous établir
dans un pofte que l'on ne pouvoit
donner qu'à un homme d'un mérite
connu. Si j'examine de quelle maniere vous vivez chez vous, que ne
puis-je pas dire de la conduite que vous
y gardez ? Vous êtes le meilleur mari
qui fut jamais , & tous ceux qui vous
connoiffent demeurent d'accord que
vous avez pour vôtre chere moitié les
mêmes tranfports d'amour que le jour
que vous l'époufâtes. Que n'avez-vous
pas fait pour vos deux freres , & que
ne faites-vous pas à tout moment pour
vos petits rejettons ? Ainfi , mon cher
neveu, vous ne voulez pas que je fois
le feul de vos parens qui fe puiffe plaindre que vous ne faites rien pour lui,
& vous rendez du moins de bons offices
aux perfonnes que je vous recomman-

Dd

de. Ne croïez pourtant pas être quitte
envers moi par ce procedé honnête. Je
demande quelque chofe de plus. Je
vous redis encore que je vous aime, &
que je veux que vous m'aimiez. Je fai
que vous venez à Paris une fois la fe-
maine, & il y a cinq ou fix mois que je
ne vous ai vû. Si vous ne pouvez pafler
par ma petite maifon, qui vous empêche
de m'envoïer un Laquais pour m'aver-
tir du lieu où je vous pourrai trouver
ou dans nôtre Faux-bourg, ou dans la
rüe de Richelieu? Vous ne manqueriez
pas à cela, fi vous aviez des fentimens
pareils aux miens. Nous nous verrions
fouvent, & je pourrois du moins deux
ou trois fois le mois vous afsurer en vous
embraffant que je fuis tout à vous malgré vôtre indifference.

Je fuis tres-humble ferviteur à Madame de Valerois... ma chere niéce,
je ne lui dis point que je l'aime comme
je dois. Que pourroient paroître les
témoignages de mon amitié, parmi les
marques d'amour que vous lui donnez?

Lettre à un Ami pour l'encourager à persévérer avec zele dans la Religion où il étoit appellé.

Je ne saurois vous exprimer , mon tres-cher , avec quelle joïe j'ai seu que vous renonciez au monde pour vous donner entierement à Dieu. Il vous a fait la grace de vous appeller , & de vous donner un guide admirable pour vous conduire. Marchez avec confiance , & mourez plutôt que de retourner en arriere. J'avoüe que le chemin où vous entrez ne paroît ni large ni commode , mais il mene plus sûrement à la vie que les autres que vous auriez pris. On y voit même d'abord des choses qui choquent nos inclinations , mais trouvez-vous que nos inclinations soient fort propres à nous porter à nôtre salut ? Le monde n'a que des biens apparens ; il cache des précipices sous les fleurs qu'il nous presente , & si la solitude que vous avez choisie vous offre des épines , ces épines produisent des fleurs pour l'éternité. Persévérez, je vous en conjure encore une fois , &

je ne le saurois trop dire. Il s'agit d'une félicité qui ne finira jamais. Songez que vous ne pouvez faire trop souvent une réflexion de cette importance.

Autre sur le même sujet, mais d'un caractere un peu different.

Je ne vous puis protefter, mon trescher Monsieur, que bien loin de défaprouver une action auffi fainte que celle que vous venez de faire, je la loüe, & je l'admire comme je dois. Mais je vous avoüe auffi que je ne puis m'empécher de fentir quelque douleur à travers la confolation que j'ai. Vos raifons me convainquent l'efprit, mais je ne fai fi elles me peuvent guérir le cœur. Je me réjoüis quand je confidere l'heureux état où il a plû à Dieu de vous appeller, mais je ne vous faurois exprimer le regret que j'ai quand je fonge que vous m'abandonnez, & que nous allons être feparez pour toute nôtre vie. Vous faifiez toute ma joie. Quand je vous perds, il ne ne me refte rien d'agréable. Je n'ai, ni affez de courage pour vous fuivre, ni affez de refolution pour vous laiffer aller fans moi.

Mais je suis un mal-heureux que vous ne devez pas écouter. Le sang & la chair parlent en moi, je ne mérite point que vous me considériez quand je songe à ma propre satisfaction, & que je prefere mes interests aux vôtres. Cependant, mon tres-cher Monsieur, il me semble que la foiblesse que je fais paroître n'est pas indigne de vôtre compassion, & s'il est vrai que dans une ame aussi bonne que la vôtre la piété peut augmenter l'affection, vous pourrez bien ne vous pas dépoüiller de celle que vous avez pour moi en quittant toutes les autres. De mon côté, je vous assure qu'il n'y aura jamais de séparation qui m'empéche d'être tout à vous.

Lettre d'un homme de qualité pour attirer chez lui un homme de mérite, dont la fortune n'étoit pas bien établie.

Je pense, MONSIEUR, que vous êtes assez persuadé que je vous estime, & que je vous aime, pour n'être pas surpris que je vous parle à cœur ouvert d'une resolution que j'ai prise ; c'est de vous attirer chez moi, afin que nous passions nôtre vie ensemble, & que nous devenions inséparables.

J'ai plus de bien que vous, & vous avez plus d'esprit que moi, faisons-nous part en bons Amis des avantages que nous pouvons avoir l'un sur l'autre, Je veux goûter les agrémens de vôtre conversation, souffrez que je repare ce qui manque à vôtre fortune. Vous avez plus travaillé pour vôtre reputation que pour le bien, je ferai, s'il vous plaît, ce que vous n'avez pas songé à faire. Ne croïez-pas que vous deviez refuser mes offres. Vous pouvez les accepter avec autant d'honneur que j'en ai à vous les faire. On verra que vôtre merite vous fait rechercher, & que je recherche les personnes de merite. De sorte qu'il faut que nous éxécutions la chose au plutôt. Je vous attens avec impatience pour vous embrasser, & vous assurer que je suis tout à vous.

Lettre écrite à deux Gentils-hommes de même maison.
Pour les porter à laisser terminer par un accommodement un grand démêlé qu'ils avoient entre eux.

Messieurs,

Tous le monde s'étonne qu'étant si proches parens vous soïez dans une division capable de détruire vôtre famille. Vous savez qu'il n'y a que l'union qui la puisse conserver dans l'éclat où elle est depuis plus d'un siécle. Si vôtre aveuglement & vôtre opiniâtreté vous portent à continuer dans le désordre, au lieu de vous entre-secourir, vous ne chercherez qu'à vous nuire, & vous donnerez à vos ennemis communs le moïen de profiter de vos differends. Ne croïez jamais ce que l'on vous rapportera pour vous entretenir dans l'inimitié. Rejettez comme suspects les avis que l'on vous pourra donner pour vous aigrir l'un contre l'autre, & n'aïez de

D d iiij

confiance que pour les perſonnes qui parleront de vous accommoder. Si je croïois que ma médiation fût neceſſaire à vous mettre en repos; je partirois inceſſamment afin de vous aller témoigner avec quel zéle & quelle ſincérité je ſuis, &c.

LETTRES
DU GENRE
JUDICIAIRE.

Par le nom de Judiciaire que porte le Gen-
re dont nous traitons, on juge aisé-
ment qu'il doit comprendre les accusa-
tions, les défenses ou Apologies, les
reproches, les plaintes, les Critiques,
& d'autres matieres de même nature
dont nous pourrons parler dans la suite.
Le stile y doit être concis, & deman-
de que les expressions y soient moins
brillantes que naturelles. Si l'on accuse,
que l'on se garde d'être calomniateur.
Il y a des accusations de bonne foi qui
produisent des effets avantageux, mais
la calomnie est toûjours maligne, elle
attaque l'innocence, & suppose des cri-
mes. Les delateurs sont regardez com-
me des pestes publiques, & il n'arrive
que rarement qu'ils puissent éviter la
punition qu'ils méritent. Quand au con-

traire l'accusation n'en veut qu'aux
crimes des particuliers, & à la tyran-
nie des Grands, elle peut empêcher la
continuation des desordres, & devenir
utile à l'Etat. Pour arriver à une fin
si loüable, l'accusateur ne doit jamais paroître envieux ni opiniâtre.
Il faut qu'il soit moderé, & qu'il
se rende dés qu'il apperçoit qu'il s'est
trompé dans ses conjectures. Autrement bien loin de gagner l'estime des
personnes à qui il écrit, il s'attirera
leur indignation. S'il attaque un crime, qu'il épargne la personne, sur tout
si elle n'a pas encore terni sa reputation
par d'autres taches. Qu'il soit net quand
il raconte les choses qui se sont passées,
& qu'il soit fort quand il prouve. Il
est à propos qu'il fasse connoître qu'il
ne dit pas tout, afin que l'on ne le prenne, ni pour ennemi, ni pour suspect,
& que d'ailleurs l'accusé paroisse plus
coupable.

Cependant quand il s'agit d un grand crime, & que la personne qui écrit y a
le principal interêt, elle peut passer
les bornes de la modération que nous
avons recommandée. Il ne seroit pas
vrai-semblable qu'elle se plaignît de

sang froid, si on lui a porté le poi-
gnard à la gorge, & que l'on soit enco-
re dans le dessein de l'assassiner. Voïons
de quelle manière on pourroit parler
contre ses meurtriers, selon les pensées
d'un ancien Auteur. J'y ai vû qu'un
fils s'adresse à son pere à peu près en ces
termes pour accuser son frere de l'avoir
voulu tuer.

MONSIEUR,

Est-il possible, que vous n'ajoutiez
pas foi à tout ce que je vous ai déja dit
de l'attentat de mon frere ? Voulez-
vous attendre qu'un crime soit commis pour le croire ? Faloit-il laisser mes
portes ouvertes de nuit, recevoir dans
ma maison des gens armez qui preten-
doient y entrer sous pretexte de se divertir, & tendre la gorge à des meurtriers pour vous persuader par ma mort ?
Si vous me regardiez comme vôtre fils
vous m'écouteriez quand je me plains,
& bien loin de vous emporter contre
moi, vous ne pourriez souffrir le dé-
naturé qui a fait le crime. Ma vie vous
seroit assez considerable pour être tou-

ché du péril d'où je suis sorti, & de
celui qui me menace si cet attentat demeure impuni. S'il faut pourtant que
je meure sans rien dire, je ne refuse
pas de me taire, je demanderai seulement au Ciel que le crime que l'on a
commencé contre moi se termine en ma
personne, & que le coup qui me per-
cera le cœur n'aille pas jusqu'au vôtre.
Cependant si dans un pressant danger la
nature nous enseigne d'appeller à nôtre secours les personnes même que
nous n'avons jamais veües, ne me sera-
t-il pas permis de me plaindre à un pere,
& d'implorer son secours quand je voi
une épée prête à me frapper ? Je vous
conjure donc que vous m'entendiez de
la même sorte que si éveillé par mes cris
vous veniez à mon secours, & que vous
vissiez que mon frere m'attaqueroit
avec plusieurs assassins. Il y a long-tems
que lui & moi ne vivons pas en
assez bonne intelligence pour chercher
à nous divertir l'un chez l'autre. Il ne
faut point douter qu'il ne soit venu
chercher les moïens de se défaire de
moi pour prétendre à une succession que
me donnent la nature & la Coûtume du
païs. Ce n'est que par ma mort qu'il

en peut avoir la joüiffance, auffi a-t-il mis tout en ufage pour répandre mon fang ; mais ma vigilance & ma bonne fortune l'ont empéché jufques à cette heure d'éxécuter un fi noir deffein. Pourquoi vint-il me trouver de nuit avec des gens armez après s'être déclaré mon ennemi ? Si on eût trouvé ma porte ouverte, au lieu de me plaindre, je ne ferois plus en état de parler. Peut-il dire que je fois un calomniateur, & que je ne parle que par conjecture ? Peut-il nier d'être venu à ma porte avec une groffe troupe ? Peut-il dire que les gens qui étoient avec lui, n'étoient point armez ? Qu'on faffe venir ceux que je nommerai, quelque hardieffe qu'ils aient, ils n'oferoient nier ce que je foutiendrai devant eux. Ainfi, MONSIEUR, vous n'avez qu'à vous imaginer que vous les avez furpris dans leur faute, puifque je fuis prêt à la leur faire avoüer. Si après cela vous vous emportez à caufe de la divifion des deux freres, mettez quelque difference entre celui qui attaque, & celui qui eft attaqué. Regardez comme coupable celui qui a voulu tuer, & ordonnez-en la punition, mais, MONSIEUR, faites, je vous supplie, que celui qui a été prest à périr trouve un azile dans la justice & la compassion de son pere. Où pourroit-il en chercher ailleurs, si sa maison, ni la nuit même qui nous a été donnée pour prendre quelque repos n'ont pû qu'à peine le sauver d'une extrême violence ? Si je vas chez mon frere, quand il m'invite de manger chez lui, je ne le puis sans m'exposer, & je cours le même danger si je le reçois chez moi. Ainsi soit que je demeure, ou que j'aille, je ne puis éviter les pieges que l'on me dresse. Où trouverai-je donc un azile, si mon pere refuse d'appuïer mes interests ? Je vous conjure donc de m'accorder la protection que je vous demande, & que je merite par le sentiment de zele & de soumission que j'aurai pour vous toute ma vie.

DE L'APOLOGIE.

Quand on entreprend de se défendre ou de parler à l'avantage d'un autre, il est bon de faire voir d'abord la necessité où l'on se trouve de répondre aux ac-

cufateurs. Ce feroit un grand avantage
s'il y avoit des perfonnes confiderables
qui fuffent intéreffées dans la caufe que
l'on entreprend de foûtenir. Encore qu'il
foit aifé de parler en faveur de l'innocence contre la calomnie, il me femble
qu'il ne faut pas que la confiance que
peut donner le bon droit faffe paffer les
bornes d'une fage modération. Nous remarquons même que dans la primitive
Eglife, les grands hommes qui pre-
no'ent la défenfe des Chréticns, prote-
ftoient aux Empereurs leurs Tyrans,
qu'excepté la Religion, ils feroient toûjours foumis à leurs ordres. Ils leur té-
moignoient même qu'ils offroient tous les
jours des vœux pour leur fanté, &
pour la profpérité de leur Empire.

Quand nous venons à réfuter les raifons que l'on a pû avancer contre nous,
nous pouvons répondre en détail à tous
les Chefs de l'accufation, ou nous contenter de détruire les plus forts en fai-
fant connoître que nous méprifons la
foibleffe des autres. Donnons pour un
exemple l'Apologie du frere que l'on
vient d'accufer d'avoir voulu tuer fon
aîné, & faifons le parler felon les penfées d'un Auteur qui lui a prêté des ex-

preffions femblables à celles que vous
allez voir,

MONSIEUR,

Vous pouvez remarquer aisément
que mon accufateur s'eft comme em-
paré de toutes les chofes qui peuvent
fervir de défenfe & de fecours à ceux
qu'on accufe. Ses larmes feintes vous
ont rendu les miennes fufpectes , quoi
qu'elles foient veritables , & qu'elles
partent d'un cœur qui n'a jamais été
capable de diffimuler. Enfin , mon
frere ne laiffe rien d'intenté pour
me furprendre, il tâche jour & nuit
de me perdre par les pratiques fe-
crettes qu'il entretient. J'ofe dire même qu'il ne fe cache plus, & que non
feulement il n'agit pas en ennemi couvert, mais fous la forme d'un affaffin
manifefte. Il tâche de vous épouvanter
afin que vous hâtiez vous-même la perte d'un fils innocent. S'il dit qu'il ne
trouve point d'azile , ce n'eft que pour
m'empêcher d'en efperer en la bonté
de mon pere. Aprés m'avoir privé de
toutes fortes de fupport , il tâche de me
rendre

odieux par le credit que j'ai au dehors.
De combien de calomnies n'accompa-
gne-t-il pas l'accusation qu'il a formée contre-moi ? Pourquoi le crime de
la nuit paſſée , pourquoi une médiſance de tout le reſte de ma vie ? C'eſt afin
que toutes les choſes dont vous allez
apprendre la vérité vous devinſſent ſuſ-
pectes , en vous repreſentant ma conduite d'une autre façon qu'elle n'eſt.
On a voulu fortifier par la feinte, la
vaine accuſation de mes pretendus déſ-
ſeins , & en même tems faire paroître
que cette accuſation n'a pas été pré-
méditée, aïant pris ſon origine d'un tu-
multe inopiné de la nuit paſſée. Mais
s'il eſtoit vrai que je vous fuſſe traître,
& que j'euſſe intelligence avec vos ennemis, comme on vous l'a voulu perſuader , faloit-il differer à m'accuſer , &
attendre l'accident de cette nuit dont
on vous a fait une peinture ſi terrible ?
Mais il ne me ſera pas difficile de démêler les choſes que l'on a confondües,
& faire voir que mon frere n'eſt point
innocent , & que je ne ſuis point coupable. Il dit que je l'ai voulu empoi-
ſonner en dînant chez moi , & que j'ai
entrepris en ſuite de l'aſſaſſiner chez

E e

lui en y faisant collation. Quoi j'aurois
volé en un même jour d'un moïen à
l'autre de me défaire de mon Aîné, sans
songer que le même soupçon qui l'a-
voit empéché de venir chez moi, l'em-
pécheroit de m'ouvrir la porte de sa
maison ? J'avoüe que je regalai hier mes
Camarades au sortir d'une reveüe, que
nous fûmes chez mon frere pour achever cette fête en nous réjoüissant avec
lui. Voilà d'où vient ce complot ima-
ginaire, & d'où viennent ces hommes
armez. Cependant ni le crime que j'a-
vois entrepris, ni les suites que je pouvois craindre ne m'ont pas empéché de
dormir profondement. On vous pourra
dire même que je serois encore dans un
sommeil fort tranquile, si le bruit de
cette accusation ne l'avoit interrompu.
Si j'avois voulu attaquer la maison de
mon frere, & aprés l'avoir prise en assassiner le Maître, aurois-je entrepris la
chose si ouvertement, en un jour so-
lemnel où tout le monde avoit les yeux
sur nous ? Serois-je allé avec de jeunes
gens qui ne songeoient qu'à se réjoüir,
& à se délasser au retour d'une reveüe ?
Mais il y en avoit quatre qui étoient
dans mes interests, je voudrois savoir

fi ces quatre-là devoient éxécuter leur
deſſein en preſence de tous les autres,
ou s'ils devoient attendre que mon frere fût au lit pour l'aſſaſſiner ? Vous
voïez, Monsieur, qu'ils ne le pouvoient d'aucune maniere; car il étoit im-
poſſible que quatre hommes ſe rendiſ-
ſent maîtres de tous les gens qui n'é-
toient pas du complot, & de tous les
Domeſtiques de mon frere. S'ils avoient
voulu attendre que mon frere fût endormi, où ſe ſeroient-ils cachez dans
un lieu où ils ne pouvoient diſparoître,
ſoit qu'on les obſervât par précaution,
ou que pour leur faire honneur, on ſe
tint prêt à les éclairer & à les conduire ? Enfin, Monsieur, comment
auroient-ils pû ſe ſauver aprés avoir
commis leur aſſaſſinat ? Mais au lieu de
vous amuſer plus long-tems à cette fable nocturne, venons aux véritables
ſentimens de mon frere. Il ne peut ſouffrir que l'on parle avantageuſement de
moi, & que l'on me juge moins indigne que lui d'avoir part en vos biens. Il
s'imagine qu'un peu de reputation que
je puis avoir, lui rend ſes eſperances
douteuſes. C'eſt ce qui fait ſon averſion
& mon crime ; cependant je vois qu'il

E e ij

est mon Aîné, & je lui cede. Si j'en usois autrement, je serois injuste, & ne meriterois pas la bonté que vous m'avez toûjours témoignée. Mais, Dieu merci, ma conscience ne me fait aucun reproche. Je n'ai rien entrepris contre vous, ni contre mon frere, & si je suis coupable, je ne demande pas qu'on me fasse grace. Je souhaite seulement que mon innocence me mette à couvert des attaques de mes ennemis, & que leur envie ne soit pas assez forte pour me perdre. Que je n'encoure pas vôtre haine, si je ne puis éviter leur calomnie. Je ne comprends pas quelle est l'humeur de mon frere. On croiroit que si vous estiez en colere contre moi il devroit excuser ma jeunesse & mes fautes, & cependant je trouve de la persécution, où je devrois trouver mon appui. Aprés les réjoüissances permises d'un jour de Feste, j'entends dire que mon pere est dans une furieuse colere contre moi, & que mon frere m'accuse de l'avoir voulu assassiner. Mon Accusateur a eu le tems de se préparer sur une chose qu'il avoit méditée, mais je n'ai pû imaginer ce que je répondrois sur des circonstances que je ne pouvois conjecturer,

Toute l'espérance qui me reste est que mon pere connoît trop mes inclinations naturelles pour douter de mon innocence. Si l'Accusateur a plus de part en son amitié, l'Accusé n'en aura pas moins en sa compassion. Peut-être même conserverez-vous vôtre estime au lieu de m'immoler aux passions d'un frere envieux. Je l'espere, Monsieur, puisqu'au lieu d'être capable du crime que l'on m'impose, je ne puis avoir que des sentimens loüables dans un cœur plein de zele & de respect pour tout ce qui vous regarde.

Ceux qui entreprennent d'accuser quelqu'un d'un défaut considerable, commencent souvent leurs Lettres par les bonnes qualitez de la personne qu'ils ont dessein de blâmer. Cet artifice les fait paroître sinceres, au lieu que s'ils passoient pour être prévenus d'aversion, ils ne persuaderoient pas si aisément, & l'on prendroit pour suspect ce qu'ils pourroient dire. Un de nos Auteurs voulant accuser de médisance une Dame dont on lui demande des nouvelles, en fait d'abord un portrait avantageux en ces termes.

Madame,

Il y a huit jours que je suis arrivé en ce Château, & quoi que je n'aie consulté ni papiers, ni Livres depuis ce tems-là, j'ose dire que je n'ai jamais tant étudié, ni plus profité de mon étude. La Dame du lieu a été le principal sujet de mon application, & peut-être n'ai-je pas mal réüssi au dessein que j'avois fait par vôtre ordre, de connoître parfaitement son fort & son foible. Je ne vous dis rien de sa personne, vous savez mieux que moi qu'elle est toute belle, & toute agréable. Il ne lui échape pas une action qui n'ait sa grace, & si la nature a laissé quelque leger défaut en son visage, cette Belle a été assez habile pour le réparer, ou pour le couvrir de quelque charme particulier. Son esprit n'est pas moins solide que brillant. Il conçoit promtement, & ne laisse pas de penser juste. Il ne manque jamais de donner dans le vrai but, encore qu'il ne paroisse pas y viser. Il trouve en toutes choses ce qu'il y a de plus délicat, & de plus joli, sans se don-

ner la peine de le chercher. Son humeur
eſt gaie ſans emportement & ſerieuſe
ſans chagrin. Elle eſt libre ſans indiſ-
cretion, douce ſans être fade, & complaiſante ſans aucune baſſeſſe. Elle eſt
née bien-faiſante & civile, ſon air eſt
naturel & ouvert. Il n'a jamais rien
de contraint pour elle, ni rien de gé-
nant pour les autres. Elle choiſit ſes
amies avec un diſcernement merveilleux, & garde pour elles une
affection tendre & ferme. Voilà,
M A D A M E, beaucoup d'excellentes qualitez en une ſeule perſonne; mais je ſuis obligé de vous dire
que j'y ai découvert un défaut qui ter-
nit l'éclat d'une partie de ces vertus.
Cette aimable femme dont la conduite
paroît ſage & reglée, croit aiſément le
mal qu'on lui dit, prend plaiſir à le publier, & même à y ajoûter les circon-
ſtances qui le peuvent rendre vrai-
ſemblable. Je vous avoüe, MADAME,
qu'il n'y a guere de vices que je de-
teſte plus que celui-là. Il ravit l'honneur, cet honneur que tout le monde
tâche de ſe conſerver, qui fait que les
Braves expoſent tous les jours leur vie

à mille dangers , & qui fait auſſi qu'une infinité d'autres perſonnes renoncent volontairement à la douceur du repos, & aux enchantemens de la volupté. Si on me vole du bien , on ne m'ôte pas le moien d'en regagner & de reparer ma perte , mais la reputation ne revient pas de la ſorte. On ne la recouvre preſque jamais quand on l'a perdüe une fois, & les plaïes qui s'y font ne ſe referment que rarement. On peut pardonner en quelque façon aux perſonnes contrefaites d'être médiſantes, comme il eſt certain qu'elles le ſont ordinairement. Si la nature ne leur a pas été favorable , il n'eſt pas étrange qu'elles ſe dépitent contre elle , & que pour s'en vanger elles tâchent de décrier ſes plus beaux ouvrages. Mais l'excellente perſonne dont nous parlons aiant été comblée de ſes graces , peut-elle tenir le même langage que ces rebelles , & ne ſe rendre pas coupable d'une horrible ingratitude ? Eſt-il poſſible qu'elle ſoit perſuadée de tout le mal qu'elle dit ? Croit-elle qu'un *oüi dire* , ſoit un bon garant de la vérité , & qu'une opinion qui n'a que cet appui ait des fondemens

demens folides ? Elle fe devroit fouvenir
que le bruit commun , & les *Vaux de
Ville* n'ont pas toûjours eû pour elle
tout le refpect qu'ils devoient avoir ?
Ne doit-elle pas juger que s'ils ont menti dans les témoignages qu'ils ont rendu
de fes actions , il y a de l'apparence
qu'ils ne fe font pas corrigez depuis.
Qu'ils ne font devenus , ni plus finceres, ni plus confciencieux. J'ai cherché
la caufe du plaifir qu'elle fe fait de cette
malignité , mais je n'en trouve point
dont je puiffe être content. S'imagi-
ne-t'elle que la reputation qu'elle ôte
aux autres , puiffe tourner à fon avantage , & faire une partie de fon bien?
Il me femble que les bonnes qualitez
qu'elle dérobe ne font pas des dépoüil-
les dont elle fe puiffe ériger un trophée. Les perfonnes qu'elle a au-
deffous d'elle fe lafferont d'y demeurer,
elles pourront reprendre le deffus &
repouffer la calomnie par la calomnie.
Il ne faut ni beaucoup de force , ni une
grande adreffe pour égratigner & pour
mordre. Il y a peu de langues qui
ne rencontrent des oreilles favorables,
quand elles veulent faire de faux rapports. Je veux croire que l'intention de

la Dame n'eſt pas tout-à-fait criminelle, qu'elle ne ſe propoſe que d'être divertiſſante, & que de ſe faire déſirer dans les compagnies qui aiment la joie; mais, MADAME, une femme dont le viſage, l'eſprit & l'humeur ſont pleins de charmes, ne peut-elle plaire innocemment, ni être agréable ſans être déſobligeante? Quoi, ne peut-elle rire ſans crime, ne connoît-elle point de jeux qui ne ſoient mélez de malignité, & ne ſauroit-elle dire de bons mots ſans offenſer? Il faudroit que la dépravation fût bien générale, s'il n'y avoit que la médiſance qui pût plaire! Vous montrez le contraire, MADAME, & l'on voit tous les jours que vous attirez l'attention de tous les honnêtes gens en raiſonnant ſur les nouvelles particulieres ou publiques, en racontant des Hiſtoires, ou faiſant des deſcriptions de contes & de recits. Vous y mélez le plaiſant & le ſérieux d'une maniere ſi ingénieuſe, qu'il n'y a ni entretien, ni lecture qui touche, ni qui picque davantage. Si la converſation vient à languir, vous la réveillez par des queſtions fines & ſubtiles, par une diſpute où vous ne faites entrer de chaleur qu'autant qu'il

en faut pour être animée, & si vous y
ajoûtez quelques railleries, ce n'est
qu'avec une délicatesse qui ne peut
blesser en chatoüillant. Enfin, MADAME,
on ne remarque point de malignité cachée dans vôtre entretien, & l'on voit
au contraire que vous tenez toûjours
vôtre imagination propre & nette.
Vous prenez un extréme soin de l'orner
de toutes sortes de belles idées, & d'en
éloigner les objets qui seroient capables de la salir. Continuez de la sorte,
je vous en prie, vous en serez plus
vertueuse & plus sage, vous en vivrez
plus heureuse, plus révérée du monde,
& plus satisfaite de vous-même. J'ajoute-
rois, si c'étoit une chose que vous
deussiez considerer, que j'en serai avec
une passion plus respectueuse, & plus ardente,

MADAME,

Vôtre, &c.

Les plaintes que la tendresse nous inspire,
doivent paroître plus animées par le
mouvement du cœur que pleines des
pensées que peut fournir la subtilité de
l'esprit. J'ai vû qu'un Amant repro-

Ff ij

choit en ces termes une infidelité que lui avoit fait fa Maîtreſſe.

Il eſt donc vrai, perfide, que vous m'avez pû quitter pour un autre, & que ni ma paſſion, ni mes aſſiduitez, ni mes ſervices, ni même le don de vôtre foi n'ont pû fixer vôtre cœur? Que ſont devenües ces aſſurances de m'aimer éternellement? Comment ont pû s'évanoüir l'eſtime que vous témoigniez pour ma fidélité, & l'averſion que vous affectiez pour tout ce qui en pouvoit bleſſer juſques aux moindres apparences? Juſte Ciel! à qui ſe fier déſormais s'il ſe trouve des ames aſſez fourbes pour faire ſervir à la perfidie tout ce qui eſt contraire à la trahiſon? Je ſuis ſi confus, je me ſens ſi accablé d'une avanture ſi ſurprenante & ſi terrible, que je ne ſai par où je commencerai à me plaindre? Vous reprocherai-je vôtre aveuglement ou ma douleur? Vôtre crime, ou mon infortune? O Ciel! quel revers, quelle chûte! il n'y a qu'un jour que je me croïois poſſeſſeur du cœur de cette infidelle. Je me regardois comme dans le comble d'un bon-heur parfait. Ce cœur, ce perfide cœur me

tenoit lieu de toutes choses. Les gran-
deurs, les richesses, les plaisirs n'avoient
rien qui me touchât, & je croiois en
avoir assez pour en donner à tout le
reste des hommes. Me voila précipité
d'une élevation si charmante. Tout est
perdu pour moi, & jamais perte n'é-
gala la mienne. L'avare à qui on vole
ses tresors, l'ambitieux qui trouve ses
projets renversez, & le Prince même
qui se voit dépoüillé de ses Etats, ne
souffrent rien qui puisse approcher du
déplaisir que sent un Amant fidelle que
trahit une Maîtresse perfide. Ces Grands
mal-heureux que je viens de dire n'é-
prouvent qu'une sorte de disgrace, &
je puis dire que je les sens toutes. L'esperance les peut soûtenir, & la fortune prend plaisir quelquefois à leur rendre avec usure les biens dont elle les
avoit privez. Mais la perte d'un cœur
qui s'est une fois donné à un autre ne
se repare jamais. Je doute même si la
mort de la personne aimée peut être
comparée à ce qui fait mon supplice. Je
sai que la seule pensée de ce mal-heur
doit faire fremir les personnes qui savent aimer, j'ose dire cependant qu'un
naufrage si funeste devient un port assu-

F f iij

té pour la fidelité de l'objet que l'on regrette. Si un Amant pleure ce qu'il a perdu, on peut dire qu'il en plaint le départ trop précipité, mais qu'il est affuré de rejoindre ce qu'il aime. Il n'en apprehende point le changement, il n'a qu'à se garder de changer lui-même. Cette reflexion le peut confoler de moment à autre, & fi elle ne guérit pas entierement fa douleur, elle la charme d'une maniere à la rendre moins fenfible. Mais, perfide, je me vois abandonné d'une perfonne que j'aimois plus que toutes les chofes du monde, & dont je croiois être aimé avec la même paffion. Vous me facrifiez à mon Rival, vous m'arrachez toutes vos faveurs pour l'enrichir, & peut-être ne fongez-vous pas qu'un affront fi fanglant, un traitement fi barbare, ne peut infpirer que la vangeance, la fureur, & le defefpoir. Vous avez tout à craindre, fi ce n'eft pas pour vous, perfide, c'eft pour cet Amant trop heureux que vous me préferez fi injuftement. Je voudrois de tout mon cœur pouvoir laver de tout mon fang la tache de vôtre infidélité, encore que vous en foïez indigne. Falloit-il, cruelle, faire fucceder tant d'amertume, & tant de troubles à la douceur & au calme de nôtre paſſion? Quel avantage trouvez-vous dans un changement ſi étrange? Vôtre vainqueur poſſede-t-il d'aſſez belles qualitez pour pouvoir juſtifier vôtre inconſtance? Si la tendreſſe fait le principal mérite d'un Amant, je défie toute la terre d'en avoir plus que moi. Perſonne ne vous aimera jamais tant que je vous ai aimée. Helas! j'allois dire que je vous aime, & je ne ſai ſi mon cœur n'a point la lâcheté de le dire encore. Je ne le lui pardonnerois jamais aprés la piece ſanglante que vous m'avez faite ſans raiſon & ſans pretexte. Il faut que vous aiez le naturel bien barbare ſi vous me rendez mal-heureux ſans ſujet & ſeulement pour avoir le plaiſir de me voir ſouffrir. Hé bien, cruelle, goûtez une joie ſi funeſte, mais craignez une pareille deſtinée. Ce nouveau-venu à qui vous m'avez immolé aujourd'hui vous ſacrifiera peut-être demain à une Rivale, & comme vôtre cœur a perdu ſa premiere innocence, vous paſſerez infailliblement d'une infidelité à une autre. Vous allez être dans un état indigne de ce que vous avez été, & vous

entrez dans une carriere, où vous ne
trouverez que des personnes méprisa-
bles. Arrestez, détournez-vous &
vous pourrez éviter les précipices où
vous courez. Sortez de ce labyrinte,
prévenez les égaremens où il conduit,
il en est encore tems. Quelque coupable que vous soïez, pour devenir in-
nocente vous n'avez qu'à le vouloir.
Il ne faut qu'un soupir rallumé au feu
de nôtre premier amour, il ne faut
qu'une larme formée de ce sang pur
qui vous animoit lorsque vous m'étiez
fidelle. Au nom de cette amour qui
étoit si forte & si tendre laissez-vous
toucher à mes prieres, & ne differez
point un retour qui feroit ma félicité.
Un tems viendra où le nombre de vos
années & la retraite de vos Amans lui
feroient perdre tout son mérite. Mais
insensible que vous êtes, je vois que
vous dédaignerez mes conseils, & que
vous mépriserez même les dangers dont
vous êtes menacée. Si ce mal-heur nous
arrive à l'un & à l'autre, je vous re-
garderai avec pitié sans amour, j'appellerai à mon secours la plus belle
de toutes les Maîtresses, c'est la gloire
qui brille d'un éclat qui dure toûjours,

& qui recompense si liberalement ceux
qui la servent. C'est le parti que je
suis résolu de choisir, si vous avez
l'injustice de ne pas examiner celui que
vous devez prendre.

Les plaintes que se font les Amis les uns
aux autres font d'ordinaire plus mode-
rées que celles qu'inspire l'amour ou la
jalousie. Ce n'est pas que les Amis ne
puissent reprocher fortement une in-
fidelité ; mais quand ils font trahis, ils
en viennent plus souvent à une rupture
qu'à des plaintes. Celles qu'ils font sur
la negligence de leurs Amis, soit qu'ils
manquent à écrire, ou à s'acquiter de
quelque commission, demandent des
expressions moins recherchées que natu-
relles. Et comme on a à tout moment
des occasions de faire de ces petits re-
proches, nous en pourrions raporter
une infinité d'exemples. Nous nous con-
tenterons d'en citer deux ou trois; puis-
que sans beaucoup d'art chacun peut se
servir des raisons qu'il a de se plain-
dre.

Lettre où l'Auteur se plaint d'un Ami, dont il ne reçoit point de nouvelles.

Est-il possible, mon cher Monsieur, que vous gardiez le silence avec tant d'opiniâtreté, & que je ne puisse obtenir une réponse pour me consoler dans la tristesse où je suis de ne vous point voir ? Quoi ! vous me refusez une grace que je vous prie de m'accorder, & que je reçois de tant de gens à qui je ne l'ai jamais demandée ? Je prens tous les soins du monde de vous excuser dans mon esprit, & pour m'épargner le chagrin que me donneroit vôtre negligence. Je m'imagine toûjours que vous ne manquez point à m'écrire, & que si je ne reçois pas vos Lettres, ce n'est que par la faute de ceux qui me les doivent rendre. Trouvez, s'il vous plaît, quelque moien de me tirer de l'inquiétude où je suis, & de vous justifier du peu de soin qu'il semble que vous preniez de me satisfaire. Je devrois pour me vanger ne vous mander d'autres nouvelles que des miennes. Elles font triftes, je vis fans plaifir & vous en étes caufe. Je ne goûte qu'avec agitation ce fommeil qui faifoit la plus fenfible de mes vo-luptez, & que je nommois fi fouvent le pere de la vie contre l'opinion de ceux qui veulent qu'il foit frere de la mort. Voïez à quoi vous m'avez re-duit, & s'il ne faut pas que je fois bien bon pour vous avoüer que je fuis en-core tout à vous,

―――――――――――

Lettre où un Auteur défend quelques manieres de parler que l'on avoit critiquées dans un de fes Ouvra-ges.

MONSIEUR,

Je fuis de vôtre avis en tout, & j'a-voüe que quand j'ai dit que la vertu de l'ancien Caton étoit également admi-rée & deteftée, je fuis allé au delà des bornes. Mais quelque outrée que puiffe paroître cette expreffion, je ne fai fi on ne la pourroit pas défendre par le ca-

ractere du Romain dont nous parlons,
Il y avoit quelque chose de si austére
dans sa conduite qu'il s'étoit attiré l'i-
nimitié d'une infinité de gens. Vous
savez qu'il fut accusé cinquante fois en
sa vie, & qu'on le reduisit à la nécessité
de justifier son innocence devant le
Peuple. Le Grec lui donne un épithete
qui veut dire *esprit mordant*, qui dé-
chire tout le monde, & je pense que
vous l'aurez remarqué dans Plutarque.
Un homme de cette humeur n'est-il pas
sujet à se faire haïr, & ne peut-il pas
avoir d'ailleurs des qualitez admirables?
La haine & l'admiration ne font pas si
incompatibles qu'elles ne puissent se
trouver ensemble. Tacite parlant de
Marius Celsus grand Capitaine sous
l'Empire de Galba, dit que dans le tems
que ses Soldats étoient en fureur contre lui, ils ne pouvoient se défendre de
l'admirer. Je pourrois ajoûter que Ju-
venal parlant d'une femme de mérite,
mais d'une humeur trop altiere dit que
son mari, quelque amoureux qu'il en
fût, ne se pouvoit empécher de l'avoir
en horreur sept fois le jour, quoi
qu'il élevât ses belles & rares qualitez
jusqu'au Ciel.

Pour le mot de *Pudeur* j'aurois de la peine à le condamner, encore que selon l'opinion de quelques-uns de vos Amis, il ne convienne pas à la dignité d'un grand homme. Ce sont pourtant deux termes synonimes en toutes sortes de langues que les mots de pudeur & de modestie. Tybere dans Tacite ne fait pas difficulté de dire la modestie du Senat. Pline le jeune qui n'avoit pas envie d'avilir la Majesté de Trajan dont il faisoit le Panégyrique, s'est servi du terme de modestie du Prince, sans craindre de tomber dans une bassesse d'expression. Si Messieurs vos Amis s'imaginent que le mot de pudeur soit inférieur à celui de modestie, & que par consequent l'on ne doive pas attribuer la pudeur aux grands hommes, je leur répondrai, qu'Horace qui n'est pas accusé de s'expliquer improprement attribüe cette vertu à un illustre de son siécle qu'il loüe de pudeur aussi bien que d'une fidelité incorruptible.

Ergo Quinctilium perpetuus sopor
Urget cui pudor, & justitia soror
Incorrupta fides, nudaque veritas
Quando ullum invenient parem?

Je pourrois encore alleguer Martial qui parlant des principaux Officiers de Domicien, les peint recommandables pour la pudeur que l'on remarquoit sur leur visage.

> *Tam pacata quies ; tantus in ore pudor.*

Quoi que la honte ne convienne pas à un Sage, parce qu'un sage ne doit pas être sujet à faillir, il est certain neanmoins que la modération qui fait rougir un homme vertueux quand il reçoit des loüanges, passe pour une bonne qualité, & ne suppose point d'imperfection. Autrement Saluste auroit fait tort à la sagesse de Caton dont il rend ce témoignage. *Il ne disputoit pas*, dit Saluste, *de richesses avec les riches, mais de valeur avec les braves, de pudeur avec les modestes, & d'intégrité avec les gens de la plus severe vertu.*

In conjurat. Catil. Non divitiis cū divite, &c cum strenuo virtute, cum modesto pudore.

Vos Critiques vont encore plus avant, ils m'accusent d'avoir eu la témérité de faire des comparaisons avec Monsieur le Cardinal, quand je lui parle en ces termes : *Pendant que vôtre Eminence s'est emploiée glorieusement aux soins de*

la guerre, & que par ses ordres & ses conseils on a porté la terreur de nos armes victorieuses jusques aux portes de Bruxelles,
j'ai de mon côté ménagé la part que j'a-
vois au repos que les conquêtes du Roi
procuroient à toute la France. Je me suis
exercé contre un ennemi moins redoutable
à la vérité que les Espagnols, mais grand
violateur de la franchise des tombeaux, &
persécuteur implacable de la mémoire d'un
Auteur illustre que la mort avoit mis hors
de combat.

Je pense que Monsieur le Cardinal
m'a pardonné cette liberté, & qu'il ne
l'a pas attribuée à un manquement de
respect, il n'a pas moins de clemence
pour moi qu'Auguste en eut pour Vir-
gile, qui finit ses Georgiques par ces
vers.

Hæc super arvorum cultu pecorumque
    canebam,
Et super arboribus, Cæsar dum magnus
    ad altum
Fulminat Euphratem bello, victorque
    volentes
Per populos dat jura viamque affectat
    Olympo.

Cette hardiesse du Poëte Latin ne le fit point tomber dans la disgrace de l'Empereur. Mais pour ne pas aller chercher si loin des exemples, voïons-nous dans nôtre Histoire que Henri III. eut désaprouvé la familiarité de Pibrac qui s'avisa de conclure en ces termes son Poëme de la vie rustique?

Ces vers je composois au lieu de ma
    naissance,
Plein d'honnête loisir lorsque Henri de
    France
Fils & Frere de Roi, & l'honneur des
    Valois,
De cent Canons bâtoit les murs des
    Rochelois.

Je ne suis pas plus coupable que ces deux Auteurs celebres. Seroit-il possible, M o n s i e u r, que je fusse plus mal-heureux? Je ne le croi pas, & je serois fort trompé si vous en jugiez autrement. Cependant quoi qu'il en arrive, je serai toûjours soumis à vos sentimens avec une entiere déference, & quelque rigoureuse que puisse être la Sentence que vous prononcerez contre moi, je la subirai sans murmurer, pour

vous témoigner avec quel respect je
suis ;

MONSIEUR,

Vôtre , &c.

A Monsieur de . . .
Cette Lettre critique les défauts
qu'ont eû dans la conversation
quelques-uns de nos plus celebres
Auteurs.

MONSIEUR;

Si j'avois pû mourir de joie , j'aurois
rendu l'ame un moment aprés avoir lû
la belle & longue Lettre que vous m'a-
vez fait l'honneur de m'écrire ; mais je
me porte fort bien , Dieu merci , & je
n'eus jamais tant d'envie de vivre, que
presentement que je suis assuré de vôtre approbation & de vôtre estime. Je
ne sai si je ne perdrai pas l'un & l'autre , si je vous dis mes sentimens sur
la question que vous m'avez proposée.
Il est vrai que je ne saurois mieux faire.

G g

que de vous obéir le plus promtement
que je pourrai , & me servir du compliment que fit à Cefar un Poëte que
vous aimez , *Pardonnez-moi* , lui dit-il,
*fi je donne peu de tems à ce que vous defi-
rez de moi ; feroit-il jufte qu'on vous déplût lorfque l'on fe hâte de vous plaire ?*

*Da veniam fubitis ; non difplicuiffe me-
reter ,
Feftinat , Cefar , qui placuiffe tibi.*

Il eft certain , MONSIEUR , que
comme les meilleurs païs ne font pas
toûjours les plus beaux pour le plaifir
de la promenade ; auffi les efprits les
plus fertiles en grandes penfées ne font
pas toûjours les plus agréables pour le
divertiffement de la converfation. Etre
de bonne compagnie , & faire de bons
Livres , font des qualitez différentes,
qui ne fe trouvent enfemble que fort
rarement , & il arrive peu que ceux qui
meritent d'être admirez dans leurs Ouvrages, méritent d'être écoutez dans les
entretiens ordinaires. Je penfe qu'en
voici les véritables raifons. Pour ex-
celler dans la converfation , il faut ref-
fembler à ces riches qui ont tout leur

bien en argent comptant, & avoir une merveilleuse presence d'imagination & de memoire qui fourniffe avec autant de promptitude que d'abondance les chofes & les paroles; C'eft ce don fingulier que le Ciel & la Nature avoient fait à l'Empereur Augufte felon ce témoignage de Tacite : *Augufto prompta, & profluens, & qua deceret Principem, eloquentia fuit.*

Mais les Auteurs les plus celebres & les plus polis, ne fe contentent pas de leurs premieres penfées, ni des expreffions qui naiffent, pour dire ainfi, dans leur bouche, & fur le bord de leurs lévres. Ils ont pour fufpect ce qui s'offre à eux de foi-même, & ils courent après une idée de perfection qui s'éloigne d'eux, qui femble les fuir, & fe dérober à leur recherche. Ils croient que ce qui leur coute peu, ne fauroit valoir beaucoup, & qu'il n'eft pas des belles penfées comme de ces métaux de vil prix, qui étant fort prés du gazon fe découvrent en deux coups de bêche. Ils s'imaginent qu'il en eft comme de l'or & de l'argent que la terre cache au fond de fon fein, & que l'on tire de là mine avec un travail incroiable, fans

conter la peine qu'il faut prendre pour
les nettoier de leur crasse. Ainsi ces
Messieurs s'accoutument à rêver profondement, & à ne pas souffrir que
dans les discours les plus familiers, il
leur échape un seul mot qu'ils n'aient
pesé au trebuchet, qu'ils n'aient limé,
qu'ils n'aient ajusté, qu'ils n'aient fait
au tour. C'est ces défauts importuns
que Martial reproche à un beau parleur de son siécle. Il s'en mocque en ces
termes: *Tu veux dire toutes choses avec
élegance, crois-moi prend soin quelquefois
de dire bien, n'évite pas toûjours de dire
mal, & dis quelquefois ni bien, ni mal.*

Cependant, MONSIEUR, dans le
tems que ces songe-creux arondissent
leurs périodes, & cherchent des manieres d'expliquer leurs sentimens, la compagnie ne les attend pas. Ils laissent passer l'occasion de debiter la subtilité de
leurs raisonnemens, & la délicatesse de
leurs railleries. Nous pourrions les comparer à ces Généraux d'Armée irresolus
qui perdent dans le cabinet un tems
qu'ils devroient emploier à la campagne. Ils consument en de vaines déli-
bérations de bonnes heures qui serviroient à une exécution prompte & vigou-

reufe. J'ai connu une Dame qui fe con-
tentoit de fourire aux cajoleries de fes.
Amans , & de leur demander deux ou
trois jours pour répondre à leurs douceurs. Elle leur tenoit parole , & lorfqu'il n'étoit plus tems elle ne manquoit
pas de leur faire des reparties les plus
ingénieufes & les plus jolies du monde.
Nous avons plufieurs de nos beaux Efprits qui feroient affez propres à fuivre l'exemple de cette Dame , & il ne
s'en trouve guere qui approchent de
vôtre Cardinal du Perron, ni de mon
Sarazin. Ce n'eft pas qu'il ne s'en rencontre plufieurs qui fe feroient écouter
avec plaifir, fi ceux qui les font parler,
imitoient Cyrus de Xenophon qui n'en-
tretenoit jamais les hommes extraordinaires que des chofes qu'ils favoient le
mieux. Il n'auroit pas fait comme cet
homme dont vous dites fi agréablement.

.... *Il mene aux Allobroges*
Balzac, Boiffac, Conac & Madame
Desloges.

Cet homme n'étoit pas le Seigneur
de France le plus éclairé , & Monfieur le

Mareschal de *** difoit plaifamment des beaux efprits qu'il frequentoit. *Ces habiles gens font en fa compagnie ce que feroit entre mes mains un bon luth dont je ne me pourrois fervir, ni pour mon plaifir, ni pour celui des autres.*

Je pourrois dire auffi que les Mal-herbes, les Balzacs, & les Voitures n'auroient pas toûjours fatigué leurs Auditeurs, fi on eût eû l'adreffe de r'a-lumer leur feu & de réveiller leur vi-vacité. Je n'ai pas connu Mal-herbe, mais j'ai oüi dire fur le fujet de fon rhume, & de fon peu d'entretien le plaifant mot du Marini : *Je ne vis ja-mais d'homme plus humide, ni de Poëte plus fec.* Cependant, je ne croirois pas qu'il eût tant déplû fi vous ne m'aviez dit que fes difcours étoient affez faou-lans pour faire perdre l'appetit à ceux qui les écoutoient, & pour leur épar-gner la dépence d'un repas. Je fai qu'il prenoit plaifir à fe loüer, & que Mada-me la Princeffe de Conti lui aiant dit qu'elle lui vouloit montrer les plus beaux vers du monde, qu'il n'avoit pas encore vûs. *Pardonnez moy Madame,* lui répondit-il brufquement, *je les ai vûs, car s'ils font les plus beaux du mon-*

dé, il faut que ce soit moi qui les aie faits.
Pour Monsieur de Voiture , je vous dirai sans offenser sa memoire , ni la verité, que dans les dernieres années de
sa vie ses indispositions le rendoient
triste & languissant; & quoi qu'il com-
batît son chagrin de tout son pouvoir,
il arrivoit rarement que l'avantage de-
meurât à sa raison. Mais tant qu'il a eu
de la santé , il a toûjours plû par tout
où il se plaisoit , & où sa liberté n'é-
toit point génée. Je pourrois ajoûter
tant pis pour ceux à qui il ne plaisoit
pas. En effet, je me souviens qu'un
Gentil-homme aiant dit à une Dame
fort spirituelle de ses amies , *quand j'ai*
vû que Voiture venoit voir ma femme,
j'ai acheté des tablettes pour écrire ses
bons mots, & cependant elles sont encore
toutes vuides. Croiez-moi, lui répondit-
elle galamment , *donnez vos tablettes à*
vôtre femme, je vous promets qu'elles se-
ront bien-tôt remplies. Pour vous , Monsieur , vous pourriez-bien ne l'a-
voir pas vû si divertissant qu'il étoit
ailleurs. Comme il savoit le prix des
choses, il preferoit peut-être devant
vous le plaisir de bien écouter à celui
de bien parler. Il jugeoit que vous effa-

ceriez son éclat, & que ce n'étoit pas
en vôtre presence qu'il devoit pretendre
à paroître. Ce n'est pas que je ne l'aie
vû en d'autres rencontres garder long-
tems le silence, mais peut-être avoit-il
besoin de se delasser d'une composition
ou d'une lecture. Outre qu'aïant donné mille preuves de son bel esprit, il
étoit bien-aise d'en donner de sa complaisance pour les grands parleurs, pour
ces Tyrans des ruelles qui ont tant de
peine à souffrir la societé. Peut-être
aussi se souvenoit-il de cette celebre réponse d'un Philosophe. *Je ne dis mot,*
parce que je vois que ce que je sai n'est
pas de saison, & que je ne sai point ce qui
seroit du tems, ainsi je parlerois mal-à-
propos, car il ne faut pas vous entretenir
de grandes choses, & je vous avoüe que
j'ignore les petites. Monsieur de Balzac
est le seul qui me reste des *Triumvirs*
dont vous avez fait mention. Ce que
vous lui mandâtes par un de ses confi-
dens est une cruelle raillerie, en parlant de ses frequentes fluxions vous les
attribuâtes à la coûtume qu'il avoit de
parler toûjours de lui-même, & de
n'en parler jamais sans mettre la main
au chapeau & se tenir découvert. Puisqu'il

qu'il ne mourut pas de ce trait qui le perça jufqu'au cœur, les miens n'ont fait que l'efleurer & le chatoüiller. Le compliment que vous avez choifi parmi les fiens pour l'appeller une fauffe pointe n'eft pas une production de fon efprit. Il y a plus de douze cens ans qu'un Orateur Flamand avoit dit à Conftantin *Imperium nafcendo meruifti,* d'où nôtre Balzac a compofé cette période. *A la fin, Monfeigneur, on vous a rendu juftice, & vous avez ce que vous meritâtes le jour de vôtre naiffance.* Pour la converfation de nôtre Orateur, je la trouvois affez inégale. Son éloquence étoit une riviere glacée qui fe débordoit étrangement aprés fon dégel, & emportoit tout par fa violence & la rapidité de fon cours. Depuis fa retraite il s'étoit rempli d'une infinité de connoiffances qu'il débitoit à diverfes faillies & avec beaucoup d'impétuofité. Quand il recitoit des vers de quelque Auteur Grec ou Latin, c'étoit avec tant de vehemence qu'il fembloit être poffedé de la fureur qui agitoit le Poëte qu'il alleguoit. Dans les entretiens ordinaires, il ne s'entendoit point à faire valoir & à embellir la bagatelle,

H h

à remplir les vuides & certains riens
qui compofent la plus grande partie
des converfations. Il baailloit, & faifoit baailler les autres. La migraine
lui en prenoit & il en tomboit en langueur. Ses railleries étoient fortes &
tiroient un peu fur l'aigre & le rude. Je
penfe qu'elles lui étoient de grands frais,
car il les faifoit venir de bien loin.
L'art, l'étude, & la contrainte y étoient
vifibles, & offufquoient tout le naturel, s'il y en avoit. Enfin, je m'imagine
que c'eft comme rioit Xenocrate, qui
mal-heureufement s'étoit attiré l'indignation des Graces. Cependant, Monsieur, aprés tout ce que vous & moi
en avons dit, la converfation de cet
homme extraordinaire n'auroit été
qu'une pénitence fort douce pour la
fage Artenice, & pour fon incomparable Famille. Quelque bonne opinion
que j'aie de leur vertu, je fuis perfuadé que leur Directeur les traitte avec
plus de févérité. Vous pouffez un peu
trop loin vos hyperboles, je prendrois
la liberté d'en condamner la hardieffe,
fi elle étoit moins pleine d'efprit, &
que je pûffe me défendre de les aimer,
quelque ennemies qu'elles foient de

la vérité & de la vrai-femblance. Vous
me permettrez, s'il vous plaît, MON-
SIEUR, d'ajouter aux favantes &
agréables remarques que vous avez faites, que le bon Yves de Chartres n'a
pas été fi retenu que vôtre Archevêque de Tyr, dans la diftribution du
titre de *Dominus*, ou *Domnus*, puifqu'il ne fait pas de fcrupule de le donner à de fimples Moines. Cela me fait
fouvenir de cette fine raillerie que fit le
Cardinal du Perron d'un Predicateur
qui ne citoit jamais S. Gregoire, S. Am-
broife, & la plufpart des autres Saints,
fans leur donner du Monfeigneur ou
du Monfieur. *On voit bien,* dit le Cardinal, *que ce Prédicateur n'a guere de familiarité avec les Peres, puifqu'il les
traite avec tant de ceremonie.*

Il eft vrai que l'on pourroit répondre que l'exemple des Saints ne con-
clud pas pour les autres hommes, mais
que dira-t-on de *Monfieur mon fils d'A-
pulée, & de Madame ma fille de Symmachus?* Vous voïez, MONSIEUR, que
nous ne fommes pas les feuls qui donnons des titres magnifiques avec profufion. Les Anciens n'en étoient pas
moins prodigues, & je vous en pour-

H h ij

rois citer plusieurs remarques que j'en
ai faites. Mais vous connoissez si bien
l'antiquité qu'il est inutile de vous raporter ces observations, à moins que de
vouloir faire parade de ma memoire.
Il est vrai que j'ai interest que vous la
croyïez fidelle, & que vous ne doutiez
point que je ne me souvienne toute ma
vie des obligations que je vous ai, &
que je ne sois avec toute la reconnoissance possible,

MONSIEUR,

Vôtre, &c.

A Monsieur de ***

On se plaint de son silence.

MONSIEUR,

Quand la maniere dont vous écrivez
ne me feroit pas aimer vos Lettres,
vous jugez bien que je les estimerois
par la rareté. Je n'en reçois que les
trois ou quatre bonnes Fêtes de l'année,
& je vous écris regulierement tous les

mois. Je fai qu'une de vos réponfes
vaut vingt de mes Lettres par les belles
chofes que vous y mettez, mais ces
belles chofes ne vous coûtent rien,
& vous en pourriez être plus liberal
fans vous incommoder. Tenez-moi la
parole que vous m'aviez donnée, je
ne me puis non plus paffer de continuer nôtre commerce que d'être toûjours ; .

MONSIEUR,

Vôtre, &c.

Lettre qui peut fervir de réponfe à la
précedente.
L'Auteur s'excufe de ce qu'il ne peut
écrire auffi fouvent qu'il le vou-
droit bien.

MONSIEUR,

Je fuis accablé, je fuis le monde, &
le monde me vient chercher. Il faut
pour mes pechez que je reçoive con-

tinuellement des Lettres ou des vifites. Je n'ai point d'affaires, & je fuis obligé d'écrire à tout moment, ou de parler. Je voudrois bien me referver pour vous entretenir aufli bien que les deux ou trois Amis choifis que nous avons, mais je ne puis me défendre d'une infinité d'importuns qui ne me donnent pas le tems de refpirer. Tantôt, il faut que je réponde à des queftions qui me viennent de Roüergue ou de Givaudan, & que je faffe l'éloge d'un Livre qui m'a été envoïé de Caftelnaudarry. Quelquefois je fuis obligé d'aprouver du Latin de Barbarie, & du François de baffe-Bretagne, je me vois reduit aflez fouvent à tromper les uns par ma complaifance, & à offenfer les autres par ma franchife. Pardonnez, je vous prie, à la mauvaife humeur où je fuis, je ne croiois pas qu'elle deût aller fi loin. Trois gros pacquets que je viens de recevoir m'ont mis dans une étrange colere. Il me faudroit une de vos Lettres pour m'appaifer, je ne m'en rendrai plus indigne par la pretendüe negligence que vous me reprochez. Je ferai exact à vous répondre comme à vous témoigner par mes fervices que

je suis avec toute la passion imaginable ,

MONSIEUR,

Vôtre , &c.

Au Reverend Pere Mar * * *
d. l. C. d. J. par M. C.

Critique d'un endroit de son Poëme.

Mon R. P.

Rien n'est plus beau , ni plus magnifique que le bel Ouvrage que vous
m'avez envoié , mais je vous avoüe
avec la liberté que vous m'avez permise, que j'ai eu d'abord quelque horreur
de voir les yeux de vôtre Heroïne arrachez & envoïez dans un bassin. J'aurois bien voulu qu'elle eût trouvé un
moien moins barbare d'éteindre les flam-
mes impures qu'elle avoit allumées. Il
est vrai qu'après l'exemple de sainte
Luce, j'ai changé d'opinion , & je
commence à trouver admirable ce qui
m'a semblé un peu trop étrange à la

premiere lecture. Je souhaiterois pourtant, mon Révérend Pere, que vous
voulussiez bien que je vous fisse souvenir d'un avis que donne Aristote dans
sa Poëtique. Il dit que ce ne sont pas
les mesures ni les nombres qui font la
difference des Historiens & des Poëtes.
Que l'Histoire d'Herodote mise en vers
ne laisseroit pas d'être Histoire. Mais
que ce qui fait la veritable distinction
entre eux, c'est que l'un dit les choses
comme elles sont, & l'autre comme
elles devroient être. C'est pourquoi la
Poësie nous porte mieux à la vertu que
ne fait l'Histoire. Sur ce fondement on
vous pourroit dire qu'aïant eu la liberté
de presenter à vos Lecteurs de plus
agréables images que celles que vous
leur offrez, vous leur auriez fait plaisir de vous servir de ce privilege. Vous
pouviez vous contenter que vôtre Hé-
roïne imitât ce jeune garçon qui pour
étouffer les desirs que sa beauté avoit
fait naître, se découpa le visage & aima
mieux que sa laideur devint une marque éternelle de sa vertu, que de souffrir que sa bonne mine continuât d'ê-
tre dangereuse aux femmes trop sensibles. Nous voïons dans Astrée qu'une

Bergere fit la même chose avec la pointe d'un diamant, pour ne pas entretenir la divifion entre un Oncle & un Neveu qui étoient d'ailleurs des perfonnes de grand mérite. Ces actions, quelque cruelles qu'elles foient, bleflent moins, ce me femble, l'imagination que ce que fait la divine fille qui eft de vôtre invention toute pure. Mais, mon R. P. je vous puis protefter que ce n'eft qu'un doute que je propofe, & que je me foumettrai toûjours à vôtre critique avec une entiere déférence. Je n'ai fait ce nœud que pour avoir le plaifir de vous le voir délier & de profiter de vos inftructions ; je vous les demande, & je fuis,

M. R. P.

Vôtre, &c.

A Monſieur de S .:..

Un Auteur reproche à un de ſes Amis de s'être declaré contre les belles Lettres, parce qu'elles ne contribüent que rarement à la fortune de ceux qui s'y appliquent.

Vous ſouvenez-vous bien, MONSIEUR, que vous m'avez promis deux ou trois de vos Ouvrages ? Voulez-vous vous en dédire, & irriter un homme qui a le ſang chaud comme le doit avoir tout faiſeur de Livres ? Dans le chagrin où vous me mettez, il s'en faut peu que je ne me repente de vous avoir mis parmi mes Amis les plus illuſtres, & d'avoir rendu un témoignage public de vôtre merite. Vous en avez une belle reconnoiſſance, quand vous me declarez que vous n'en voulez tirer d'autre avantage que celui de porter Monſieur vôtre fils à renoncer au Parnaſſe, parce qu'on n'y trouve qu'une gloire ſterile & infructueuſe. J'ai bien du déplaiſir qu'aïant reçû tant de dons de la nature, vous en aiez ſi peu reçû de la fortune; mais, MONSIEUR, faut-il pour cela

détourner les beaux esprits de l'amour
des Lettres, & ne vous souvenez-vous
point de cette comparaison si juste & si
noble de la gloire avec une Dame qui
merite d'être recherchée pour sa seule
beauté sans considerer les biens qu'elle
apporte ? Quoi ! vous n'êtes point touché de la reputation immortelle de vôtre nom, & quand vous seriez insensible au plaisir d'une imagination si agréable, ne vous estimez-vous pas heureux
d'avoir la tête pleine d'une infinité de
belles choses qui en sortent quand vous
le voulez, & viennent sur le bord de
vos lévres, ou au bout de vôtre plume ?
Les voluptez que peuvent donner les
richesses se peuvent-elles comparer à
celles qui naissent de ces connoissances
rares & curieuses ? Sont-elles si vives, si
pénétrantes, si durables ? L'honneur
qu'on vous rend, & qui s'adresse di-
rectement aux qualitez qui sont au dedans de vous, ne vous flatte-t-il pas incomparablement davantage que s'il ne
s'adressoit qu'à un certain éclat de dignité qui seroit à l'entour de vôtre personne. Ne savez-vous pas ce que disoit autrefois un grand Magistrat en
parlant des soumissions qu'on lui ren-

doit. *C'est plutôt à ma robe qu'à moi que l'on fait toutes ces révérences.* Croiez-moi, MONSIEUR, tenez vous à vôtre partage. Il vaut mieux que celui de la plupart de vos Confreres, quoi que quelques-uns d'eux soient mieux païez de leurs appointemens & de leurs pensions. Quand même le grand Homme qui conduit si heureusement la fortune de la France ne songeroit pas à la vôtre, je vous avoüe que je n'aurois jamais compassion d'un homme dont j'admire l'esprit, l'érudition & la vertu. Je suis de tout mon cœur,

Vôtre, &c.

A Madame la Marquise de ***

L'Auteur de cette Lettre lui fait un petit reproche de l'indifference qu'elle a pour ses Amis.

MADAME,

J'ai été agréablement surpris d'aprendre que vous demandiez de mes nouvelles. Je n'en ai pas de fort bonnes

à vous donner prefentement. J'étois
fur mon départ pour vous aller voir, &
paller même de vôtre païs au mien,
mais la goute ennemie declarée de pareils delfeins vient de m'arréter à une
journée de Paris. Je fuis dans un lieu
agréable, mais je ne puis m'y promener
que des yeux, & vous favez que les
miens ne vont pas loin. Je ne vous prie
pas de me plaindre. Je connois trop vôtre humeur pour ne pas croire que cela
vous incommoderoit. Mais vous pouvez bien dire, *cette goute eft bien im-
pertinente, nous aurions vû ce pauvre garçon qui eft affez réjouiffant,* Riez enfuite
à vôtre ordinaire, c'eft à dire extraor-
dinairement. Je fuis affûré que vous
profiterez de ce confeil qui eft fort
convenable à vôtre inclination naturelle ; mais par malheur pour moi, je ne
fuis pas de fi bonne humeur que vous.
Cette difference n'empéche pas que je
ne fois avec toute la paffion imaginable,

MADAME,

Vôtre, &c.

A Monsieur M… de P…

L'Auteur de cette Lettre fait son Apologie, dont voici l'Extrait.

MONSIEUR,

Je suis bien fâché que vous m'obligiez de retoucher à une matiere odieuse, & de rouvrir une plaie qui étoit fermée. Mais puisque vous voulez absolument que je vous rende conte de la maniere dont je me suis défendu contre mon adversaire, il faut bien que je vous obeïsse, ne trouvant rien de plus difficile, ni de plus fâcheux que de vous refuser les choses que vous me demandez.

Il y a quelques années que Monsieur de B.... m'envoia des vers Latins qu'il venoit tout fraîchement d'enfanter, & dont il me pria de dire la bonne avanture. Ils me semblerent admirables, & particulierement ceux où il parloit de Monsieur vôtre oncle. Je fus si sensiblement touché de cette excellente Poësie que je répondis en ces propres termes :

Monsieur de V.... *pour qui vous avez dit tant de belles choses n'est pas plus glorieux d'en être le sujet qu'il est aisé que vous en soïez l'Auteur. Il m'a prié de vous témoigner l'extrême reconnoissance qu'il a d'une si rare faveur, & la joie qu'il aura toute sa vie d'avoir servi de matiere aux plus beaux vers qui aient jamais été faits. Je les ai recitez en mille lieux differens, & ils y ont reçû les mêmes applaudissemens. J'ai mieux reconnu dans cette occasion qu'en toute autre que vous estiez au dessus de l'envie, puisque les premiers Maîtres du métier n'en ont point témoigné pour un ouvrage si achevé.*

Mais, MONSIEUR, voici mon crime, je proposai quelques doutes où je rendis conte des objections que l'on m'avoit faites, & c'est ce que l'on ne m'a pas pardonné. Je me contenterai de vous dire une partie de ce qui m'attira l'aversion de Monsieur de B.... je luy representai que le *Varia exilia* de Monsieur d'A... ne seroit peut-être pas bien entendu par la postérité, & que l'on pourroit bien mettre ce grand Homme parmi les veritables bannis, sans songer que ces differens exils se doivent prendre pour ses ambassades. Je sai bien que Pline parlant des differens voiages de quelques Philosophes Grecs , dit, que *c'étoient plutôt des exils que des voiages.* Mais fi Pline ne parle pas mieux que vous, pardonnez-moi , s'il vous plaît , fi je dis qu'il fe fait mieux entendre , & qu'il ne laiffe ni équivoque, ni obfcurité. Aïez , s'il vous plaît , la même indulgence quand j'avoüe que j'ai deviné que c'étoit de Catulle que vous parliez lorfque vous l'appellez *le Client de Ciceron & de Scaliger.* Penfez-vous, Monsieur, qu'on le connoiffe fort à la Cour par ce nom-là , & que l'on fe fouvienne que Ciceron a été autrefois l'Avocat de Catulle , & que Scaliger a pris un foin particulier de le défendre dans fa Poëtique.

Je ne mets pas ici le refte de la Lettre que j'écrivis, parce qu'il fuffit que vous jugiez par les endroits que je viens d'en rapporter, fi on a raifon de dire qu'au lieu de brûler de l'encens devant Monfieur de B . . . . *je brûlois quelquefois de la poix-raifine & du foufre.* Croïez-vous, Monsieur, que cette comparaifon foit jufte , & que l'on puiffe appeller de la poix-raifine & du foufre quelques doutes propofez avec tant de refpect

respect & de modestie parmi beaucoup
de loüanges & de complimens? Cependant je ne laissai pas de m'excuser
ensuite par une Lettre dont je suis
bien-aise de vous citer quelques endroits.

Si j'eusse pris plus de temps pour bien
penser à ce que je faisois, je ne serois ja-
mais tombé dans une si étrange faute
que d'entreprendre de vous donner des
avis. Je vous prie de croire, MON-
SIEUR, *que m'en voila corrigé pour le*
reste de mes jours. Ce n'est pas le seul avan-
tage que je tire de mon mal-heur. Il me
donne occasion de vous faire paroître qu'il
ne fut jamais de respect plus grand que
celui que j'ai pour vous; car puisque je ne
le perds pas aujourd'hui, il n'y a rien au
monde qui soit capable de me le faire per-
dre de toute ma vie. Il me semble, MON-
SIEUR, *que je vous donne-là un assez beau*
témoignage de la moderation de mon es-
prit, & que je puis esperer de vôtre bonté
que vous aurez quelque sorte de honte &
de regret de m'avoir traité avec tant de
rigueur & de violence. Cependant, MON-
SIEUR, *Dieu m'est témoin, & une in-*
finité de gens que je vous pourrois nommer

378 *Lettres du genre Judiciaire.*

que de tous vos Amis, sans en excepter un
seul, il n'y en point qui parle de vos Ouvrages avec plus de chaleur & plus de
transport, & qui souffre moins qu'on en-
treprenne de trouver quelque chose à dire
à ce qui paroît sous vôtre nom. Il me semble que la maniere obligeante dont je vous
parle doit refuter les principales accusations de vôtre Lettre : Quoi qu'il en soit
j'admirerai toûjours vôtre esprit, & vous
servirai en toutes sortes d'occasions, mais
je ne pense pas que je vous aime jamais
aussi tendrement que je croiois le devoir
faire tout le reste de mes jours.

Vous voïez, MONSIEUR, que
j'en ai usé honnêtement, & cependant
du biais que mon adversaire presente
au Public quelques lambeaux de ma réponse, on diroit que je confesse le crime que l'on m'impose, & que la force de
la verité me contraint d'avoüer que je
suis ce *Colote*, dont parle Monsieur de
B... dans ses entretiens. *Ce Colote* est
un ennemi public, un assassin, un pirate,
qui ne pardonne à qui que ce soit, qui ne
fait point de difference entre le Citoyen &
l'Etranger, qui guette les passages & les
détroits, qui croit tout de bonne prise, qui

attaque fans diſtinction la Banniere de France & celle d'Eſpagne.

Enfin, MONSIEUR, je n'aurois jamais fait ſi je voulois vous rendre un compte plus exact de toutes les calomnies dont on m'a voulu noircir, & des traits de moderation que je me ſuis contenté d'oppoſer à la violence de mes Ennemis. C'eſt aſſez que vous montriez ce que je viens de vous écrire aux perſonnes qui vous ont demandé quelque éclairciſſement ſur le démelé que j'ai eû avec Monſieur G .... je vous en rendrai un conte plus ample à nôtre premiere veüe. Je ſuis, &c.

Quand une plainte eſt regardée comme l'accuſation d'un crime, elle doit être éloignée de tout ce qui peut ſentir la plaiſanterie, & le jeu d'eſprit. Le bon ſens & la ſincerité y doivent regner, comme nous l'avons déja fait connoître. Deſorte qu'il ne faudroit pas imiter la Lettre qui ſuit, encore qu'elle nous vienne d'un bon Auteur. J'ai fait marquer en caractere different les expreſſions qui ne me ſemblent pas trop convenables à un homme qu'un juſte reſſentiment fait parler.

Monsieur,

Vous saurez de celui qui vous rendra cette Lettre la felonnie de vos Habitans de Be * * * dont je vais vous dire le sujet *en plus de deux mots*. Peut-être ne vous souvenez-vous pas de dix quartiers de marais que vous aviez donnez à Monsieur P * * *. Je dis *peut-être*, car vous ne vous souvenez guere du bien que vous faites. Comme il voulut user de vôtre liberalité, aprés en avoir parlé aux principaux de la Paroisse, il entreprit de faire faire un fossé, & mit des gens en besogne le Mercredy quatorziéme du courant. Le lendemain vos Rebelles s'assemblerent au son du tocsin, & sous la conduite de leur Pasteur, vinrent, *non pas comme des brebis*, mais comme des loups, se jetter sur nos travailleurs. Ils leur arracherent leurs outils, comblerent le fossé, & y laisserent l'espace d'une fosse pour y enterrer le pauvre Prieur, à ce qu'ils disoient. Aprés lui avoir fait mille outrages & mille indignitez, sans épargner même *vôtre Seigneurie illustrissime*, ils s'en re-

tournerent chargez de dépeüilles , &
dresserent *un beau trophée* dans la maison d'un des plus apparens de ce grand
nombre de seditieux. Au bruit qui en
vint au logis., Monsieur Pa * * * sortit
tout seul un petit bâton dans la main,
pour la gravité seulement , & non pas
pour la vangeance , & s'en alla les trouver en cet état : *Majestate tantum ar-
matus* , mettant toute sa confiance en
sa *Rhetorique* , se promettant de faire
tomber le vent , & de calmer l'orage
par la *seule dignité de sa presence*. Mais ce
procedé brave & hardi ne lui fût pas si
heureux qu'il a été *à quelques Heros des
siecles passez* : *Expertus est parum tutam
majestatem sine viribus esse*. Cette belle
science qui a été nommée par un vieux
Poëte *flexanima* , ne fléchit point des
ames si dures , & il reconnut que le mot
du Sage , *responsio mollis frangit iram*,
n'est vrai que pour les coleres *de verre*,
& non pas pour celles de fer & de bronze. Ne vous étonnez pas , MONSIEUR,
de ces façons de parler.. Monsieur des
Portes a dit :

*Je n'ai rien de fragile en moi
Que mes courroux qui sont de verre.*

Un Pere Latin dont j'ai oublié le nom, donne aux coleres des pigeons à peu prés la même épithete qu'Homere donne aux paroles, *plumeas iras gerunt*, & un autre a nommé la colere de Dieu *plumbeam iram*.

Pour revenir à nôtre *guerre*, les mutins firent encore sonner le tocsin sur Monsieur Pa*** & avec toutes sortes d'armes *villageoises*, *fleaux*, *fourches*, *bâtons à deux bouts*, & plus de pierres qu'il n'en eût fallu pour lapider *toutes les adulteres de l'ancienne Loi*, le coururent une heure entiere. S'il n'eût eû pour s'enfuir d'aussi bonnes jambes qu'*Achille*, & pour fuïr avec jugement, autant de prudence *que le Pere des Poëtes en donne à Enée*, ils l'eussent tué mille fois, s'il eut eu mille vies à perdre. Jamais *Croquans* ne furent plus acharnez sur les *Maltoutiers* que cette canaille étoit sur lui ; mais *Ditant' ali l'impennò la paura*, qu'il en est échappé graces à Dieu, & le Ciel lui a conservé une vie qui ne sera pas peut-être tout-à-fait inutile à vôtre service. J'ai vû là dessus mes *sages amis*, & *amis de toutes sortes de temperamment*. Les *flegmatiques* aussi bien que les *bilieux* ont été d'avis que

j'abandonnasse à la barbarie des Pre-
vots ces méchans sujets , & que je vous
suppliasse de retirer d'eux vôtre protection , afin de les laisser à la premiere
occasion , piller & manger à ces *formi-*
dables hôtes dont Tacite a dit , ignavissi-
mi in hostes , & solis hospitibus me-
tuendi. Les braves de vôtre voisinage
s'étoient venus offrir à moi pour les
aller bastonner jusques sur leur fumier ;
mais j'ai pensé que ce procedé étoit un
peu trop *cavalier* pour un homme de
Breviaire ; & que d'ailleurs ce supplice
que les *Romains appelloient fustuarii pœ-*
nam, étoit trop leger pour leur crime.
Je ne les veux pas quitter à moins du
foüet , *que les mêmes appelloient horri-*
bile flagellum ; ou de la fleur de lys *que*
le Marin nomme la bulla real , (voilà
une fâcheuse bulle) ou à quelque chose
de pis , s'il se peut. Je ris , MONSIEUR,
mais ce n'est que pour vous faire rire,
car je fremis toutes les fois que je viens
à penser au danger qu'a couru un homme qui m'est si considerable & si cher.
Je vous demande permission d'en tirer
raison à toute rigueur, & d'en faire dans
le païs un exemple qui puisse *étonner les*
races futures des revoltez. J'y suis resolu

quoi qu'il m'en coûte, car comme disoit un Ancien : *Graviſſima eſt probi ho-
minis iracundia*, ou comme l'on dit encore plus ordinairement.

Furor ſit laſa ſapius ſapientia.

Je ſuis ce *probus*, ou ce *patiens laſus*,
& vous connoîtrez que j'ai raiſon d'ê-
tre l'un & l'autre, quand vous ſerez
informé des particularitez de cet aſſaſſinat. Vous avez interêt qu'on le pu-
niſſe. C'eſt un crime qui a été commis
à vôtre porte, par des ſujets que vous
avez toûjous protegez, ſur un homme
qui eſt à vous, & que vous honorez
de vôtre eſtime. Vous me pardonne-
rez, s'il vous plaît, la liberté que je
prens de vous remontrer la choſe en
ces termes, & je penſe que vous ne
laiſſerez pas d'avoir pour agréable que
je ſois comme auparavant, avec tout
le reſpect & toute la reconnoiſſance
que je vous dois.

MONSIEUR,

Vôtre, &c.

Apologie

Apologie d'un Ecclesiastique, que l'on accusoit d'heresie, & d'avoir écrit contre le celibat des Prêtres.

Monsieur,

J'ai un si grand interêt de me justifier dans vôtre esprit qu'il faut que je le fasse sans differer davantage, en attendant qu'un Arrest fasse éclater mon innocence, & la calomnie de mes ennemis. Voici de quel artifice ils ont voulu noircir ma reputation. Aiant entre les mains quantité de mes écrits, ils ont choisi parmi ceux de controverse quelques objections sur le Celibat, & les ont produites en Justice, détachées des solutions dont je les avois accompagnées. Ils se promettoient par ce moien d'insinuer dans les esprits des Juges & du Public que mes écrits me convainquoient d'hérésie. Je ne savois rien de ce qui se tramoit contre moi, quand tout d'un coup je me vis appeller pardevant Monsieur *** pour dire si je reconnoîtrois l'écriture qu'il me devoit montrer, & ce qu'elle contenoit. Je ré-

K x

pondis, selon la verité, qu'encore que
ceux qui la produisoient me fussent suspects, je ne laissois pas d'avoüer qu'elle
paroissoit être de ma main. Je declarai
ensuite que c'étoit des objections sur le
Celibat qu'on ne produisoit pas suivies
de leurs solutions comme elles étoient
dans mes écrits. J'ajoutai que les saints
Peres & à leur imitation les Scolasti-
ques avoient toûjours tenu la methode
de proposer le pour & le contre dans
les questions de Theologie, & particulierement quand il s'agissoit de controverse. Que c'étoit à tort que mes
ennemis en vouloient tirer de l'avantage contre moi, & que pour juger de
mon intention, il n'y avoit qu'à jetter
les yeux sur l'inscription des feüilles
que l'on trouveroit conceüe en ces termes, *pour le Celibat.* Le rapporteur
l'aiant remarqué, vit, comme tout le
monde le peut voir, que c'est le titre de
l'écrit qui montre le projet de l'Auteur.
Cette procedure pleine de sincerité d'u-
ne personne qui ne savoit pas ce qu'on
lui devoit demander, n'empêcha pas
que mes ennemis ne voulussent soute-
nir avec opiniâtreté que c'étoient-là
mes sentimens. Ils changerent même

dans leur libelle le titre de mes écrits &
mirent *contre le Celibat*, malgré ce que
l'on peut voir dans ma minute. Cependant on fait qu'il est du devoir de ceux
qui traitent de ces matieres de ne pas
obmettre les objections. C'est l'avantage de la verité que de les lui oppofer,
c'est contribuer à rendre fa victoire
plus éclatante que de multiplier les fujets dont elle doit triompher. Ainfi on
leve le fcrupule, & l'on ôte toutes fortes d'excufes aux hérétiques de s'opi-
niâtrer dans leurs erreurs. Je fupplai
alors Monfieur * * * d'envoïer querir
tous mes papiers, afin que l'on vît ce
que j'affirmois. On connut que j'avois
tracé des préparatifs contre diverfes
impietez, & que les objections y é-
toient refoluës fuivant la methode des
Dogmatiftes; de forte que les objections
que j'avois faites contre le Celibat ne
pouvoient être confiderées, ni comme
le corps, ni comme la fubftance de mon
Ouvrage. L'exemple de faint Thomas
juftifiroit la chofe, fi elle avoit befoin
d'éclairciffement. Ce grand Docteur
en fa Somme contre les Gentils, rapporte tous les argumens qu'il a pû
trouver contre la verité du Chriftia-

nifme ; & cependant ce feroit l'offenfer
que de dire nûment & fans autre explication qu'il a compofé ces fauffetez, &
qu'elles ne font pas moins fa créance
que fon Ouvrage. Je veux bien examiner fi les raifons que mes ennemis
pourroient apporter contre l'ingenuité
du recit que je vous fais font valables,
& fi elles vous laiffent quelques doutes. Peut-être veulent-ils faire paffer
les penfées d'autrui pour mes propres
fentimens, mais, MONSIEUR, voici
le fait en peu de paroles. Vous favez
que ma profeffion m'oblige de répondre
tantôt aux fcrupules , & tantôt aux per-
pléxitez des differentes perfonnes qui
me viennent confulter. Il s'en eft
trouvé à qui je n'ai pû honnêtement
refufer une communication plus particuliere fur la declaration qu'ils me fai-
foient des raifons & des mouvemens
dont ils étoient travaillez au prejudice
de leur foi. L'envie de les fervir m'a
fouvent obligé d'écrire ce qu'ils me
propofoient, de peur d'en oublier quelques circonftances ; car vous favez ,
MONSIEUR, que l'on ne donne pas
des folutions & des objections confiderables fans avoir befoin de quelque mé-

ditation. Je me suis bien trouvé d'en
user ainsi, & d'imiter ceux qui vont
dans un Temple, écrire presque mot à
mot le prêche d'un Ministre, noter les
passages qu'il allegue, & marquer jusques à ses apostrophes, ses hyperboles,
& ses exagerations. On est ensuite plus
exact à resoudre ces sortes de difficultez quand on n'a rien alteré aux discours que l'on veut refuter, & qu'au
contraire on a reçû le coup de l'adversaire avec toute sa force, sans crainte
d'en être endommagé. Je passerai plus
avant, & si mes ennemis répondent
qu'il ne m'en faut pas croire, je consens à donner plus d'éclaircissement à la
chose, quoi que le fait que je viens de
vous rapporter les doive convaincre
suffisamment. Mais ce sera seulement
pour édifier les gens de bien, & pour
détromper ceux qu'une fausse apparence
de raison pourroit avoir abusez. Je répondrai donc d'une maniere qui ne
pourra laisser aucune espece de doute.
Que l'on me fasse voir l'avantage que
j'ai pû tirer d'avoir écrit les sentimens
que l'on voit dans ces objections, s'il
est vrai qu'elles fassent ma veritable doctrine. Est-ce pour moi, ou pour les

autres que je lai ai écrites ? Si c'eſt pour
moi, c'eſt inutilement & mal à propos.
En pouvois-je attendre quelque inſtru-
ction , & ne les ſavois-je pas , puiſque
je les écrivois ? Eſt-ce pour les autres
que je les avois écrites ? C'étoit me rendre ridicule faiſant imprimer de petits
memoires , qui n'avoient ni ordre ni
liaiſon. Les Catholiques m'en auroient
haï & pourſuivi vivement , & les Pro-
teſtans auroient mépriſé cet Ouvrage,
en aiant d'autres de leurs Docteurs,
plus amples & mieux écrits. Aprés cela
n'avoûra-t-on pas de bonne foi que l'a-
charnement de mes ennemis eſt ſurpre-
nant ? Peut-on ſans une malice noire
faire un procés à un Theologien qui
s'applique à refuter les erreurs lorſque
l'on trouve dans ſon cabinet des opinions condamnées ? N'eſt-ce pas chez
les Eccleſiaſtiques que l'on voit ces
matieres comme parmi les écritures d'un
Medecin , le raport & les plaintes des
malades. Si les papiers dont on me
veut faire un crime ſont pleins d'erreurs & de ſcandale, qui en uſe mieux
de mes ennemis ou de moi? Je les ai te-
nus ſecrets dans mon cabinet durant
pluſieurs années , & mes ennemis au

contraire les ont fait imprimer & les
portent de maiſon en maiſon. Une infinité d'honnêtes gens s'en ſont plaints,
& l'on vous aura pû dire que le Clergé
même en a murmuré. Cela devroit ſuf-
fire pour ma juſtification ; mais quand
on eſt accuſé d'un grand crime, quoi
que fauſſement, il n'y a point d'innocence qui ne s'en afflige, & qui ne faſſe
tous ſes efforts pour ſe montrer avec
tout l'éclat qu'elle peut avoir. C'eſt à
vous, M O N S I E U R, que jai voulu
faire voir la mienne, de peur que l'im-
poſture dont on a tâché de la noircir,
ne me privât de l'eſtime que vous avez
bien voulu m'accorder. Je tâcherai de
la conſerver toute ma vie, & je ſerai
avec tout le reſpect & toute la reconnoiſſance que je dois,

M O N S I E U R,

Vôtre, &c.

On voit dans les deux Lettres qui ſuivent
de quelle maniere on peut faire des re-
proches violens en forme d'accuſations,
& garder neanmoins quelques meſures,
quand on s'adreſſe à des perſonnes de
K k iiij

confideration. *Deux hommes celebres par leur efprit & par les grands emplois qu'ils avoient eus, s'accufent & fe defendent l'un l'autre fur la conduite qu'ils avoient gardée dans une importante negociation dont ils étoient chargez conjointement.*

Extrait d'une Lettre de Monfieur S... A Monfieur d'A...

MONSIEUR,

Je vous fupplie de ne pas trouver mauvais, fi pour ma décharge, je vous fais fouvenir de quelques affaires qui demeurent en arriere faute d'y prendre les refolutions qu'elles peuvent demander. Je vous affure, MONSIEUR, que ce n'eft point pour venir à aucune pointille que je vous écris de la forte, mais feulement afin que nous ne tombions pas à l'avenir en conteftation fur des queftions de fait, & que je puiffe juftifier que je n'ai rien oublié de tout ce qui pouvoit dépendre de moi. Il vous fouviendra, s'il vous plaît, qu'il y a prés d'un mois que j'ai propofé de renvoier

Monsieur de R... & cependant son
départ a été differé jusques à present,
sans que j'en sache la raison. Vous
voïez par les Lettres que l'on vient de
nous écrire que je n'avois pas tort de
croire que l'on s'en plaindroit, & qu'un
si long séjour auprés de nous ne pourroit passer que pour suspect dans l'esprit des personnes qui demandent son
retour. Je ne puis m'empécher de remettre aussi dans vôtre memoire que le
jour que nous apprismes les differends
de ... Je proposai de lesassoupir le plus
diligemment que nous pourrions, de
peur qu'un démélé si considerable ne
retardât l'execution de l'affaire dont
nous sommes chargez. J'ai reparlé plusieurs fois de la même chose. Mon avis
étoit de faire écrire par le Resident
qui est à ... mais quelque diligence
que j'aie pû faire, mes raisons ont été
éludées sans que j'aie pû découvrir celles que l'on y pouvoit opposer. Nous
avons perdu pour cet accommodement
deux mois que nous aurions pû mieux
emploier. Pour ce qui regarde la Lettre
que vous écrivisttes à ... je n'en parle
point, sur l'assurance que j'a que faisant profession d'honneur au point que

vous faites, vous ne défavoûrez pas,
quand il fera tems, ce que je vous en fis
dire quand on me la communiqua de
vôtre part. L'experience vous a pû faire connoître que fi vous aviez trouvé
bon de la changer de la maniere que je
le propofois, elle n'auroit pas donné le
pretexte que prennent nos ennemis de
s'attacher aux paroles qui peuvent avoir
un fens contraire à nos intentions. Vous
favez aussi qu'il y a plus de trois femaines que la minute du pouvoir que nous
avons eftimé à propos d'envoier à . . . .
eft dreffée fuivant vôtre avis, fans que
je puiffe favoir ce qui en retarde l'en-
voi. J'ai demandé fouvent que nous
fiffions inftances pour le retour de Monfieur T . . . & je ne puis deviner pourquoi vous differez une chofe qui preffe
& qui eft importante à nos interefts.
Nous voions tous les jours que les dé-
lais que l'on apporte caufent de grands
prejudices, ainfi, MONSIEUR, vous
me permettrez de vous propofer de
prendre une regle certaine pour l'avenir. Trouvez bon, s'il vous plaît, que
lorfque l'un de nous fera quelque propofition, elle foit refoliie fur le champ,
ou renvoiée au lendemain fi l'affaire

merite que l'on prenne un jour pour y penſer. Agréez auſſi que lorſque que nous ſerons de differente opinion, nous envoyïons nos ſentimens avec civilité & ſans chaleur aux perſonnes qui ont droit de nous donner des ordres pour terminer nos conteſtations. La complaiſance que nous aurions l'un pour l'autre pourroit être dommageable ; du moins ai-je pris garde que celle que j'ai témoignée pour vos ſentimens , n'a jamais eu le ſuccés que j'aurois deſiré. Il eſt bon auſſi que ſur des matieres importantes , nos opinions & les raiſons que nous aurons pour les ſoutenir ſoient miſes par écrit, afin que le défaut de memoire , ou quelque interêt particulïer ne puiſſe alterer la verité. Je vous proteſte , MONSIEUR, que ce que je propoſe ne tend qu'à éviter les ſujets de diſpute , & à conſerver la bonne intelligence qui eſt ſi neceſſaire à des perſonnes qui doivent agir de concert. Je contriburai toûjours ce qui dépendra de moi pour cette union , étant perſuadé que les perſonnes de nôtre caractere ne doivent jamais entrer en conteſtation ſur des queſtions de fait. Outre que la bien-ſéance ne le permet pas , ces

diſputes ne ſe peuvent terminer ſans
aigreur. Il vaut mieux pour l'un & pour
l'autre que nous traitions par écrit.
Vous ſavez que dans les Ambaſſades
importantes on dreſſe un Journal, &
vous voiez que je pratique le premier
ce que je propoſe. Je vous écris ce que
je vous aurois pû dire de bouche, &
j'évite par ce moien la chaleur qui
n'accompagne que trop ſouvent le diſcours. J'ai même d'autres raiſons d'en
uſer ainſi. J'ai appris que mon humeur
libre & ouverte ne vous a pas toûjours
plû, que vous la trouvez trop preſſante,
& que vous imputez à un naturel im-
perieux ce que je croiois que vous recevriez comme un effet de ma franchiſe. Vous eſtés trop raiſonnable pour
vouloir que la defferénce que j'ai toûjours euë pour vous, continuë à mon
prejudice. Il y a bien des choſes qui
me reprochent d'en avoir trop eu, comme l'affaire des Cath. de Holl. la guerre de D. & nôtre lettre circulaire. Je
ne perdrai pourtant jamais le deſir de
vous honorer, & de me dire toûjours.

MONSIEUR,

Vôtre tres, &c.

*Extrait de la Réponſe de Monſieur
d'A* * * à la lettre de Monſieur S …*

MONSIEUR,

J'étois dans la reſolution de ne point
répondre à vôtre Lettre, ou plutôt à vos
accuſations. Je croiois qu'il n'étoit pas à
propos de verbaliſer ainſi entre nous,
& de faire un procés qui pourroit emporter la meilleure partie du tems que
nous devons toute entiere à la negociation dont nous ſommes chargez. Il vaut
mieux, MONSIEUR, tourner tous
nos ſoins & toutes nos forces contre les
Plenipotentiaires de l'Empereur & du
Roi d'Eſpagne, que de nous attaquer
l'un l'autre, & de nourir par là une
méſintelligence qui n'eſt déja que trop
grande. Si vous cherchez à juſtifier vôtre conduite & à blamer la mienne, je
vous declare, MONSIEUR, que par
mon aveu vous êtes tres-prudent en
toutes choſes, & moi tres-mal aviſé.
Vôtre prevoiance eſt ſi grande qu'il ne
s'y peut rien ajouter, & cette qualité

me manque entierement. Vous êtes
tres-promt & tres-vigilant , & je condamne mon esprit pesant & tardif qui
ne se remüe qu'à grand' peine. Je vois
que vôtre Lettre n'est faite que pour
décrire ces avantages que vous avez sur
moi , & j'en demeure d'accord tres-
volontiers. Vous pretendez aussi montrer que tout ce qui a mal reüssi dans
nôtre negociation, & que tout ce que
nous avons laissé à bien faire, ne doit
être imputé qu'à moi. Mais, Monsieur, pour cela vous m'excuserez,
s'il vous plaît , si je n'en demeure pas
d'accord. Vous pouvez vous contenter
de marquer les défauts de mon jugement sans en vouloir trouver à ma volonté. Je ne me défends point de la premiere accusation, je m'en sens coupable ; & je m'étonne même de la patience de ceux qui m'ont emploié jusques à
cette heure. Mais que vous m'alliez reprocher que je retarde les affaires du
Roi, & que j'aie éludé en beaucoup
d'occasions les diligences dont vous
vouliez user tres-à-propos, vous voulez bien que je ne l'avoüe point,
que je me plaigne à mon tour que la
passion vous a emporté & qu'elle vous

a fait emploier des termes trop inju-
rieux contre un homme de ma probité.
Un Ministre aussi sage & aussi agissant
que vous vous representez, devoit un
peu épargner son Collegue en ce qui
regarde la fidelité. Cependant vous prononcez hardiment que j'ai éludé tout ce
qui alloit au service du Roi, & vous ajoûtez que telles & telles affaires ont demeuré en arriere par ma faute sans que
vous aiez pû découvrir quelles étoient
mes intentions. Vous dites en un autre
endroit qu'après m'avoir proposé des
choses qui pressoient, & qui étoient de
grande importance aux interêts de Sa
Majesté, que vous ne pouviez encore deviner pourquoi il n'y avoit rien de fait.
Tout cela me charge de grands soup-
çons, & quand vous avez écrit de la
sorte, peut-être vous imaginiez-vous
que j'étois tout noir. Mais si vous examinez la réponse que je fais à chaque
article de vôtre Lettre, ou pour mieux
dire à tous les chefs d'accusation qu'elle
contient, vous trouverez que je ne suis
pas si criminel, ni vous si innocent,
que vous voulez faire accroire. Je ne
parlerai que pour une juste défence de
mon honneur que vous attaquez, &

j'espere que vous ne garderez aucun
ressentiment de tout ce que je me ver-
rai obligé de répondre. Vous n'avez
pas oublié, je pense, que lorsque vous
proposâtes de faire partir Monsieur de
R... je consentis d'abord à la chose,
& que j'offris même d'avancer pour son
voiage six cens Richedales qui faisoient
la moitié de douze cens que vous aviez
trouvé à propos que nous donnaßions
de nôtre bourse, en attendant les ordres du Roi. Il vous souviendra que
vous changeâtes d'avis, & je connûs
par une variation si promte que vous
n'aviez eu dessein que de sonder mes
intentions pour me faire un crime de
mon refus, si je n'étois pas demeuré
d'accord de fournir la moitié des douze
cens Richedales. D'ailleurs je ne voi
pas que l'on se soit plaint du séjour dudit de R..., en cette Ville, & bien
loin que l'on en ait fait un mauvais jugement comme vous le supposez, on
n'a fait aucune instance de le renvoier
à Osnabruch. J'avoüe que les precautions que l'on apporte pour la conservation de la verité, sont loüables, mais,
je voudrois une explication plus ample
sur ce que vous proposez d'écrire toutes

tes les opinions , & les raifons qui fer-
viront à les appuïer. Aurons-nous toûjours un Greffier prefent quand nous
traiterons d'affaires importantes , & en
aurons-nous beaucoup qui ne foient de
cette nature ? D'ailleurs fi tout fe pafloit
par écrit , & que nous n'euffions que
peu d'entreveües, croiez-vous qu'il n'en
arrivât pas de grands préjudices au fervice de Sa Majefté ? Penfez-vous que
l'on trouvât bon que des gens qui doivent être à tout moment enfemble
pour conferer , pour confulter, & pour
répondre avec amitié ,fuffent reduits à
s'expliquer par écrit l'un à l'autre comme deputez du parti contraire. Ce n'eft
pas le moien d'abreger les affaires que
de traiter par écrit entre nous. C'eft les
jetter dans des longueurs inévitables. Je
fai que vous écrivez avec une grande
facilité , mais j'ai l'efprit pefant & tardif comme je vous l'ai déja avoüé. Je
vous donnerois trop de peine , & vous
favez qu'on expedie plus de vive voix,
en un quart d'heure qu'en dix fois autant de tems quand on écrit. Si on
doute de quelque chofe dans une con-
ference , on en donne d'abord l'interpretation , mais une Lettre eft muette

L l

& fur la moindre difficulté il en faut
une feconde. Je vous dirai même que
bien loin que cette maniere d'agir empêche l'aigreur qui fe trouve quelquefois dans les conferences de vive voix,
elle la peut irriter confiderablement. Un
mot hardi paroît plus offençant fur le
papier, qu'étant prononcé, & l'on
pardonne plutôt à la promtitude d'un
homme qui parle, qu'au fens d'une Lettre qui tient de la méditation. Un memoire ne rougit point, mais la prefen-
ce d'une perfonne nous tient dans une
plus grande moderation. Pour moi,
MONSIEUR, j'avoüe que je vous ai
dit des chofes avec une civilité que je
n'aurois peut-être pas gardée en vous
écrivant. Je vous aurois écrit d'un air
plus fec & plus ferme. Vous confeffe-
rez peut-être qu'il n'en n'eft pas de
même de vous, & que la franchife de
vôtre naturel vous emporte quelquefois. Je n'empêche point que vous ne
donniez un nom plus doux à une paffion qui eft quelquefois bien violente ;
mais j'aime mieux en fouffrir comme
j'ai déja fait, que de tomber dans un
inconvenient qui pourroit être nuifi-
ble au fervice de Sa Majefté. Voila,

MONSIEUR, ce que je répondrai à une Lettre qui m'a provoqué & mal-traité fans fujet, vous affurant que je n'ai eu d'autre intention que de parer aux coups, fans que cela puiffe troubler l'amitié qui doit être entre vous & moi, je demeure donc,

MONSIEUR,

Vôtre tres-humble, &c.

Extrait d'une Lettre de Monfieur S...à Monfieur d'A....

MONSIEUR,

Je commençois à n'efperer plus de réponfe à la lettre que je vous écrivis il y a prés de fix femaines. Je croiois que la pretention que j'en avois eüe étoit prefcrite par un fi long-tems entre des perfonnes qui font dans un même lieu. Mais enfin j'ai reçû vôtre lettre, & n'ai pas fujet de me plaindre du tems que vous avez differé à me faire cet hon-neur. Vous me traitez avec la liberalité qui vous eft naturelle. Vous me ren-

dez un difcours de quatre feüillets rem-
plis d'injures pour une Lettre de trois
pages où il n'y avoit que des civilitez. Ce
n'eſt pas feulement par la longueur que
vous avez voulu avoir l'avantage. Pour
avoir pretexte de m'offenſer vous avez
voulu vous imaginer que je vous avois
mal-traité. Ceux qui verront les deux
Lettres ne manqueront pas d'en juger
comme il faut. Ils verront qui de nous
deux doit être blâmé pour avoir lâché
la bride à ſa colere. Il n'y aura perſonne de ceux qui connoiſſent nos deux
humeurs, & qui voient juſques où vous
m'avez pouſſé, qui ſe puiſſe imaginer,
que ce ſoit à deſſein de vous ſatisfaire, ſi
je vous dis que vous avez mal pris le
ſens de ma Lettre. Je ne ſuis pas encore parvenu à cette perfection Evange-
lique, que de faire des complimens à
ceux qui m'outragent, je ne ſuis pas
non plus aſſez hypocrite pour diſſimuler
le mauvais traitement que vous venez
de me faire à la ſuite d'une infinité d'autres. J'avoüe que c'eſt plutôt pour des
conſiderations du monde que pour celles de Dieu dont je lui demande tres-
humblement pardon. Le reſpect que je
dois aux commandemens du Roi qui

nous a ordonné de bien vivre enfemble, & la paſſion que j'ai pour ſon ſervice qui recevroit du prejudice de nôtre diviſion, me font trouver du plaiſir à méprifer tout ce que vous avez pû dire ou écrire contre moi, ſans cela j'aurois été peut-être obligé par honneur d'avoir plus de reſſentiment, & de faire p'us d'éclat.

Je commencerai donc, MONSIEUR, en vous donnant une veritable explication de ma Lettre. Vous en avez voulu alterer le ſens, ou ne la comprendre que pour vous former un fantôme que vous aviez envie de combattre. Je répondrai enſuite par ordre à tous les points de la vôtre, car vous avez bien crû, je m'aſſure, que je ne demeurerois pas ſans repartie. Il ne feroit pas juſte que vous me pûſſiez accufer de lâcheté aprés m'avoir reproché mon ignorance, prefque dans tous les endroits de vôtre Lettre. L'interpretation de la mienne ſera douce, refpectueufe, & conforme à l'humeur où j'étois en vous écrivant ; mais vous ne trouverez pas mauvais, s'il vous plaît, que ma réponſe à la vôtre ſoit plus forte, & qu'elle tienne un peu du

ftile dont vous vous êtes fervi, afin
que nous combations avec des armes
égales. J'aurois plus de peine à faire
cette violence à mon naturel, s'il ne
s'agiffoit d'éclaircir la vérité que vous
avez voulu alterer de tant de manieres,
& que je ne fuffe pas obligé de défendre mon honneur que vous attaquez fi
rudement, & avec fi peu de fujet.

Je vous protefte, MONSIEUR,
qu'en vous écrivant j'étois tres-éloigné
de vous accufer, de vous méprifer, de
vous provoquer, ou de vous maltraiter
comme vous me le reprochez dans vôtre Lettre. Si j'avois pû trouver quelque façon plus à vôtre gré que celle
que j'ai choifie pour vous faire favoir
mes fentimens, & vous propofer un
reglement volontaire, je m'en ferois
fervi de bon cœur. Mais je ne pouvois
m'imaginer qu'il y eût un moien plus
facile, ni plus fecret que de les écrire
pour les foumettre à vos avis, ou pour
en avoir vôtre confentement. Je vous
en ai marqué les raifons, je vous ai
prié de les agréer, & je n'ai choifi cette
voie que parce qu'elle eft moins capable d'augmenter la méfintelligence dont
vous êtes caufe. Cela ne vous a pas

plû, vous voulez montrer par des raifons qui ne font pas concluantes, &
qui font contre vous, qu'il vaut mieux
traiter les affaires de bouche que par
écrit. Cependant vous procedez en
celle-cy par la voie que vous condam-
nez. Si c'eft, comme vous dites, pour
ne pas rougir des invectives où vous
vous êtes laiffé emporter, je vous le
pardonne, autrement vous feriez paroître que vous n'êtes non plus d'a-
cord avec vous qu'avec moi, & que la
paffion vous a fait tomber dans une
contradiction fi promte. Il ne feroit pas
honnête pour vous d'être au nombre
de ceux qui difent deux chofes contraires. Quand j'ai propofé que les matieres qui feroient mifes fur le tapis, feroient refoluës fur le champ ou diffe-
rées feulement jufqu'au lendemain, je
ne pouvois prevoir que la chofe vous
dût irriter, puifqu'elle n'étoit pas plus
à mon avantage qu'au vôtre, & qu'elle
eft neceffaire pour le fervice du Roi.
J'ai ajouté que les propofitions importantes fuffent mifes par écrit, afin que
l'on pût mieux juftifier ce qui auroit
été refolu ou demeuré indecis, & que
nous euffions plus de facilité d'en ren-

dre compte. Je n'ai pas crû neanmoins que nos conferences deuſſent être interrompües ou moins frequentes, ni que nous fuſſions toûjours obligez de nous ſervir de la plume. J'ai pretendu ſeulement que l'on dreſſât un petit reſultat de ce que nous aurions traité enſemble, & qu'on l'étendît plus ou moins ſelon l'importance des affaires. Je ſuis aſſuré qu'il n'y a point d'Ambaſſadeur qui ne vive de la ſorte. On tient Regiſtre de toutes les conferences que l'on fait pour des negociations conſiderables. Voila, MONSIEUR, quelle a été mon intention en vous écrivant, & de peur que vous ne puiſſiez croire que ces propoſitions vous étoient faites avec un eſprit de pointille, je vous en ai voulu alleguer les raiſons. J'ai même marqué diverſes occaſions, où les affaires étoient demeurées indéciſes, faute d'y avoir obſervé l'ordre que je propoſois, mais je n'ai jamais eu la penſée de vous accuſer de manquer de fidelité & d'affection pour le ſervice du Roi. Mon eſprit ne s'égare pas dans ces ſortes d'imaginations, & n'eſt point capable de ſe porter juſqu'à cette extrémité contre un Collegue en qui

qui je voi que l'on a une entiere confiance. A la verité j'ai prétendu reme-
dier à une maniere d'agir défobligeante
que vous avez. Si on vous fait quelque propofition qui ne vous foit pas
agréable , ou parce que vous êtes d'a-
vis contraire , ou parce qu'elle ne vient
pas de vous , vôtre coutume eft de la
rejetter fans en dire la raifon , & de
changer de difcours en répondant fim-
plement , *il faut voir :* je croi qu'il n'appartient qu'aux Souverains de traiter
de la forte pour fe défaire de ceux qui
les importunent , & que cette methode
ne fe doit jamais pratiquer entre deux
Collegues qui font égaux en dignité &
en pouvoir. C'eft pourquoi j'ai demandé que les chofes fuffent refoluës fur
le champ ou feulement renvoiées au
lendemain , fans qu'il vous fût permis
de les differer indefiniment comme vous
faites prefque toûjours fans en dire le
fujet. C'eft ce que j'ai crû que fignifioit
le mot *éluder* dont je me fuis fervi , &
les autres que j'ai ajoûtez, quand j'ai
dit que je n'en connoiffois , ni les mouvemens ni les raifons. Je penfe que cela
ne meritoit , ni les aigreurs , ni les invectives où vous vous êtes laiffé em-

porter, j'en laisse le jugement à tous
ceux qui voudront examiner nos Lettres. S'il vous eût plû demander un
éclaircissement de ce que je vous avois
dit, je vous l'aurois donné à vôtre fatisfaction, fans vous laisser aucun fujet de parler de vôtre fidelité que je n'ai
jamais prétendu rendre fufpecte; mais
vous avez voulu l'interesser pour vous
exciter à la colere, comme un lion qui
fe frappe de la queüe. Aprés avoir ex-
pliqué le fens que l'on peut donner à
ma Lettre, il est tems de répondre à la
vôtre. Vous m'y donnez d'abord la qualité d'Accufateur, parce qu'elle est
odieufe. Cependant ceux qui connoiffent mon humeur & ma vie passée favent que je n'ai jamais fait ce métier-là,
lors même que les Charges publiques
que j'ai exercées le pouvoient autori-
fer. Avoüez du moins que fi je fuis vôtre accufateur, je ne le fuis pas d'une
maniere dangereufe, puifque mon accufation n'est pas publique, & que perfonne n'en a connoissance que vous
feul. D'ailleurs, la féverité de l'Arrêt
n'étoit pas à craindre pour vous, vous
étiez juge en vôtre propre caufe, & je
n'en pouvois choifir un qui vous fût

plus favorable, ni qui eût meilleure
opinion de vous. Auffi, parlez-vous
plutôt en Juge, qu'en accusé, quand
dés le commencement de vôtre difcours,
vous me prefcrivez les regles que nous
devrions obferver pour bien vivre enfemble. Je voudrois de tout mon cœur
que les fentimens que vous témoignez
avoir fuffent finceres, & que vous euffiez voulu déferer aux prieres que je
vous ai faites fi fouvent, ou que je vous
ai fait faire par des perfonnes d'honneur. Il me feroit bien plus doux d'a-
gir en repos contre nos parties que
d'avoir continuellement à me parer des
indignitez que vous me voulez faire
fans que je fonge à vous offenfer. Je
n'ai fait que repouffer l'injure, & nous
ne nous fommes donné que des coups
fourrez qui ne laiffent pas grand avantage à l'un fur l'autre. Si aprés cela vous
fouhaitez veritablement de rétablir nôtre amitié, je fuis preft à vous donner
toutes fortes d'affurances d'être fans
aucun déguifement,

MONSIEUR,

Vôtre, &c.
M m ij

Reproche à un homme prévenu en fa-
veur de l'Espagne.

MONSIEUR,

Ferez vous encore de grandes & magnifiques Apologies pour vos Espagnols,
& oserez-vous entreprendre de justifier
la conduite qu'ils ont gardée dans la
conjoncture presente ? Vous savez ap-
paramment qu'ils n'ont rien oublié pour
armer toute l'Europe contre nous, &
que ce sont eux qui ont eu la principale part dans la Ligue d'Ausbourg. On
ne doute pas même que le Gouverneur
des Pays-bas ne soit entré dans les interests du Prince d'Orange pour favoriser son entreprise contre l'Angleterre. On assûre que dans le tems que le
Roi donnoit toutes sortes de secours à
un Souverain legitime qui étoit déposs-
sedé de ses Etats, les Espagnols assi-
stoient les Protestans contre les Catholiques, & sollicitoient un Usurpa-
teur à nous declarer la guerre. Nierez-
vous que le Gouverneur des Pays-Bas
n'ait levé des Troupes avec beaucoup

d'emprefſement, & qu'il n'ait promis
aux Etats Generaux de les joindre aux
leurs au commencement de la Campagne ? Qu'il n'ait demandé à faire paſſer
les Hollandois dans la Flandre, ce qu'ils
ont fait enfin avec des Troupes de
Brandebourg. Il eſt certain auſſi que les
Agens du Prince d'Orange ont touché
des ſommes conſiderables à Madrid & à
Cadis. Voila un admirable procedé
d'une nation que vous eſtimez ſi Catholique ! Avoüez, M o n s i e u r, que
les Eſpagnols n'ont jamais eu une fort
grande delicateſſe pour la Religion. Ils
ſe ſouviennent d'un paſſage de Tite-
Live, qu'ils ne manquent jamais de
pratiquer.

Pour ce qui regarde la Religion, c'eſt
plutôt l'intereſt des Dieux que le nôtre,
ils donneront ordre, s'ils le trouvent bon,
à empêcher que les choſes ſacrées ne ſoient
ſoüillées par des mains impures.

Charlequint n'agiſſoit que par ce
principe. Il laiſſa prêcher des hereſies en
Allemagne pour la diviſer par la diver-
ſité des Religions, mais il n'entendit
pas raillerie quand les Miniſtres entreprirent de parler contre lui. Il en de-
poſſeda trois d'Auſbourg pour ce ſujet,

& laiſſa parler les autres comme ils
voulurent de Dieu, de la Vierge & des
Saints. Il ſe ſouvenoit d'un mot de Ti-
bere, & ſuivoit l'exemple de cet Empereur, *Laiſſons aux immortels le ſoin de
vanger les injures qu'on leur fait.* Les
predeceſſeurs de Charles n'étoient pas
plus ſcrupuleux. Nous voïons dans Ma-
riana qu'Aurelius Roi d'Eſpagne fit
amitié & alliance avec les Mores & les
Sarazins, & qu'il s'obligea de leur paier
tous les ans un tribut de cent jeunes &
belles filles Chrétiennes. Trouvez-vous
que cette rente ſoit conſtituée ſelon les
regles de l'Evangile? Cependant ce Traité fut renouvellé ſous un autre regne
avec cette difference que des cent jeunes filles, il y en auroit cinquante De-
moiſelles & cinquante Roturieres. Que
direz-vous de ce Roi Alphonſe, qu'on
ſurnomma *le Grand*, qui fit ſa Cour à
ces Infideles de la plus étrange maniere
du monde? Il mit entre leurs mains ſon
fils Ordonius afin qu'il fût élevé & in-
ſtruit dans la Religion de Mahomet.
Vous ſavez que Ramire Roi d'Arragon
emploia le ſecours de ces Infideles contre ſon frere Garcias legitime poſſeſſeur
de la Navarre; que Sanchez Roi de

Caſtille en uſa de même contre le Roi
d'Arragon ſon oncle, & qu'un autre
Sanchez ſe ſervit auſſi de ce ſecours
contre ſon propre pere Alphonſe Roi
de Caſtille. Ne croiez pas que vos Auteurs Eſpagnols blâment ceux de leurs
Princes qui en ont uſé de la ſorte. Au
contraire, ils ne font pas difficulté de
les en loüer hautement. Ils diſent que
Ferdinand ſurnommé *le Saint* donna
une belle preuve de ſa probité en faiſant alliance avec les Mores de Grena-
de, & qu'il falloit bien que ſa reputation fût grande, & ſon équité fort connuë, puiſque des Peuples d'une créance ſi differente prenoient une entiere
confiance aux paroles qu'il donnoit.
Mais ſans aller chercher des exemples
dans une Hiſtoire trop éloignée, nous
n'avons qu'à nous ſouvenir que Charlequint arma les Luteriens contre le
Pape, & que Valdeſius ſoutient qu'il
étoit en droit de le faire: *Il emploioit ces*
gens là comme ſes Sujets, & non pas com-
me Hérétiques. C'eſt ſans doute avec
une diſtinction auſſi ſubtile qu'ils
voudront autoriſer l'alliance qu'ils ont
faite avec les Rois de Callecut, & avec
d'autres des Indes Orientales. Ils di-

M m iiij

ront qu'ils deteſtent ces Peuples quand
ils les regardent comme impies & ido-
lâtres, mais qu'ils recherchent leur
amitié quand ils les conſiderent comme
vendeurs de poivre. Je vous avoüe que
pendant le miniſtere du Cardinal Ma-
zarin la France fit alliance avec l'Angleterre ; mais outre qu'il ne s'agiſſoit
point d'une affaire qui regardât la Religion , nous ne fiſmes que prévenir les
Eſpagnols qui avoient voulu joindre
leurs Navires à la flote des Anglois
pour venir devant Calais. Les Anglois aimerent mieux ſe repoſer ſur
nôtre parole que de ſe confier à une
Nation qui trompe quand elle le peut
avec ſuccez , & qui ne croit la perfidie
injuſte que lors qu'on n'en eſpere pas
un heureux événement. Rendez-vous,
je vous prie, à mes raiſons, ne mettez
point vôtre eſprit & vôtre politique à
ſoutenir une mauvaiſe cauſe , & pardonnez, s'il vous plaît , la liberté que
je prends de vous donner un conſeil
que peut-être n'approuverez-vous pas
d'abord. Mais ſi l'entêtement où je vous
ai vû , vous permet d'y faire reflexion,
vous m'en ſaurez gré,& vous verrez que

Je suis veritablement,

MONSIEUR,

Vôtre, &c.

Apologie d'un Auteur que l'on accu-
soit d'avoir écrit du Purgatoire
d'une maniere trop libre pour un
homme qui possedoit une Dignité
dans une Cathedrale. Peut-être
n'avoit-on pas tort de lui faire ce
reproche, & je ne rapporte cette
Lettre que parce qu'on y verra des
particularitez assez remarqua-
bles.

Vous pretendez donc, MONSIEUR,
que je n'ai point parlé du Purgatoire
aussi religieusement que le devoit faire
un Archidiacre. Il me semble que voici
à peu près le passage : *Je ne sai où je fe-*
rai mon Purgatoire ; ce me seroit une
merveilleuse consolation, si l'on vouloit
que ce fût dans vôtre chambre. J'aurois
tant de joie de vous voir si belle, si spi-
rituelle & si raisonnable, qu'il me semble
que je ne sentirois mon mal qu'à demi.

Costar à
Mr Mar-
tin de
Pinthe-
ne dans
le 2. To-
me de
ses Let-
tres pag.
576.

Ce n'est pas, MADAME, qu'il n'y fist bien chaud pour moi, & outre cela je m'imagine que ce me seroit un étrange supplice d'être obligé de me taire, & de ne vous point dire combien vous seriez se'on mon cœur; car je me persuade qu'en l'autre vie comme en celle-ci j'aimerai à dire les veritez obligeantes, & que je souffrirai beaucoup quand je ne pourrai contenter une si loüable inclination. Que trouvez-vous en cela qui soit contraire à la bonne & saine doctrine ? Saint Thomas n'assure-t-il pas en termes exprés qu'il ne se trouve point que l'Ecriture assigne aucune place particuliere pour le Purgatoire, ni que Dieu l'ait établi en un endroit plutôt qu'en un autre ? Hugues de saint Victor n'est-il pas de même avis, & n'est-ce pas le sentiment universel que si le Purgatoire est dans le fond des abîmes prés de l'Enfer, quelquefois par un privilege qui est accordé à certains esprits, il se fait en differens endroits de la terre ? C'est afin que les vivans en reçoivent de l'instruction, ou que les morts faisant connoître leurs supplices aux Fidelles excitent leurs charitez à les assister de leurs prieres. En effet le Grand saint Gregoi-

re nous en fait juger dans ſes Dialogues
par l'Hiſtoire qu'il raconte d'un Diacre
de Rome nommé Paſquier ou Paſcaſe.
Il dit que ce Diacre avoit été recom-
mandable durant ſa vie, par ſa ſainte-
té, & par ſon érudition, & il ajoûte
même qu'aprés ſa mort il fit des miracles. Cependant Germain Evêque de
Capoüe aiant été envoié par ſon Medecin à de certains bains qu'il appelle
Angulanas Thermes, il trouva ce ſaint
perſonnage qui y ſervoit les malades,&
demeuroit au milieu de ces eaux boüil-
lantes. L'Evêque fut effraié de cette vi-
ſion, & Paſcaſe lui dit qu'il faiſoit ſon
Purgatoire dans ces bains d'eau chaude
pour avoir favoriſé trop opiniâtrement
Laurent contre Symmachus depuis que
ce dernier avoit été élû Pape à l'exclu-
ſion de l'autre. Il le pria enſuite d'in-
terceder pour ſa délivrance, & pour le
repos de ſon ame.

N'eſt-il pas permis, MONSIEUR,
de ſouhaiter d'être du nombre de ces
privilegiez qui ne ſont pas tourmentez
avec les autres, & qui converſent
quelque tems encore parmi les vivans,
quoi qu'ils ne ſoient plus de leur nombre ? Chaud pour chaud, celui dont je

parle dans ma Lettre, eſt-il beaucoup plus étrange que l'autre du ſaint Diacre qui dans ce lieu de ſupplice voioit apparemment des femmes qui venoient y chercher du ſoulagement auſſi bien que le Prélat de Capoüe ? Au pis aller, quand il y auroit en cette galanterie tant ſoit peu de liberté, vous m'avoûrez qu'elle n'eſt pas comparable à celle d'un des principaux Miniſtres de Henry ſecond, dont voici l'Hiſtoire tirée de celle de Monſieur de Thou.

Un Evêque de Mâcon Grand Aumônier de France nommé Châtelain, celebre par ſon éloquence, & par ſa doctrine, faiſant l'Oraiſon funebre de François premier s'étoit échappé de dire qu'aïant été témoin de la pureté de vie de ce grand Prince, & de l'innocence de ſes actions, il pouvoit aſſûrer que ſon ame au ſortir de ſon corps n'avoit pas eû beſoin de paſſer par le Purgatoire avant que d'être reçûë dans le Paradis. Cette propoſition ſi hardie avancée en un tems où les Hérétiques attaquoient de toutes leurs forces la créance du Purgatoire, choqua ſi fort Meſſieurs de Sorbone, qu'ils deputerent les plus apparens de leur corps pour s'en plaindre au Roi. Sa Majesté n'aiant pas loisir de leur donner audiance les renvoia devant Mendolle un des plus considerables Officiers de sa Maison, qui leur parla d'abord en ces termes :

Messieurs, je sai le sujet de la remontrance que vous voulez faire, c'est sur ce que Monsieur de Mâcon a prêché que le feu Roi nôtre Maître n'avoit point été dans le Purgatoire. Pour moi qui connoissois son humeur inquiete, & l'aversion qu'il avoit de demeurer long-tems en un même lieu, quelque beau qu'il fût, je suis presque assuré que s'il a été là, il ne s'y est arrêté que pour y boire un petit coup en passant.

Ce discours si peu attendu surprit Messieurs les Docteurs, & on ajoute qu'ils s'en retournerent avec leur harangue fort honteux & peu satisfaits, mais nous n'apprenons point que cette raillerie attirât sur son Auteur aucun reproche d'impieté, ni même de libertinage. Vous me direz peut-être que je pouvois retrancher cette Lettre du nombre des autres sans qu'il y parût, & que l'on m'accusât d'avoir estropié le corps dont je l'aurois ôtée. Je vous

l'avoüe, pourvû que vous me confef-
fiez auffi que j'avois lieu d'apprehender
que cette galanterie ne fe débitât dans
les compagnies avec des additions plus
criminelles & plus fcandaleufes, fi je
ne la donnois au Public en l'état où je
l'avois mife. Je penfe, MONSIEUR,
que vous approuverez ma raifon, &
que pour une fi legere faute, vous ne
laifferez pas de m'aimer & de m'efti-
mer, puifque je fuis abfolument vôtre
tres-humble ferviteur.

*L'Auteur de la Lettre qui fuit, repro-
che à un homme de la Cour l'indifference qu'il a pour fes Amis,
depuis qu'il eft élevé à une grande Dignité.*

MONSEIGNEUR,

Ceux qui vous ont dit que je me
plaignois de vous, ne me connoiffent
pas bien; mais ceux qui ont ofé dire
que j'avois fujet de m'en plaindre, ne
vous connoiffent pas mal. Quand je ne
me puis loüer de mes Amis, je fai
m'en taire. Je ne les condamne que par

mon filence , & fi je ne fuis fatisfait de
leur procedé, j'ai dans mon cœur certaines cachettes qui ne font connuës de
perfonne. C'eft-là où je renferme ces
fortes de plaifirs , & d'où je ne fouffre
jamais qu'ils s'échappent. Pour vous,
Monseigneur , vous ne vous
êtes pas donné la peine d'éloigner de la
veüe des curieux l'indifference que vous
avez pour mes interefts. Ceux qui ont
tourné les yeux de ce côté-là s'en font
apperçûs. J'ai révéré vôtre vertu quand
elle étoit belle fans pouvoir être utile.
Je vous ai fervi avec affez de chaleur &
de fuccés dans un tems où je n'en pouvois efperer de recompenfe que de
moi-même , ni me propofer d'autre fatisfaction que celle qui naît d'une bonne confcience. C'eft un fruit que les
bonnes actions ne manquent jamais de
produire. Tant que vous avez été hors
des grands emplois & loin des occafions de me témoigner vôtre reconnoiffance , j'ai reçû vos careffes comme des
marques affûrées de vôtre amitié. J'ai
crû qu'il ne tenoit qu'à la fortune que
je n'en viffe de bons effets. Mais vous
avez trouvé le fecret de la juftifier des
reproches que je lui faifois. Depuis

trois ans on vous conte au nombre de
ceux que l'on appelle heureux, & qui
font en état d'en faire d'autres, s'ils le
veulent de la bonne maniere. Cependant je n'en fuis pas mieux. Le changement de vôtre condition n'en a
point apporté à la mienne. Je n'ai eu à
vôtre profperité que la part que mon
affection m'y a fait prendre, & la joie
que j'en ai reçûë eft le feul avantage
que j'en ai tiré. Je ne vous celerai
point, MONSEIGNEUR, qu'un
homme d'efprit que vous eftimez, a
fait tous fes efforts pour me revolter
contre vous. J'avois beau lui dire que
vos intentions n'étoient pas mau-
vaifes, & que vous aiant fait connoître que l'honneur m'étoit infiniment
plus cher que le bien, vous vous étiez
fait violence pour ne me point ménager d'avancement dans le monde, afin
de me laifler toute pure la gloire de
vous aimer généreufement & fans interêt. Il m'a répondu que vous auriez eû
grand tort de vous contraindre jufqu'à
ce point là. Que les plus feveres loix
de l'amitié n'obligeoient point à des
complaifances de cette nature, & que
je ferois injufte fi pour contenter ma vanité,

nité, je vous expofois au danger d'être blâmé des honnêtes gens. Il m'a allegué un bon mot d'un Prince à un fage de fa Cour qui lui vouloit rendre la meilleure partie des richeffes qu'il en avoit reçûës : *Si je confentois à ce que vous defirez,* lui dit ce Prince, *on loüeroit la moderation de vôtre efprit, & l'on me foupçonneroit d'avarice. Il n'eft pas féant à un homme aufsi fage que vous êtes, de chercher de la gloire dans une action qui couvriroit d'infamie un de vos Amis.* Auffi, vous puis-je affûrer, M O N S E I- G N E U R, que je fuis innocent de ce crime, & que bien loin de fouffrir que l'on jugeât mal de vôtre humeur bienfaifante, je me refoudrois à recevoir de vous toutes les gratifications que vous me voudriez faire. Vous m'avez parlé fouvent d'un Miniftre du dernier regne qui ne donnoit jamais rien à fes Maîtreffes de peur que l'on ne s'imaginât qu'il achetoit leurs affections n'aiant pas affez de merite pour les gagner. Vous avez trop bonne opinion de vousmême, & vous y êtes trop bien fondé pour vouloir imiter une femblable bifarerie. Vous en uferez comme il vous plaira, & vous en croirez vôtre cœur.

N n.

S'il ne vous dit rien pour moi, ne vous arrêtez point à ce que je viens de vous écrire. Je ne veux point devoir vos biens-faits à mes perſuaſions, & ſi vos faveurs n'étoient des marques certaines de vôtre eſtime, j'aurois plus de honte que de plaiſir à les recevoir. Au pis aller, je ne laiſſerai pas de loüer vos autres qualitez, & je ſerai toûjours vôtre admirateur, quand même je pourrois ceſſer d'être,

MONSEIGNEUR,

Vôtre, &c.

Jugement que porte un de nos Auteurs ſur pluſieurs endroits du Poëme de ſaint Loüis, avec une petite Critique qui regarde une deſcription des Innocens dans le Ciel.

Au Reverend Pere Br. de la C. D. J.

MOn Reverend Pere,

Je viens de lire deux fois de ſuite, &

presque tout d'une haleine le beau Poëme de saint Loüis. J'ai la tête si pleine de cet excellent Ouvrage qu'il faut necessairement que je la décharge. Aiez agréable, que ne pouvant contenir toute ma joie, ce soit dans vôtre sein que j'en répande une partie. Le grand & le bel esprit que vôtre Pere le Moine ! quelle fecondité d'invention ! quelle abondance de pensées ! quelle fureur ! quel entousiasme ! Que de pompe, que de majesté, que de hardiesse ! Il a trouvé le secret de faire une piece reguliere de l'Histoire d'un Heros qui n'étoit pas moins mal-heureux que vaillant, & qui par cette raison ne pouvoit que tres-difficilement servir de matiere à un Poëme Epique. En cela nôtre admirable Auteur a imité ces riches magnifiques, qui forcent la nature des lieux, & affectent de faire, en des scituations incommodes, des maisons délicieuses où la symmetrie est exactement observée. D'ailleurs il a eu l'adresse d'agrandir un petit sujet, & de le remplir de plusieurs Episodes attachez à la principale action par les liens du necessaire & du vrai-semblable. Ces Episodes se pressent quelquefois sans s'étoufer les uns.

les autres, & ne languissent point à force d'être étendus. Tout y est suffisamment deployé, tout y est ardent, tout y brille. Les harangues y sont vives & animées, les comparaisons nobles & justes, & l'on peut dire qu'elles sont de veritables peintures. Son imitation est si heureuse que tout ce qu'il emprunte devient beaucoup meilleur entre ses mains. Pour vous en faire demeurer d'accord, j'ai envie d'en rapporter ici trois ou quatre exemples.

Nisus dans la neuvième de l'Eneïde dit à son cher Euryalus :

> *Di-ne hunc ardorem mentibus addunt,*
> *Euryale, an sua cuique, Deus fit dira*
>   *cupido ?*
> *Aut pugnam, aut aliquid jam dudum in-*
>   *vadere magnum*
> *Mens agitat mihi : nec placidà contenta*
>   *quiete est.*

Le Tasse a dérobé cette pensée pour la donner à sa Clorinde, & n'a pas pris la peine de déguiser son larcin : car voici comme cette Heroïne parle au fier Argant :

Buona pezza è, signor, ch' in sè
   raggira,
Un non sòche d'insolito, e d'audace
La mia mente inquieta, ò Dio l'inspira;
O l huom del suo voler suo Dio si face,
&c.

Considerez, mon Reverend Pere, de
quelle sorte nôtre Poëte a seu encherir
là-dessus.

Belinde sent sortir du centre de son ame
Une plus violente, une plus forte flâme,
Qui se faisant un corps d'une chaude
   vapeur
Lui met un feu nouveau dans la masse
   du cœur.
De cet ardent esprit la Princesse pressée,
Avecque son courage élevant sa pensée,
Forme je ne sai quoi d'héroïque & de
   grand,
Qu'en ces mots elle fait entendre à son
   Amant :
Je ne sai d'où me vient cette ardeur si
   soudaine,
Qui s'est prise à mon sang, & va de
   veine en veine ;
Mais, le souffle, Raimond, qui l'allume
   en mon sein.

Doit venir de plus haut que de l'esprit
humain.
Elle est trop glorieuse, & quoi qu'il en
arrive,
A quoi qu'elle me porte, il faut que je
la suive.
Dans les desseins hardis l'entreprise est
du cœur.
Le bon succès ne peut naître que du
bon heur,
Et le bon-heur qui suit le vent de la
fortune,
Est au mal comme au bien, une faveur
commune.
Vois tu cet Eléphant, &c.

Et puis elle ajoute :

L'entreprise est illustre, elle est digne
d'un cœur,
Où le cœur de Raimond a mis quelque
valeur,
Et pourvû qu'au péril d'un regard il
m'escorte,
J'emplirai de mon nom tout le camp,
vive, ou morte.

Ne vous semble-t-il pas, mon Reverend Pere, que le François vaut mieux

que l'Italien , & même que le Latin ?
C'est une belle chose que cette flâme
violente qui sort du fond ou centre de
l'ame de cette généreuse Princesse , qui
se fait un corps d'une vapeur chaude,
& qui remplit de feu toute la masse de
son sang. La suite est d'égale force , &
n'a rien de plus foible , vous souvenez-
vous de ces Vers ?

Multa patri portanda dabat mandata,
 sed auræ
Omnia discerpunt , & nubibus irrita
 donant.

Examinez s'il vous plaît , cette Para-
phrase :

Là dessus elle ajoûte au Ciel levant la
 main ,
A sa vaine promesse un serment aussi
 vain.
Le Ciel l'en dispensa , les vents le dis-
 siperent ,
Et leurs aîles en l'air de sa voix se joüe-
 rent.

Ne m'avoûrez-vous pas que la copie
l'emporte sur l'original ? Que cette ima-

gination est jolie. Les vents se joüent des vains sermens avec leurs ailes & les ballottent en l'air.

Comparez le desespoir de Turnus dans son combat singulier contre Enée, ou celui de Soliman de la Jérusalem du Tasse, avec la même passion du Général des Infidelles, que nôtre Poëte décrit en ces termes :

Forcadin même en sent une soudaine
*   horreur,*
Qui change malgré lui l'assiete de son
*   cœur.*
Je ne sai quoi d'affreux le serre, & l'en-
*   vironne.*
Sans qu'il tremble, il s'émeut, sans qu'il
*   craigne, il s'étonne;*
Soit qu'à l'Astre du Roi son Astre se
*   rendant,*
Et son mauvais Demon au bon Ange
*   cedant,*
Il sentit défaillir sa force à leur retraite;
Soit qu'il en augurât sa future défaite;
Soit que l'heure marquée à sa fin s'ap-
*   prochant,*
Et que la mort déja de ses mains le tou-
*   chant,*
Qu'un froid sombre & pesant de ses
*   mains inhumaines,*   *Lui*

Lui glissât dans le cœur, lui coulât dans
   les veines :
Les esprits chauds & prompts qui dans
   son corps servoient
D'ame seconde aux nerfs, & les mem-
   bres mouvoient,
Amortis tout à coup dans leur source
   languissent,
Et de là vont à peine aux bras qui s'en-
   gourdissent.
   Il s'excite pourtant à tirer de son
cœur
Tout ce que l'ame encore y retient de
   vigueur :
Et bien loin de fuir, ou de cacher sa tête,
A l'éclair messager du coup de la tem-
   pête,
Il veut par un dernier, & memorable
   effort
Faire bruire sa chute, & relever sa mort.
Mais son cœur à ses bras peut à peine
   s'étendre,
Et ce qu'il eût de feu, n'est plus que de
   la cendre,
Le saint Roi cependant vient l'épée à
   la main,
Plus grand que de coutume, & d'un
   air plus qu'humain :
Et comme le sanglier fameux par la
   victoire   O o

De cens limiers défaits de son arme d'y-
voire,

Reçoit sans reculer la mort que le chaf-
seur,

Par l'écusson fendu lui porte dans le
cœur ;

De même Forcadin quelque effort qu'il
se fasse,

Pour rallumer le feu de sa premiere
audace,

Ne trouvant que langueur, que froi-
deur en son bras,

A peine, & pesamment leve le coutelas ;

Et le vain souvenir de sa valeur éteinte,

Ne lui sert qu'à mourir fierement &
sans crainte.

Il tombe aux pieds du Roi d'un coup
seul abatu ;

Mais il garde en tombant quelqu'ombre de venu ;

Sa fierté sur son front se conserve en sa
place,

Son œil mort épouvante, & sa mine menace,

Je suis trompé, mon Reverend Pere,
si vous ne prononcez aussi-bien que
moi, en faveur de vôtre ami contre ces
deux Princes des Poëtes de delà les

Monts. Vous voïez que leurs descriptions ne font pas si achevées que la
nôtre, & que la bien-séance n'y est
pas observée si exactement. Je voudrois pourtant que nôtre Auteur eût
copié après le Tasse cette belle comparaison d'un homme endormi, qui en son-
geant fait tous ses efforts pour courir,
& pour crier sans pouvoir rappeller ses
forces, ni remuer les ressorts d'où dé-
pendent les mouvemens de la langue.

Ac velut in somnis oculos ubi languida pressit
Nocte quies, nequicquam avidos ex-
tendere cursûs
Velle videmur, & in mediis conatibus
ægri
Succidimus; non lingua valet, non
corpore notæ
Sufficiunt vires, nec vox, aut verba
sequuntur.
Sic Turno, &c.

Dans les Georgiques un Laboureur
abat des arbres qui depuis plusieurs années ne lui ont été d'aucun rapport. En
les détruisant, il renverse les anciennes
maisons des oiseaux qu'il reduit à cher-

cher gîte en d'autres contrées.

> *Et nemora evertit multos ignava per*
> *annos*
> *Antiquasque Domos avium cum stirpi-*
> *bus imis*
> *Eruit, illa altum nidis petiere reliĉtis.*

Sur ce modele vous verrez dans la Jé-
rufalem,

> *Lafciano ab fuon de tarme, al vario*
> *grido*
> *Et le fere, egli augei, la tana, el nido.*

Cette imagination eft fort naturelle, &
reprefente admirablement la chofe ;
mais elle ne fe fera point de tort de
ceder à celle-cy.

> *Les arbres cependant fous la hache ge-*
> *miffent,*
> *De leurs gemiffemens les plaines reten-*
> *tiffent ;*
> *Mais ils ont beau gemir, & beau ploier*
> *les bras,*
> *Le fer aveugle, & fourd, ne leur par-*
> *donne pas.*
> *La palme que l'orage a cent fois épar-*
> *gnée,*

Plaint son indigne sort tombant sous la
    coignée;
Le Cedre & le Cyprés en hauteur con-
    currens,
L'un sur l'autre couchez perdent leurs
    differends;
Et les Pins sourcilleux, dont les têtes
    altieres,
Au lever du Soleil se trouvoient les pre-
    mieres,
Par le fer abatus semblent en descendant
Attirer aprés eux le tonnerre & le vent.

Ce sentiment est fort noble, & l'expression en est pure & nette.

Stat sua cuique dies, breve & irrepa-
    rabile tempus
Omnibus est vita; sed famam exten-
    dere factis,
Hoc virtutis opus.

Mais j'aimerois bien autant avoir dit
avec le Seigneur de Coucy blessé à
mort :

Il n'importe d'avoir ou courte ou longue
    lice,
L'espace y sert de peu, pourveu qu'on la
    fournisse,   O o iij

Et le prix est pour ceux qui jusqu'au
bout constans
Ont couru le plus juste, & non le plus
long-tems
J'ai vécu, j'ai couru, maintenant sans
envie,
Je sors de la carriere, & resine la vie.

Cette exclamation est tres-éloquente :

Nescia mens hominum fati sortisque
futura, &c.

Mais ce tour de paroles a quelque chose de plus sublime :

Mais que l'étoile est trouble, & la carte
incertaine,
Qui prête sa conduite à la prudence
humaine,
Et qu'il avient souvent par un bizarre
sort,
Que l'on trouve un écueil où l'on cherche
le port.

J'ai toûjours crû qu'un des plus beaux
endroits de Stace étoit celui où il nous
represente Iris portant les ordres de
Junon au Dieu du sommeil, & lui

commandant d'endormir les Thebains,
afin que les Grecs les surprennent en
cet état, & qu'ils puissent avoir leur
revanche du jour precedent. Je ne pense pas neanmoins que l'on y remarque
rien de mieux imaginé, ni de plus
judicieusement conduit que ce que
vous verrez dans nôtre Auteur d'un
Demon intendant de la nuit. Il tire du
sein de la Lune dont il est le conducteur
une vapeur fraîche qu'il met dans une
nuë obscure, & qu'il répand goute à
goute sur le camp des Sarrazins.

> *L'esprit même intendant des heures de*
> *la nuit,*
> *Tire du moite sein de l'Astre qu'il con-*
> *duit,*
> *La plus fraîche influence, & la plus*
> *endormante,*
> *La met dans une nüe obscure & de-*
> *goutante,*
> *Et la répand de là sur le camp Sarrazin;*
> *Du travail accablé, plus accablé de*
> *vin; &c.*
> *Les vents qui passent là tombent &*
> *s'assoupissent,*
> *Près des Gardes dormans, les feux mou-*
> *rans languissent;*

Et la vague elle-même arrivant à ce
  bord ,
Se rend à l'influence , & dans son lit
  s'endort.

De toutes les pensées de Stace, il
n'y en a qu'une où j'aie regret , & que
je sois fâché que nôtre Auteur n'ait
pas emploiée. En effet , rien n'est plus
naturel , ni plus naïf que ces circonstances.

Dés que sommeil eût étendu ses aîles sur
tout le camp , la veüe des soldats se cou-
vrit & se troubla. Leurs cols tomberent
sur leurs épaules , ne tenant plus aux
liens & aux attaches des nerfs , qui se
relâcherent, & se détendirent. Les plus
échauffez à parler n'eurent pas le courage
d'achever ce qu'ils avoient commencé, &
demeurerent au milieu de leurs discours.
En même temps leurs boucliers , & leurs
javelots s'écoulerent insensiblement de
leurs mains , & leurs têtes chargées s'a-
battirent sur leur poitrine. Enfin le silence
regne en tous lieux, & les chevaux, ne
pouvant demeurer debout , se sentent de
l'assoupissement général.

> Cum verò humentibus alis
Incubuit , &c.

errare oculi, resolutaque colla,

Et medio affatu verba imperfecta relin-
qui,

Mox & fulgentes Clypeos, & sava
remittunt,

Pila manu, lassique cadunt in pectora
vultus :

Et jam cuncta silent, ipsi jam stare re-
cusant

Cornipedes.

Au reste, mon Reverend Pere, ce
que je vous ai marqué jusqu'ici, n'est
pas ce qui me charme le plus dans l'excellent Poëme dont nous parlons. Son
Auteur invente, sans comparaison, plus
heureusement qu'il n'imite. Il va bien
plus loin quand il se laisse emporter à
son genie, que quand il s'affujettit à
suivre celui d'un autre. Je voudrois que
vous en pûssiez douter, pour avoir
une ample matiere d'un agreable entretien. Vous ne me verriez pas venir si-
tôt aux protestations de respect, & d'o-
beïssance ; mais avant que d'y venir,
vous voulez bien que je vous demande,
si vous connoissiez quelque Auteur Grec
ou Latin, ancien ou moderne qui nous
exprime plus noblement, la maniere
dont Dieu se sert pour donner ses or-

dres aux Anges. Voïez, je vous prie, comme elle nous est représentée par ces Vers :

> *Il se fait d'un raïon d'esprit & de lu-*
> *miere,*
> *Sans bruit une parole, une voix sans*
> *matiere,*
> *Et le raïon porté, sans air, sans mou-*
> *vement,*
> *A l'Archange Michel est un comman-*
> *dement.*

Il faut aussi que je vous propose une difficulté qui m'a été faite par un Docteur des plus formidables dans la dispute. Il a lû dans nôtre excellent Poëme que les Innocens sont logez au bas étage du Paradis, qu'ils ont gagné l'éternité par la perte d'un petit nombre d'années, & qu'ils y sont arrivez d'un pas fort précipité. Mais qu'ils n'ont point de Palmes aux mains, ni de lauriers sur le front, parce que le Roiaume des Cieux n'est pas leur conquête, & qu'ils n'y ont été reçûs que par la pure liberalité de Dieu.

> *Il passe le bas ordre où sont les Innocens,*

Qui ravis par la mort en leurs plus
  tendres ans,
Comme l'est une fleur que dés la mati-
  née,
Un vent froid & brûlant sur la tige a
  fanée.
Ont avant la saison d'un pas precipité,
Par la perte des ans gagné l'eternité :
Mais comme leur salut n'est pas de leur
  conquête,
Ils n'ont ni Palme aux mains , ni lau-
  rier sur la tête :
Il ne descend sur eux des divines clartez
Que la pointe derniere, & les extré-
  mitez :
Cette pointe pourtant , les comble & les
  couronne ,
Et cette extrémité leur étage environne.

Nôtre Critique soutient que cette
doctrine est contraire à ce que l'Eglise
chante en la Fête des Innocens : *Vous*
tendres & delicates victimes, premices des
Martyrs qui se dévoüent à Jesus Christ,
vous vous joüez avec vos palmes , & vos
couronnes , sur l'Autel même où l'on va
vous sacrifier :

  Vos prima Christi victima.

Grex immolatorum tener
Aram sub ipsam simplices
Palmâ & coronis luditis.

J'ai eu beau remontrer à ce Savant que les Innocens n'avoient des Palmes & des Couronnes qu'en qualité de Martyrs, il ne s'est pas rendu pour cela, & ce que j'y trouve de plus mal, est que sa voix est plus forte que ses raisons. Soit qu'on lui resiste, ou qu'on lui cede, il combat, ou il triomphe avec un bruit qui donne la migtaine aux meilleures têtes. Le Ciel en veüille preserver la vôtre, je ne saurois vous mieux témoigner que par ce souhait que je suis veritablement,

Mon Reverend Pere,

Vôtre, &c.

Excuse ou Apologie à Monsieur de ....

Trouvez bon, s'il vous plaît, mon cher Monsieur, que je ne réponde pas ponctuellement à tout ce que vous m'avez écrit de nos affaires, & que j'emploie ce que j'ai de tems à vous parler d'une chose qui me presse davantage & me touche plus sensiblement. Je vous conjure d'assurer Monsieur de ... que je serois au desespoir si j'avois perdu ses bonnes graces. Vous le devez croire aprés ce que je vous ai dit de lui. Comme c'est un homme extraordinaire, & reveré par tout où il est connu, vous jugez bien que son merite ne produit pas dans mon ame de moindres effets que dans celles du reste du monde. Ainsi, mon cher Monsieur, je serois bien mal-heureux de lui avoir déplû. Aïez la bonté de le voir le plutôt qu'il vous sera possible, & de lui témoigner le regret extrême que j'ai que de miserables papiers que je n'avois fait, que pour un de mes amis, aient passé par tant de mains, & qu'ils soient enfin tombez dans les siennes. Vous savez les precautions que je pris pour empécher un accident si fâcheux, & le serment que je tirai de Monsieur de ... de ne montrer ces écrits à personne. Mais il n'arrive que trop souvent que la prudence humaine est inutile à un mal-heureux, & que la fortune qui favorise les imprudens est prête à punir les premieres fautes de ceux qui passent pour fages. N'eſt-ce pas qu'elle craint de perdre une occaſion qu'elle ne trou-ve que rarement, & qu'elle veut faire paroître au monde la puiſſance qu'elle a ſur les perſonnes de diſtinction, com-me ſur celles du vulgaire. Je connois des gens, qui dans la converſation font voir leur cœur avec toutes ſes paſſions au premier venu, & produiſent tous leurs ſentimens avec une liberté extrê-mement inconſiderée. Cependant ce qui leur échappe de la bouche, n'é-chappe pas moins de la mémoire de ceux qui les ont écoutez. Tout cela tombe à terre, & il ne ſe trouve per-ſonne qui le releve pour l'emporter hors de la compagnie. Il m'arrive le con-traire ; je ſuis toûjours en garde, com-me ſi je vivois parmi des eſpions & des ennemis. Si je ris une fois en deux ans d'une perſonne dont tout le monde croit avoir droit de railler, je ne man-que jamais d'avoir une querelle ſur les bras, & de paier pour les autres. Vous ſavez, MONSIEUR, ce qui me fait parler de la ſorte ; car apparemment, vous n'avez pas oublié le demêlé que j'eus l'année paſſée avec Monſieur de ***. Cependant j'ai une crainte de

déplaire qui eſt preſque puerile , & qui
tient de la foibleſſe. Je ſouffre patiem-
ment que l'on donne des loüanges à des
perſonnes qui ne les meritent pas. Je
ne reprends, & ne blâme perſonne : je
ne parle point du tout des choſes dont
je ne puis dire du bien ; la vertu qui
donne de la jalouſie aux autres , me
donne de l'amour , & quand j'aperçois
une lumiere éclatante , je ne m'en ap-
proche que pour en être éclairé, au lieu
de m'y vouloir oppoſer pour faire quelqu'ombre. Ceux qui me connoiſſent,
ſavent que je dis vrai , & que je n'en
pretends aucune loüange. J'ai reçû cette
bonne qualité de la nature , comme un
autre le temperamment ſanguin ou bilieux. Avec tout cela , je cours fortune
aſſez ſouvent de voir mes intentions
mal interpretées & d'être accuſé d'envie & de malignité. Je vous avoüe que
cette penſée m'afflige ſenſiblement , &
que j'ai de la peine à m'en conſoler.
Pour le moins, MONSIEUR, tâchez
de deſabuſer Monſieur de *** & faites
enſorte qu'il ne juge , ni de mon eſprit,
ni de mon humeur par le diſcours qu'on
lui a montré. Ce ſeroit une eſpece de
reprobation que de n'être pas au goût

d'une perſonne qui l'a excellent , &
d'être haï d'un homme qui n'aime que
les bonnes choſes. N'oubliez-rien pour
éviter que ce mal-heur ne m'arrive , &
j'en ſerai , s'il ſe peut , plus ardemment
que jamais ,

MONSIEUR,

Vôtre , &c.

Reproche galant.

J'avoüe, MADAME, que vous m'a-
vez écrit la plus jolie Lettre du monde,
mais je merite ſi peu les loüanges que
vous m'avez données , que je ne ſaurois mieux faire que de vous les rendre
toutes. Vous êtes ſans comparaiſon
plus bel eſprit que je ne ſerai jamais , &
il n'y a point de compagnie où l'on me
voulût écouter , ſi on vous y pouvoit
voir; mais, MADAME, point d'éloge , s'il vous plaît. Je vous demande
quelque choſe de plus agreable & de
plus obligeant. Je ne me ſaurois contenter d'une eſtime froide & ſeche, qui
ne produit rien ; vous me devez un peu
d'amitié , & les titres que vous me donnez

ñez ne vous acquitent pas de cette dette. De mon côté je n'admire pas feulement vôtre efprit, vôtre air, & toutes vos manieres. Je fuis fenfible à tout ce que vous avez d'aimable, vos interefts me touchent plus que les miens, aprés cela ne devez-vous pas avoir un peu de bonne volonté pour moi, & fouffrir fans repugnance que je fois toute ma vie,

MADAME,

Vôtre, &c.

*Plainte galante à Madame * * **

MADAME,

Je paffai hier une trifte aprés dînée, parce que je vous attendis chez Madame la Comtefle de *** & que vous n'y vintes pas. Vous ne fauriez vous imaginer combien je fouffris. Il faudroit pour cela, que vous puffiez vous aimer avec autant de paffion que je vous aime, & qu'il vous arrivât de vous attendre vous-même fans vous voir ve-

nir. Vous éprouveriez ce que fait souffrir une personne qui possede mille
charmes, & qui manque aux paroles
qu'elle donne. Vous n'aurez jamais sujet de me faire un pareil reproche, je
serai toute ma vie à vous comme je
vous l'ai promis.

Reproche galant.

On ne peut en user plus honneste-
ment que vous faites, de me renvoier
mon cœur au pitoiable état où vous l'a-
vez mis. Sans mentir il fait bon être à
vous, si vous recompensez si bien les
personnes qui vous servent. Mais, M A-
D A M E, que voulez-vous que je fasse
du cœur que vous pretendez que je re-
prenne. Il est transi, brûlé, déchiré, je
ne le reconnois plus, & je ne saurois
qu'en faire. Qui seroit la malheureuse
qui en voudroit ? Il faut que vous le
gardiez avec les infirmitez que vous
lui avez causées. Si elles vous incom-
modent, vous les ferez cesser quand il
vous plaira. Vous n'aurez qu'à mieux
traiter le malheureux que vous me voulez rendre, vous le verrez d'abord aussi
gai, & aussi divertissant qu'il étoit lors-

que je vous le donnai. Croiez-moi,
M A D A M E, & nous nous trouverons
bien l'un de l'autre. Vous ne me ferez
plus souffrir vos cruautez, & je ne vous
importunerai plus de mes plaintes.

Reproche galant à Mademoiselle ***.

Madame vôtre mere a beaucoup
d'esprit, mais, M A D E M O I S E L L E,
ne suivez jamais ses sentimens, quand
elle vous parle de ce qui regarde mes
interêts. L'amour n'est pas une si dangereuse bête, qu'elle vous le veut persuader. Ce n'est qu'un enfant qui demande à joüer, & à rire, & qui n'est
point capable des maux dont ses ennemis l'accusent. Les vieilles gens font
tous leurs efforts pour le décrier. Ils le
font passer pour un hoste que l'on ne
doit jamais recevoir chez soi. Ils disent
qu'il n'est doux & traitable qu'au commencement, & qu'à peine est-il entré
dans un cœur qu'il s'en rend le Maître &
y regne en Tyran. Nous sommes trop
jeunes pour profiter de ces belles re-
montrances, & les meres ne les font
que parce que l'amour les abandonne
pour s'attacher à leurs filles. Etes-vous

d'un âge à renoncer à la tendreſſe, c'eſt
à dire à la principale douceur de la vie?
Quand Madame vôtre mere s'oppoſe à
mes pretentions, & qu'elle ne veut
pas que vous la quittiez pour moi, faut-
il que vous vous rangiez de ſon parti à
mon prejudice? Prenez une bonne reſolution, & ſouvenez-vous de ce petit
Vers que je vous fis remarquer dans
l'Opera de Proſerpine :

Vne mere vaut elle un Epoux?

Peſez ces paroles, elles ont un ſens
admirable, & conſentez enfin que je
vous en faſſe demeurer d'accord. Je ne
ſerai pas moins abſolument à vous dans
un tems ſi heureux que je ſuis preſentement vôtre, &c.

La Lettre qui ſuit défend un Magi-
ſtrat à qui on reprochoit le tems
qu'il emploioit quelquefois à con-
ſiderer ſes pierreries.

A Monſieur de ✳✳✳

J'eſtime infiniment l'excellent homme que vous avez vû depuis huit jours.

Vous me faites le plus grand plaisir du monde de me dire qu'il ne se laisse point voler à son Intendant, & qu'il donne bon ordre que les importuns de son voisinage ne lui viennent dérober un tems qu'il peut emploier plus utilement qu'à recevoir leurs visites. Si ce tems ne lui servoit de rien, & qu'un si grand homme ne seût qu'en faire, il auroit tort de se donner tant de peine à le conserver. Mais puisqu'il l'emploie si utilement, il y auroit de l'imprudence s'il ne prenoit soin de le garder comme une chose precieuse qui se peut perdre, & qui ne se peut reparer. Je suis bien-aise aussi de ce que vous m'apprenez qu'il a pour cent mille livres de pierreries, & qu'il prend plaisir, deux ou trois fois la semaine de les regarder quand il a besoin de se remettre les yeux aprés un long & opiniâtre travail. Quoi qu'en dise le Philosophe, que nous appellons le *Cynique mitigé* ce divertissement n'est pas indigne de la gravité d'un Magistrat, & l'on ne voit guere de spectacle plus magnifique & plus innocent. Le Sage des Stoïques ne trouve point de plus noble occupation que de contempler les ouvrages de la nature. Il se croit obligé de rendre ce devoir aux Dieux immortels en reconnoiſſance de l'intelligence qu'ils lui ont donnée. Vous ſavez, Monsieur, que toute la majeſté de la nature eſt ramaſſée en petit dans les Pierreries, & qu'il n'y a ni de plus precieuſes lumieres, ni de nuances plus admirables. Ce ſont des fleurs incorruptibles & immortelles, où il ſemble que la beauté ſe ſoit fixée, encore qu'elle ſoit changeante & periſſable par tout ailleurs. Nôtre Cenſeur dit qu'il paroît aux victoires de Ceſar, que ce Conquerant ne s'amuſoit pas à enfiler des perles, comme dit le Peuple. Mais que répondra nôtre Critique, ſi je lui fais voir que Ceſar, qu'il a choiſi pour exemple, aimoit les perles avec tant de paſſion que pour être maître de la côte où on les peſchoit, il entreprit la conquête de l'Angleterre. Nous voyons auſſi qu'il ne dédaignoit pas de donner ſouvent quelque reſte de ſon loiſir à meſurer leur groſſeur, à les comparer enſemble, & à les peſer de ſa propre main au rapport de Suetone, *Britanniam petiiſſe ſpe Margaritarum, quarum amplitudinem conferentem manu ſuâ exegiſſe pondus.* A la verité un grand homme

feroit blâmable s'il imitoit la brutale
violence d'Antoine le Triumvir, qui
mit à prix la téte d'un Senateur, parce
qu'il lui avoit refusé une belle opale
que les Lapidaires eſtimoient vingt
mille feſterces. Il n'auroit guere moins
de tort, s'il faifoit comme Nonius,
(c'eſtoit le nom de ce Senateur) qui
fut ſi opiniâtre, qu'il aima mieux mourir que de donner au Tyran le contente-
ment qu'il defiroit, & que de ſe priver
de l'Opale où il avoit attaché ſon affection. Il fut plus déraiſonnable en cela
que ne font ces bêtes, qui ſe voiant
pourſuivies par les chaſſeurs, s'arra-
chent elles-mêmes les parties de leur
corps dont elles connoiſſent qu'ils ont
envie; C'eſt ainſi qu'elles trouvent l'invention de ſe racheter par cette rançon,
comme l'a remarqué Pline : *Mira An-*
tonii feritas atque luxuria, propter gem-
mam proſcribentis ; Nec minor Nonii con-
tumacia proſcriptionem ſuam amantis, cùm
etiam feræ abroſas corporis partes relin-
quant, propter quas ſe periclitari ſciunt.
On voit dans l'Hiſtoire des Incas, que
quelques Indiens adoroient une éme-
raude d'une prodigieuſe groſſeur, &
qu'ils venoient en foule de tous coſtez

lui faire des facrifices. Nous avons lû
enfemble qu'un Pape & un Empereur
s'étoient autrefois chargez la tête d'un
fi grand nombre de pierreries qu'ils en
moururent tous deux. Ces paffions font
extravagantes & ridicules, perfonne
n'en doute : Il n'y a point d'honnête
curiofité qui n'ait fon excés. Mais à
mefure que fon déreglement eft vicieux,
la moderation de fon ufage doit attirer
des loüanges. On rapporte que l'on
offrit au Cardinal Ximenés pour cinq
mille ducats un diamant qui étoit de
plus grand prix, & qu'il répondit à ceux
qui le preffoient de l'acheter : *J'emploie-*
rai plus utilement cette fomme à foulager
la neceffité de cinq mille pauvres foldats
qui pourront fervir l'Etat de leurs bras &
de leur courage. Qui peut nier que cette
réponfe ne foit fort fage , & qu'il ne fe
rencontre des tems & des circonftances
où il y auroit de la folie d'en ufer d'une
autre façon ? Cependant je penfe qu'il
s'en faut tenir au fentiment de Gallus
Afinius. Il dit dans Tacite qu'en matiere de train , d'équipage , d'ameuble-
mens & de bijoux, le trop & l'affez , ne
fe doivent juger que par la fortune de
celui qui les poffede.

Il

Il ajoûte ces paroles : *Les gens de qualité étant sujets à de plus grandes inquiétudes , & se trouvant exposez à plus de
dangers, que n'est le commun des hommes,
n'est-il pas juste de leur laisser quelques
plaisirs particuliers , qui puissent flater
leurs maux, & en adoucir l'amertume ?*
Mais, MONSIEUR, trouvez bon,
s'il vous plaît, que nous en demeu-
rions-là, & que je remette au premier
ordinaire, à répondre aux agréables
choses que vous m'avez écrites, ensuite
des reproches que fait nôtre *Cynique
m'rigé.* Je suis trop politique & trop
moral aujourd'hui pour ces matieres en-
joüées , & pendant que je me sens de
cette humeur il vaut mieux que je prenne
mon tems pour vous assûrer tres-sérieu-
sement, & tres-sincerement, que l'on ne
peut être plus absolument à vous que
je suis.

A MONSIEUR LE MARQUIS
d'Antel * *.

Plainte sur le silence d'un Ami & Parent.

Est-il possible , mon cher Monsieur,

Qq

qu'il faille que ce soit par d'autres Lettres que les vôtres, que j'aprenne les nouvelles de ce qui vous regarde ? Je vous ai écrit quatre fois que j'avois deux cens Loüis à vous envoïer, & que ce seroit par Lile, Tournay, ou Valanciennes que vous les recevriez, dès que vous me feriez savoir celle des trois Villes qui vous seroit la plus commode. Cependant vous n'avez point répondu, & ce silence ne me pouvoit donner qu'une inquiétude mortelle. Quand on est sur sa dix-huitiéme année, que l'on a perdu cinq chevaux, & que l'on joüe souvent sans être heureux, dites-moi si l'on peut avoir beaucoup d'argent de reste. Vous savez que j'en ai à vous, & vous ne m'en demandez point. Que dois-je croire pendant que vous êtes à la guerre, à la vûë des Ennemis, & d'un temperamment ardent ? En verité, mon cher Monsieur, c'est une negligence que je ne vous devrois jamais pardonner. Je n'ai osé me plaindre à Madame vôtre mere, que vous ne m'écriviez point. Je connoi trop son cœur pour lui donner une si cruelle alarme. Jugez de la tendresse qu'elle doit avoir pour vous, par les bontez qu'elle a pour moi, qui n'ai l'honneur de lui appartenir que d'assez loin. Donnez-lui plus souvent de vos nouvelles, mais en vous souvenant d'une mere qui vous aime plus que vous ne sauriez vous l'imaginer, n'oubliez pas, je vous prie, un serviteur tres-humble qui est absolument à vous.

A MADAME DE ***.

Plainte galante.

Vous avez beau faire, vous n'éteindrez pas mon feu. Toutes les froideurs que vous aurez pour moi, ne seront que des goutes d'eau jettées dans une fournaise. Jugez si ma flamme me déplaît quand je la veux conserver, quoi que je sente qu'elle me devore. Je ne veux point de remede pour me guérir, ni n'en demande pas même pour me soulager. Je vous supplie seulement que ce soit en vôtre presence que je brûle, & puisque je dois être consumé, que cela m'arrive chez vous, afin que les cendres vous en demeurent. Celles d'un Amant tel que moi, tendre, respectueux & desintereßé meritent d'être gardées, & vous ne devez pas refuser cette fa-

veur à un homme qui se fait un plaisir
de mourir pour vous.

A LA MESME.

Reproche galant.

Ne recevrai-je jamais de vous que du
mal ? Faut-il que je tremble à la moindre de vos menaces , & que toutes les
promesses que vous me faites , ne me
puissent rassûrer ? Il est vrai que je pourrois esperer quelque paix , si je ne connoissois vôtre humeur. La belle Mademoiselle de * * * vôtre chere Cousine
m'a écrit. Elle m'avoit abandonné ,
parce que vous étiez en colere. Je voudrois bien la pouvoir regarder comme
un Arc-en-ciel , qui ne paroît qu'aprés
l'orage , puisqu'il est certain qu'elle ne
s'est point montrée pendant que le Ciel
a été courroucé contre moi. Jugez , s'il
vous plaît , MADAME , avec quelle
joie j'aurois ouvert les yeux aux premiers raïons que vous m'avez fait voir
aprés un tems si sombre, si je me flatois
assez pour attendre quelque bien de
vous. Mais rien ne peut dissiper ma
crainte , quand vous m'avez declaré la

guerre. Je m'imagine même que vous
ne vous racommodez que pour avoir
le plaifir de rompre encore une fois, &
que le jour que vous faites briller, n'eft
que l'éclair du Tonnerre, qui me va
frapper. Si neanmoins il étoit poffible que la chofe fût autrement, & que
vous vouluffiez me donner une verita-
table paix, je la recevrois avec toute
la reconnoiffance qui vous feroit dûë,
& je ferois à vous auffi abfolument que
jamais.

A MONSIEUR LE MARQUIS
de M.***

Juftification peu ferieufe.

Le bon Dieu me preferve d'aller
paffer le mois de Septembre avec vous.
L'air que l'on refpire à vôtre Campagne, change les gens d'une terrible maniére. En verité, je ne connois plus vôtre humeur. Il y a je ne fai quoi de felon qui me fait tomber des nües quand
je lis vos Lettres. Vous me grondez,
vous me querelez, parce que je n'ai
pas fait une commiffion qui eft infaifa-
ble. Quand vous me la donnâtes, que

n'ajoûtiez-vous que je priſſe la Lune avec les dents. Je n'aurois pas eu plus de peine à l'un qu'à l'autre. Vôtre Monſieur de B * * * eſt le plus introuvable des mortels ; il eſt vrai que je n'ai été chez lui que trois fois par jour depuis vôtre depart ; de grand matin, à l'heure de ſon dîner, & le ſoir fort tard. Enfin, je le vis hier, & j'en obtins une audience longue & paiſible, encore qu'il ait plus d'affaires que trois Legats. Je *préchai & patrocinai* autant que l'ordonne Rabelais, & je fus fort *ébahi*, comme il dit, que je ne perſuadai point du tout. Je repreſentai que Meſſieurs vos Dada, quoi que bons vivans, ne pouvoient ſubſiſter dans la cave que l'on appelle écurie à leur conſideration, & que vôtre Carroſſe ne s'accommodoit pas d'une façon de remiſe faite de quelques ais de ſapin, qui ne le mettoient pas aſſez à couvert du Soleil & de la pluie. Que les reparations que vous demandez étoient abſolument neceſſaires, & que vous les feriez de vos deniers, pourveu que l'on vous en tint compte ſur les loïers. Monſieur de B *** me répondit gravement qu'il y avoit plaiſir & honneur d'avoir un homme de

qualité & de merite, comme vous, pour
Locataire, & que l'on ne devoit rien
negliger pour le conserver. Qu'ainsi
vous n'aviez qu'à vous adresser à T ***
de qui vous tenez la maison, & que c'é-
toit à lui à prendre ses mesures sur le
gain ou sur la perte qu'il pouvoit faire,
puisque c'étoit lui qui avoit traité avec
le Proprietaire des deux Logis & des
deux Jardins. Pour moi je ne trouve
point que Monsieur de B *** ait tort,
& je croi que vous seriez de mon sentiment, si la raison étoit une monoie
dont vous voulussiez vous païer comme autrefois. Vous prendrez mes paroles comme une espece de revolte contre vous ; mais, avec vôtre permission,
je les appellerai une hardiesse que donne
l'innocence aux gens que l'on persécute
injustement. Est-il dit que vous ne puissiez plus redevenir aussi équitable, &
aussi aimable que vous étiez avant vôtre départ, afin que je sois encore tout
à vous, comme je m'y sens disposé ?

PLAINTE SUR UN SILENCE.

A Monseigneur de ***.

A vous parler sincerement, M o n-

SEIGNEUR, je ne trouve rien de si embarrassant que d'être obligé d'écrire souvent à une personne qui ne fait point de réponse. Je voudrois bien ne vous mander que des choses qui fussent dignes de vous, & je vous avoüe que je n'en saurois venir à bout, semblable à ces gens qui veulent mieux parler qu'ils ne peuvent. Ne croïez pas, s'il vous plaît, MONSEIGNEUR, que j'aie tort de me plaindre de vôtre silence. Si vous me faisiez l'honneur de m'écrire, vos Lettres me serviroient de matiere, & le plus beau Parleur qui fût jamais, a dit dans une pareille occasion : *Ego melius respondere scio quàm provocare.* Aux paroles que je vien de rapporter, vous jugez bien que je parle de Ciceron que vous aimez tant. Le goût que vous avez pour un si grand Maître d'Eloquence, me fait trembler, quand il me faut prendre la plume pour vous obeïr, en me donnant l'honneur de vous écrire, & j'ai souvent envie de vous protester que je suis sans tant de discours, &c.

FIN DE LA I. PARTIE.

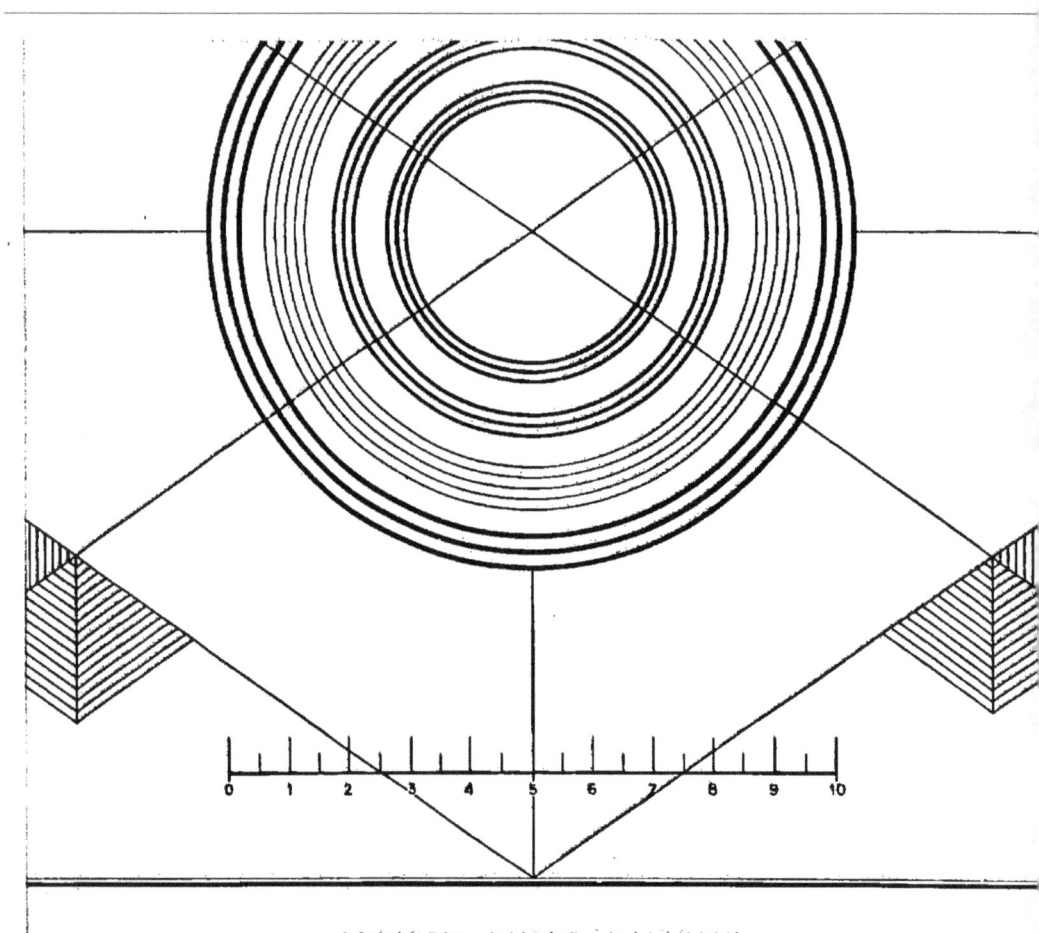

SERVICE   PHOTOGRAPHIQUE

www.ingramcontent.com/pod-product-compliance
Lightning Source LLC
Chambersburg PA
CBHW061035030726
47504CB00002B/379